Photos de couverture : sur le site filckr :Brenda Clark, Ozalee.fr,Caleb Kimbrough. Elisha-terada, Brooke-campbell sur unsplash.com

loi n° 49-956 du 16 juillet 1949 sur les publications destinées à la jeunesse
Dépôt légal : Mai 2019

Ouvrage auto-édité par Zoé, Neuilly sur Marne, France
Edition révisée
ISBN : 979-10-93940-03-8

Imprimé par Pumbo, Pays-Bas

LES FAMILLES

Récapitulatif des personnages par famille

Famille Black

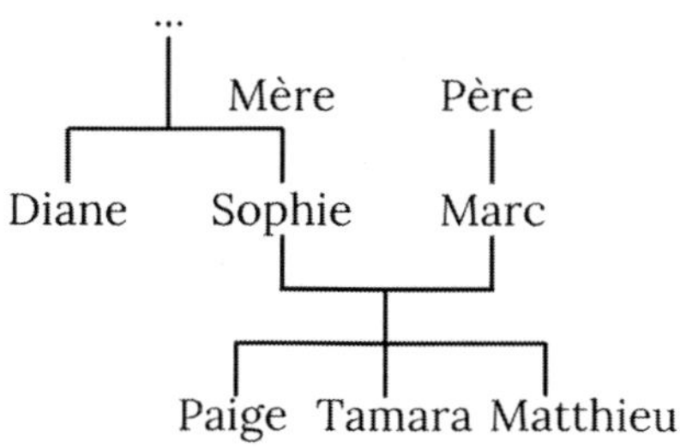

Famille Pal

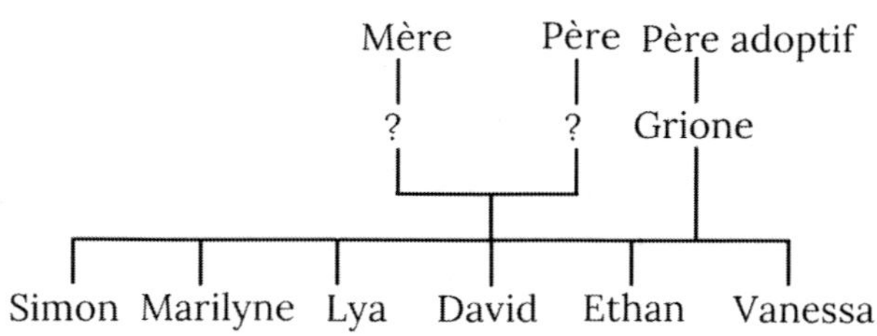

Famille Davis

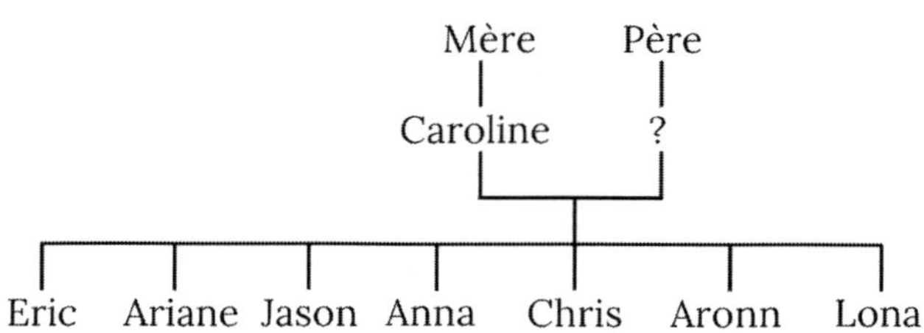

LES AMIS
DE TAMARA

Amie d'enfance :

Annabelle

Amis rencontrés à l'université :

Elisa, Rose, Joyce, Jérémie, Léon

Couple d'amis :

Antoine, Liona

À celui qui m'a préservée jusqu'à ce jour, me permettant d'écrire ce livre. Un grand merci !
Et à vous tous, aussi, qui, par lui, m'avez soutenue. Merci !

solstice

1
Solstice

Nous voilà seuls, à présent, et vous tenez entre vos mains mon journal nommé Solstice.

Je ne pensais pas que ce jour arriverait si vite. Ce journal contient toute mon âme, ma vie, mes espoirs, mes rêves, mes désirs, mais aussi mes cauchemars, mes craintes, mes pleurs et j'en passe. Il en va de l'humanité et de son histoire. C'est pour vous dire combien sa valeur est grande.

Si vous commencez à lire ce journal, je vous prie de le lire jusqu'au bout, car j'ai beaucoup à vous partager...

Mon nom est Tamara Black.

2
Ma vie

Ma vie, celle d'autrefois, était une banale routine. Je fréquentais un lycée de la grande ville chic de Lyon, en France, à quatre cent soixante-quatre kilomètres environ de la capitale. La fille que j'étais ne me paraissait pas intéressante, à l'époque. Je mesurais un mètre soixante-douze pour soixante kilogrammes, j'avais la peau brune, les yeux noisette et une chevelure couleur châtain (voire chocolat). J'étais âgée de dix-huit ans et je me sentais perdue. Et là, vous vous dites : « Comme la plupart des jeunes à son âge. » Et moi je réponds qu'il est aisé pour nous de réduire les problèmes du monde à une simple généralité qui trouvera sa solution avec le temps. Le temps, parlons-en. Si vous pensez, vous qui lisez mes mémoires, avoir tout l'avenir devant vous parce que vous êtes jeune et en bonne santé, retenez ceci : les pires moments surviennent toujours quand on les attend le moins. Combien de fois avons-nous entendu ce vieil adage qui, croyez-en ma propre expérience, est on ne peut plus vrai ?

3
Le commencement

C'était la rentrée. Le premier jour de mon année de terminale. Comme à chaque fois, on avait terminé un peu plus tôt pour reprendre deux jours plus tard, car, souvent, la plupart des nouveaux élèves n'étaient pas encore arrivés. Après avoir récupéré mes livres de cours, je repris le chemin de la maison. En route, je me rappelle m'être demandé ce qu'il adviendrait de moi si je trouverais quelque chose de passionnant à faire cette année, au lieu de rester prostrée à l'instar de toutes les autres. Le regard et la tête baissés, j'avançai en silence. Et quelques mètres plus loin, un magnifique journal à la reliure en cuir luisante à serrure cadenassée en argent se trouvait à mes pieds. Je le ramassai ! Regardant aux alentours si personne n'était à sa recherche, j'attendis que quelqu'un se manifeste. Mais ce ne fut pas le cas. Sans même réfléchir ni savoir pourquoi, je l'emportai avec moi.

Deux journées passèrent et nous eûmes enfin nos emplois du temps définitifs. Apparemment, un nouvel élève devait arriver sous peu. La semaine se passa néanmoins sans lui. Quant au journal que j'avais récupéré, je l'avais laissé au fond de mon sac. Je ne me décidai à le sortir qu'à la pause déjeuner, le vendredi de cette semaine-là. Son cadenas s'ouvrait sur simple pression. Calée confortablement sur le banc de la cour, je débutai ma lecture. Elle fut le commencement d'une avancée majeure...

1er avril 1653

La pension est calme et tout le monde est au lit. Je suis la seule éveillée, et je vous écris, cher journal, éclairée à la lueur d'une bougie. Aujourd'hui est comme hier et hier comme aujourd'hui. Je n'ai rien d'important à vous compter, mais je continuerai à vous écrire, pour oublier ma solitude. J'entends du bruit dans le couloir... Je vous laisse, cher journal.

5 avril 1653

Comme à mon habitude, je me tenais seule d'un côté de la cour, n'attendant rien qui puisse réjouir mon coeur, ce jour, comme ce fut pour les autres quand elle s'avança vers moi. Elle se mit à ma droite et m'adressa au début, pas un mot, je fusse, au commencement intimidée. Puis tournant sa face vers moi et me souriant, elle me dit : « Mon nom est Anne, mais j'ignore mon patronyme, et vous ? » À ce moment-là, cher journal, les mots me manquèrent, j'ouvris la bouche, mais aucun son audible n'en sortit. La joie me ravit le coeur, c'est exactement cela ! Toutefois, après m'être remise de mes émotions, je lui répondis : « Mon nom est Louise, et tout comme vous, j'ignore mon patronyme », et je lui souris à mon tour. Je sentis que mes instants de solitude allaient prendre fin.

Vraiment, ce journal me parut étrange. De nombreuses feuilles avaient été déchirées au début, et son écriture datait du dix-septième siècle. Peut-être était-ce un « journal de parade » inventé de toutes pièces. À ce moment-là, je me sentis moins coupable de sa lecture. À ce moment-là, je pensai vraiment qu’il avait été imaginé par quelqu'un de notre siècle. J’en étais loin.

4

Aronn

Un mois. Voilà le temps qu'il fallût au nouvel élève pour arriver dans notre établissement. Nous ne fîmes pas sa présentation, si bien qu'il passa presque inaperçu entre nous.

Mais ce jour-là était différent des premiers jours durant lesquels il s'asseyait dans son coin, une capuche sur la tête. Il était beau de figure, mesurait un mètre quatre-vingt-six, avait la corpulence d'un athlète ou d'un soldat. Il avait les cheveux bruns, les yeux gris, les traits fins et durs, harmonieux. Ce qui me frappa le plus chez lui, c'était l'expression de son visage. On aurait dit qu'il était… perdu. J'ai donc décidé de m'en rapprocher. Durant la pause, je le vis assis seul sur un banc. D'un pas lent et assuré, je m'avançai vers lui. Que lui dire ? Je l'ignorais. Tout ce que je savais à cet instant, c'est que je devais lui parler. Quand j'arrivai à sa hauteur, il ne leva pas la tête. J'émis un raclement de gorge. Rien. Un soupir. Pas de réaction (il m'avait fallu deux semaines avant de me lancer).

— Dis, excuse-moi, on est dans la même classe, et comme tu es nouveau et que… hum… comment dire…, je suis disponible pour discuter un peu.

—…

— Tu… tu t'en sors dans le lycée ? Tu arrives à t'y retrouver ou tu as encore besoin d'aide ?

—…

— Désolée. Au fait, moi c'est Tamara, et toi ?

—…

Autant dire que la dernière fois que j'eus une conversation aussi animée, c'était chez notre tante Diane, à la campagne ; j'étais seule dans une pièce, parlant à moi-même.

— Très bien, j'ai compris le message. Je ne t'ennuie pas plus longtemps, lui dis-je découragée.

Je partis en courbant l'échine. En relevant la tête quelques pas plus loin, je vis le visage d'Annabelle. Annabelle était une amie d'enfance, une jeune fille à la peau claire et aux longs cheveux châtains et raides. Elle s'était détournée de moi, il y a quatre ans, et s'était faite de nouvelles amies. Elle me regarda un bref instant de ses yeux bleus, comme désolée, avant de reporter son attention sur ses compagnes. L'échec de mon approche avec Aronn se fit plus lourd sur ma conscience quand je l'aperçus. Je détournai à mon tour mon regard d'elle, pris une longue inspiration et expirai pour repartir, quand…

— Aronn. Moi, c'est Aronn.

La voix dont j'attendais qu'elle se manifeste quelques minutes plus tôt s'adressa à moi. Lentement, je me tournai pour faire face à mon interlocuteur. Il me fixa. Il se leva et vint à moi.

— Tu m'as proposé de me faire visiter le lycée ?

— Euh… oui… Oui, bien sûr.

— Merci.

Rien de plus, rien de moins.

5
Liens

Deux mois s'étaient écoulés depuis la rentrée, et un mois séparait ma première discussion avec Aroun de ce jour dont je me souviens. On se parlait peu, mais on passait notre temps au bahut ensemble. Peut-on dire que c'était une bonne chose ? Certainement. Je n'étais plus seule. Peut-on dire que l'on était amis ? Peut-être. Je ne connaissais pratiquement rien de lui, mais lui non plus ne savait pratiquement rien de moi. Il faut dire que l'on se fréquentait depuis peu. Et de savoir seulement que quelqu'un passerait la journée avec moi me satisfaisait.
Le journal que j'avais récupéré sur le chemin du retour était encore en lieu sûr dans mon sac. Malgré l'histoire troublante, je continuais ma lecture.

10 avril 1653
Anne. Quel prénom merveilleux pour une personne formidable ! Quelle chance j'ai ! Je me mets à la regarder durant nos temps de jeux dans la cour. Je la respecte déjà beaucoup.

12 avril 1653
En marchant dans le couloir menant aux chambres, cher journal, je surpris une conversation entre une dame et la directrice de l'orphelinat. L'échange fut vif. Il semblait qu'elles se disputaient. Quand elles eurent fini, la directrice s'en alla vers ses appartements, tandis que l'autre dame ne fit aucun geste. Lorsque cette dernière se tourna et que j'aperçus son visage, je ne la reconnus point.

16 juin 1653
Un couple se présenta ce jour à l'orphelinat. Il était élégamment paré. Il fut accueilli par madame la directrice qui semblait ravie de le voir. Le soir même, on apprit au réfectoire que notre camarade Anne avait été adoptée par ces braves personnes. J'en étais tellement affectée, cher journal, que j'en perdis l'appétit. Qui me protégerait quand tout irait mal, qui me sourirait avant de m'embrasser tendrement sur le front ? Qui pourrais-je bien regarder durant nos temps de pause ? Je n'en fus que plus malade.

Quelle imagination ! avais-je pensé.

Le lundi suivant, comme à mon habitude, j'arrivai plus tôt devant les grilles de l'école, où j'attendis Aronn. Quelques minutes après, je le vis descendre de voiture, un individu à sa suite. Ils discutèrent, et tout à coup, Aronn parut agité. Par réflexe, je m'approchai de la scène. L'individu de sexe masculin posa alors son regard sur moi. Ils échangèrent encore quelques mots, puis Aronn, à grands pas, se dirigea vers moi.
— Est-ce que ça va ? lui demandai-je. Mais, lui, sans s'arrêter, passa à côté de moi et me dit le dos tourné :

— Mouais. Allez, viens, je ne veux pas prendre un bain de foule.
La matinée s'égrena en silence. Rien de neuf. Aronn semblait loin comme aux premiers jours. À la pause-déjeuner, après un coup de fil, ce n'était pas mieux. Le repas fini, nous partîmes nous mettre sous un arbre de la cour.
— Tu m'as dit un jour que tu étais une enfant adoptée. C'est ça ? m'interrogea-t-il.
— Oui, pourquoi ?
— J'aimerais mieux te connaître. Parle-moi de toi.
Il avait l'air nerveux.
— Je vivais dans un foyer de l'enfance, ici même. J'ai été adoptée par ma famille actuelle à l'âge de six mois. On m'a raconté par la suite que ma mère était trop jeune et ne pouvait donc pas subvenir à mes besoins. C'est pour cette raison qu'elle m'avait placée à l'adoption. En tout cas, ce que je crois, c'est qu'ils servent souvent les mêmes excuses. Au final, je me dis que ça n'a pas vraiment d'importance. Elle est partie et je suis loin d'elle.
Je pris un moment avant d'ajouter : « En fait, je n'aime pas beaucoup parler de moi. »
Il ne dit mot.
— Désolée, je sais que tu veux mieux me connaître, mais...
— Ce n'est pas bien grave, à dire vrai, moi non plus je n'aime pas parler de moi.
— On est deux alors ! lui dis-je, et nous nous sourîmes.
Le téléphone d'Aronn sonna à nouveau. Il décrocha et s'éloigna. Quand il revint, il parut encore plus tendu. Je lui dis donc :
— Je ne te poserai pas de question, si ça peut te rassurer.
Il regarda un moment dans le vide et finit par dire :

— Disons qu'une connaissance de longue date est sur le point de venir me rendre une petite visite. Et je m’en serais bien passé.

Il avait dit ces mots en les crachant, tel un venin.

6
Une nuit*

Je n'avais pas couru aussi vite depuis longtemps jusqu'à ce soir-là. Je m'en souviens comme si c'était hier. Deux jours auparavant, Aronn s'agita semblable à un lion en cage en quête de liberté. Mais que lui dire pour l'apaiser ? J'avais l'impression qu'aucun mot ne parviendrait à transformer son humeur de façon positive. Alors, ces deux jours-là, avant tout cela, j'usai de douceur envers lui.

— Ce devoir n'est à rendre que pour la semaine prochaine. Si tu veux, on n'a qu'à faire ça une autre fois. On aura le week-end.

Il ne m'écoutait pas. Il avait le regard perdu. J'ai penché la tête sur le côté, le fixant avec insistance, ce qui le fit réagir.

— Désolé, tu disais ?

— Qu'on pourrait faire ça une autre fois, si tu préfères.

— Ouais, il vaut mieux, dit-il, tout en rangeant son matériel et ses bouquins. Je dois passer un coup de fil, on se retrouve devant la salle ?

— OK.

* Le titre du chapitre est : une nuit.

Il courut presque pour sortir du CDI. Depuis le peu de temps que je le connaissais, malgré moi, je ne pouvais m'empêcher de me sentir proche de lui. En même temps, je n'avais que lui. Du moins… c'est ce que je croyais.
Comme prévu, j'allais l'attendre devant la salle de cours. Un bouquin à la main, concentrée sur ma lecture, je ne le vis pas arriver tout de suite. En l'apercevant, son regard parlait de lui-même. Il était fixe et ses pupilles brillaient d'une intense contrariété et d'une incroyable colère. Pourtant, il contrôlait parfaitement ses émotions, ne laissant pratiquement rien paraître.

— Quelque chose ne va pas ?

Un coup d'œil furtif à mon adresse fut sa seule réponse, et moi de continuer en disant (car je désirais qu'il se confiât à moi) :

— Ce livre est vraiment intrigant, très mystérieux, silencieux, oppressant, frustrant, titi...

— OK, j'ai compris le message, soupira-t-il. J'imagine que c'est normal quand on se sent proche d'une personne.

— C'est exactement ça, ironisai-je.

Il inspecta les alentours, alerte ; il ferma les yeux, prit une grande inspiration et les ouvrit à nouveau, puis fixant son regard sur moi, il me dit :

— Te souviens-tu de la connaissance dont je t'ai parlé ?

— Oui.

— Eh bien, il sera là demain et intégrera notre lycée.

— Tu ne l'apprécies vraiment pas. Puis-je te demander pourquoi ? le questionnai-je.

— Longue histoire, Tam. Par contre, écoute, je voudrais te réclamer une faveur.

— Et laquelle ?

— Celle de rester éloignée de lui.

Il me fit peur.
— Enfin, fais gaffe, me dit-il ensuite, comme pour m'apaiser.
— Et comment le reconnaîtrai-je ?
— Reste avec moi et tout ira bien.
Je savais bien que cette requête lui tenait à coeur. Je m'exécutai afin qu'il ne soit pas contrarié.

Le lendemain, Aronn prit place à mes côtés et me dit :

— Il est arrivé aujourd'hui. J'espère que tu n'as pas oublié, me demanda-t-il.

— Non.

Nous n'eûmes pas plus le temps d'échanger, car le professeur de biologie fit son entrée, et le cours commença. Deux heures après, il se termina.

— J'ai une faim de loup, lui dis-je.

— File alors. Je te rejoins.

— Et que dois-tu faire ?

— File !

Nous nous séparâmes. Une fois à la cafétéria, la queue était interminable. Mais je parvins à en voir le bout. Quant à Aronn, il ne m'avait toujours pas rejointe. De ce fait, installée sur ma table, je décidai de lire la suite du journal.

17 juin 1653

Ainsi, cher journal, Anne étant partie, m'en voilà bien chagrinée. Que vais-je devoir faire pour ne pas me laisser prendre par le désespoir ? Je ne donne pas cher de ma fortune. Madame la directrice ne m'apprécie guère.

Triste fille. Elle me faisait de la peine. En me disant cela, je ne vis pas l'individu qui s'était invité à ma table. Quand je m'aperçus enfin de sa présence, il portait nonchalamment une frite à sa bouche. Mais son regard était si intense de curiosité et d'un autre sentiment troublant. Peut-être de l'aversion. Il fixa ensuite ses yeux sur le journal, puis revint à moi, et ainsi de suite. Gênée, je le rangeai dans mon sac et plongeai ma tête dans mon repas. Et comme il était arrivé, il repartit, sans un bruit. En relevant mon visage, je vis venir Aronn au loin, croisant du regard mon voisin de table d'un air dédaigneux. Parvenu près de moi, il se laissa choir sur une chaise à mes côtés.

— Alors ? demandai-je.

— Alors quoi ?

— Tu as réglé ce que tu avais à faire ?

— Oui.

Il avait rivé ses prunelles sur la sortie de la cafétéria que venait de prendre le jeune homme.

— Qu'est-ce que tu as ?

— Mais rien, me dit-il en se tournant vers moi et me souriant. On y va ?

J'imagine que je n'aurais pas pu prévoir le coup, même à ce moment-là.

— À quoi penses-tu ainsi ? s'enquit Aronn.

Le jour suivant, après que la dernière heure de cours eut sonné, Aronn et moi étions sur le chemin du retour. Au moment de franchir le portail de l'école et où j'allais répondre à sa question, la sonnerie de son téléphone résonna.

— Eh bien, je... commençai-je à dire.

— Excuse-moi, dit-il.

Il se mit à l'écart et prit l'appel. Cette fois-ci, il resta calme. Puis sa communication terminée, il me rejoignit.

— Je disais donc que je...

— Tu fais quoi ce soir ?

Sa demande me troubla. Pourquoi me demander ça ?

— Rien, pour quelle raison ?

— Ne sors pas de chez toi !
Ce qu'il me dit me perturba profondément. Quand j'y repense, j'aurais pu comprendre par son ton pressant qu'il voulait me protéger de quelque chose ou plutôt de quelqu'un.
Il me sourit et m'embrassa sur la joue avant de s'en aller rapidement.
Pourtant, ce soir-là, oubliant son avertissement, je me rendis seule à l'épicerie qui était à une quinzaine de minutes en bus de chez moi, en vue d'acheter quelques emplettes que ma mère m'avait demandé. Une fois fait, emmitouflée dans ma veste en cuir, j'attendis, assise sur le banc de l'arrêt de bus, que celui-ci arrive. Un instant après, un homme encapuchonné me rejoignit. Il était grand, à la carrure imposante, debout, droit comme un I, à la manière d'un soldat, les mains derrière le dos. Alors que je l'inspectais, il tourna brutalement sa tête dans ma direction. Confuse, je me détournai de sa face. Je pouvais sentir son regard sur moi.
Il faisait tellement sombre, et pour seule lumière, nous avions le lampadaire de la petite résidence de derrière. Il s'approcha de moi lentement. Je pris peur et me levai promptement. L'attitude étrange de cet individu ne m'inspirait pas confiance. Serrant mon sac contre ma poitrine, je m'éloignai en douceur, afin qu'il ne soupçonne rien. Cependant, j'entendis des pas à ma suite. Je pivotai discrètement et le vis sur mes talons. Prise de panique, j'accélérai le pas. Un coup d'oeil encore me fit voir qu'il prenait la même cadence. Je courus alors aussi vite que je le pus. Je courus à en perdre haleine. Je ne réfléchissais pas, je ne pouvais pas le faire. L'objectif était qu'il ne puisse pas mettre la main sur moi. J'allai de plus en plus vite. Mes jambes me faisaient souffrir. Qu'importe ! Je continuai ma course effrénée. Je le savais, il n'était pas loin. Tiens bon, fuis, je me répétais

ces mots d'encouragements en boucle dans ma tête.
Tournant après un croisement, je le vis debout au milieu du trottoir, me barrant ainsi la route. Sans attendre, je virais à cent quatre-vingts degrés pour m'éloigner de lui, mais une douleur viscérale me prit au bras. À croire que l'on m'avait broyé les os. Je m'écroulai au sol, suspendue par le bras endommagé. Il me tenait.

— Où est-il ? me demanda mon agresseur.

— De quoi parlez-vous ? Je ne vous connais pas, lâchez-moi !

Il se pencha vers moi, desserra sa prise et se découvrit le visage en ôtant sa capuche. Je le reconnus tout de suite. Son teint clair, ses yeux verts, cette figure douce et sévère à la fois, sa chevelure couleur châtain, aux reflets dorés. C'était lui sans aucun doute.

— Vous êtes mon voisin de table d'hier, l'homme à la frite, lui dis-je doucement.

— Donc, où est-il ? me répéta-t-il calmement.

— Je ne vois pas ce que vous me voulez ?

Me saisissant à l'aide de ses deux mains de chaque côté du visage, il me rapprocha de sa face.

— Ne fais pas l'innocente avec moi. Où est le journal que tu lisais ce midi-là ?

Le journal ? Mais pourquoi ? avais-je pensé, paniquée.

— Je ne l'ai pas sur moi.

— Alors où ?

— Il est chez moi.

Il me lâcha brusquement.

— Très bien, je m'y rends.

— Non ! Vous allez aussi vous en prendre à ma famille ?

— Si cela est nécessaire.

— Ils n'en savent rien, tout comme moi, d'ailleurs, que cet objet est import...
— Alors, pourquoi l'avoir s'il ne représente peu de chose pour toi ?
— Je l'ai trouvé.
Il parut abasourdi.
— Tu trouves un journal au sol et tu le lis ? Tu n'as donc aucun respect à l'égard de son propriétaire ?
Je baissai la tête de honte. Durant au moins deux minutes, il resta là à m'observer. Est-ce à ce moment-là que cette pensée lui vint dans le coeur, décidant que tout se déroulerait autrement ? Puis il partit, me laissant là.

7
Abandon

Je m'éveillai, remise de mes émotions de la veille. J'étais rentrée déboussolée. Ce qui avait alarmé mes parents. Mais pour les apaiser, je leur assurais que j'allais bien, avant de partir m'enfermer dans ma chambre, sous le choc.

Le lendemain, j'appris à Aronn ce qui m'était arrivé, et sa réaction me surprit. À la fin de ma déclaration, il resta stoïque, le visage fermé, puis sans oser me regarder, il s'enquit d'une voix faible :

— Comment te sens-tu ?

— Mon bras me lance un peu, toutefois à part ça je suis ok !

Il n'ajouta rien d'autre et se contenta de me dévisager. Son regard était perçant et doux. Aronn souffla et dit :

— Quel idiot je suis ! Je crois qu'il vaut mieux qu'on arrête de se côtoyer, toi et moi.

J'accusais le coup.

— Aronn, qu'est-ce qui te prend de me demander un tru… ?

— Je le peux et tu le feras.

— Non ! C'est insensé de me dire ça subitement. Pourquoi ?

Qu'ai-je fait ?
Il vissa ses yeux aux miens sans broncher et tourna les talons. Je le suivis, mais il me repoussa avec beaucoup de gravité dans la voix et je me figeai, estomaquée.
Comment et pourquoi tout cela en est-il arrivé là ? me demandai-je, le regardant s'éloigner.
Je venais à peine de me faire un ami et inopinément je manquais de le perdre ? Est-ce vraiment ce qui c'était passé. Allait-il m'échapper à l'instar d'Annabelle, avant lui ? Non ! Je ne pouvais le concevoir. Il fallait que je règle cc problème coûte que coûte. C'est sûr cette idée que je me rendis jusque chez lui. Quand il m'aperçut après que j'eus sonné à sa porte, ne s'attendant pas à me voir, il écarquilla les yeux de stupeur, puis il fut comme horrifié. Ensuite, il eut l'air très en colère de me croiser ici.

— Comment as-tu su où j'habitais ? me demanda-t-il tendu, semblant essayer de réprimer son courroux.

— C'est par accident. Ce jour-là tu ne m'as pas remarqué, mais j'étais assise au bord du trottoir, en face de ta maison.

— Comment as-tu su que c'était moi, m'interrogea-t-il nerveux ?

— Ta capuche a était soulevée par le vent et a découvert partiellement ton visage, le temps d'un instant.

Il paraissait à moitié soulagé.

— Pars d'ici immédiatement ! me pressa-t-il avec crainte.

Il me saisissait déjà pour me faire prendre la sortie, quand une voix lui dit :

— Qui est ce Aronn ?

L'instant d'après, je me retrouvai dans leur salon au milieu de la fratrie. Ils me regardèrent d'un air grave. Le plus âgé – celui qui avait interrogé Aronn à la porte, le même individu avec lequel il avait eu une vive discussion devant le lycée, la dernière fois – fit un pas vers moi. Il avait l'air sympathique, la carrure imposante et une prestance élégante, le teint hâlé, une chevelure blonde et des yeux couleur ambre. Son visage exprimait la douceur. Il fut le seul, hormis Aronn, qui ne me regardait pas avec gravité.

— Me voilà rassuré. Tu n'as rien de fâcheux. Aronn s'en serait voulu longtemps si tout s'était compliqué pour toi, cette nuit-là. Alors j'espère que tu comprends son choix ?

— J'ai cru comprendre que je n'avais pas le choix, mais...

— On a tous nos raisons... Si tu prétends être son amie, tu dois admettre ça.

Je le fixai bouche bée. Que dire après cela ? Il me disait de façon à ne pas me brusquer que si j'étais ce que l'on appelle une amie, je devrais disparaître sans faire d'histoires.

— Au fait, moi, c'est Éric. Mes frères et soeurs Ariane, Anna et Lona ; Jason, Chris et Aronn que tu connais, bien sûr. On a été ravis de te rencontrer.

Tu parles ! pensai-je. Vu l'expression de leur visage, on aurait dit qu'ils voulaient tous me faire disparaître d'un simple regard...

Sans un mot et sans me retourner, je quittai leur demeure.

Ce jour dont je me souviens : à l'époque, cela faisait une semaine qu'Aronn avait mis fin, si l'on peut dire, à notre amitié, ne me donnant aucune raison valable. Je me retrouvais seule, une fois de plus. Et dans une dernière tentative de réconciliation avec lui, j'essayai de le convaincre. Malheureusement, protégé par ses nouveaux amis qui, visiblement, ne craignaient rien, eux, m'étais-je dit, il m'avait encore repoussée.

— Je t'en prie ! Je suis sûre qu'on peut s'arranger. Il y a toujours un moyen.

— Laisse tomber, Tamara, tu es bornée.

— Aronn, écoute mon idée au moins et après tu…

— Va-t'en ! Qu'est-ce que tu n'as pas compris dans « sans chercher à me revoir », dis-moi ?

— Je veux juste que…

— Lâche-moi, Tam ! Arrête de vouloir t'accrocher, ça ne sert à rien ! Je ne reviendrai pas sur ma décision !

Les yeux humides par ce sentiment de tristesse qui me brûlait intérieurement, je courus sans me retourner, m'éloignant le plus vite possible. Je n'avais pas envie qu'il me voie craquer. Ces émotions me serrèrent la poitrine.

8
Échange

Respecter sa décision sans rien vouloir faire. Le regarder s'en aller loin de moi sans rien vouloir désirer. Pourquoi avait-il réagi de la sorte ? Juste après mon agression, était-ce lié ?
Je me mis en route pour la salle de cours de français. En tournant au bout du couloir, quelle ne fut pas ma surprise de le voir, lui !
— Vous !
Il se tourna pour me faire face. J'aurais dû avoir peur. Mais là, j'étais juste en colère.
— À cause de vous, je...
— À cause de moi ou de toi ?
— N'inversez pas les rôles ! C'est vous qui m'avez agressée, cette nuit-là.
— Pourquoi me vouvoies-tu ?
— Pourquoi ? demandai-je, ne voulant pas répondre.
— Tu peux le comprendre. Maintenant, excuse-moi.
Il passa son chemin, je le retins par le bras.
— Depuis mon agression, Aronn culpabilise. Va lui dire que

tout ceci n'a rien à voir avec lui, que ce n'est pas de sa faute !
Il me regarda dans les yeux. Après un moment, il soupira et dit :
— Tu te trompes.
Décontenancée, je lâchai prise. Mais je repris vite mes esprits.
— Comment ça ? Que veux-tu dire par là ?
— Je vais être en retard. On parlera après, si tu daignes...
Sur ce, mon agresseur partit. C'était le nom que je lui imputais, à défaut de connaître le vrai. Moi aussi, j'allais accuser un retard si je ne me dépêchais pas. Je fis une entrée remarquée, ce dont je me serais bien passée.
— Mademoiselle Black ! Où est votre mot d'excuse ? demanda le professeur.
— Je n'en ai pas.
— Alors, prenez la porte, néanmoins ne vous éloignez pas, je vous prie.
Je refermai la porte et allai m'adosser sur le mur d'en face.
Je me mis à réfléchir : « Je me trompe et je peux le savoir », a-t-il dit ? À ce moment-là, j'ai pensé que tout avait un rapport avec le journal que j'avais trouvé. Je ne savais pas comment, mais il avait fini par tout découvrir et remonter jusqu'à moi pour le reprendre. Il pouvait bien le garder ! Ce journal n'était qu'invention. Enfin... c'est ce que je croyais !
La sonnerie retentit à nouveau, annonçant la fin des cours. La porte s'ouvrit et je me retrouvai nez à nez avec Stacy, Annabelle et leurs amies.
— J'ai appris au sujet de ton agression. Annabelle t'avait pourtant prévenue, me dit Stacy d'un ton grave.
— Tu bloques le passage, dit Aronn.
Elle se retourna brusquement à l'écho de sa voix, puis me salua et partit. Quant à Aronn, il ne m'adressa aucun regard et prit le même chemin que cette dernière, en compagnie de ses camarades.

Je parcourus les corridors du bahut sans le trouver. Je me rendis au réfectoire, mais il n'était pas là. Je décidai donc de me positionner dans un endroit stratégique. Perchée sur un banc surplombant toute la cour du bahut, je le vis. Ni une ni deux, je courus à sa rencontre.

— Il faut qu'on parle, lui dis-je, pressante.

— J'ai à faire. Plus tard, veux-tu ?

— Non, maintenant !

Il me fixa intensément.

— Tu n'as de ce fait vraiment aucune idée ? Je suis perplexe à ton sujet. Toutefois, je veux te dire qu'il a bien fait de mettre une séparation entre toi et lui, me dit d'un ton digne, mon agresseur.

9
Bascule

J'étais allongée dans ma chambre, plongée dans l'obscurité, le journal de Louise à la main. Je pensais, je réfléchissais, je rêvais… je faisais un peu tout à la fois. Mais un seul sujet retenait mon attention – les mots qu'il avait prononcés :
« Toutefois, je veux te dire qu'il a bien fait de mettre une séparation entre toi et lui. »
Finalement, il n'avait pas trouvé le journal ou n'était pas encore venu le chercher. Cependant autant de temps après ma mésaventure, c'était louche, m'étais-je dit.

Après deux heures de français et trois heures de biologie, je filai au réfectoire, évitant soigneusement la table d'Aronn avec ses nouveaux amis. Je contournai aussi celle de mon agresseur entouré de ses camarades, pour m'installer à la table du fond. Une fois mon déjeuner terminé, je me dirigeai hors de la salle, dans un lieu sûr, afin de lire le journal de Louise. Je voulais comprendre en quoi ce journal était si important, qu'il ait chamboulé autant mon quotidien.

6 janvier 1654
Aujourd'hui, je me suis sentie si seule, car les autres n'osent pas venir me faire la conversation ou jouer avec moi. Je pense que je leur fais peur. Pourtant, ma compagnie me semble agréable, et je dis cela sans la pensée de me vanter ou d'en ressentir un quelconque orgueil. Vous êtes mon unique ami, cher journal.

Je m'interrogeai fortement. En quoi la correspondance entre une petite fille et son journal pouvait-elle représenter un danger sérieux ? Se moquait-il de moi comme Annabelle ? Je croyais que lui, comme elle, se riait de moi. Je me trompais...
Une ombre s'étala au sol, puis grandit jusqu'à recouvrir le journal. En levant la tête, je m'aperçus que ce n'était autre que lui-même, mon agresseur. Il regardait fixement le journal. Je le fermai en toute hâte quand je me rendis compte de cela, et me relevant pour partir à toute vitesse loin de mon voisin de table, je sentis sa main me retenir par l'avant-bras.
— Donne-moi le journal, me demanda-t-il posément.
— Je veux savoir ce que tu me caches ! Ce journal n'a rien d'aussi grave que tu le prétendre. Avoue ! C'est un coup d'Annie pour m'éloigner d'Aronn, hein ?
Il me scruta attentivement.
— Je ne vois pas de quoi tu parles, mais rends-moi cet objet. Tu devrais savoir qu'il est mal de posséder quelque chose qui ne t'appartient pas et de le violer ainsi, continua-t-il.
Sans prévenir, il m'arracha le journal des mains. À ce moment-là, je sentis mes chances de me réconcilier avec Aronn plus qu'amoindries. Je ne saurais expliquer ce que je ressentais, si ce n'est que c'était douloureux. Et pourtant, je le connaissais à peine. Une poignée de mois en sa compagnie avaient fait que mon

coeur était attaché à lui. J'étais donc bel et bien seule, sans possibilité de changer la situation.

— Qu'as-tu ? me demanda mon agresseur d'un ton sérieux.

— J'ai... j'ai besoin d'être seule.

— Je vois bien que ça ne va pas. Tu veux que je t'accompagne à l'infirmerie ? me demanda-t-il d'un ton doux et inquiet.

— Pour quoi faire ? Tu ne te soucies pas réellement de moi, tu ne me connais pas.

— Ne raconte pas n'importe quoi ! Viens, je t'emmène.

— Je n'ai pas besoin de ton aide, finis-je par lui dire à cran. Si tu veux me rendre un service, laisse-moi seule. Disant cela, je courus pour m'éloigner de lui, mais il cria :

— Tamara !

Comment connaissait-il mon prénom ? Je ne le lui avais pas donné. En sortant de l'établissement, je croisai Aronn et ses amis. Pas un mot, pas un regard. Il fallait d'urgence que je m'éloigne de cette ambiance. Dans ma précipitation et perdue dans mes pensées, je n'avais pas remarqué que je m'étais arrêtée en plein milieu de la route. Au moment où il était trop tard, revenant à la réalité, je me sentis soulevée de terre, pour revenir m'écraser quelques mètres plus loin sur le bitume. Des murmures d'affolement, des cris : « Appelez une ambulance ! », « Que s'est-il passé ? », « Je suis désolé, je ne l'ai pas vue, je vous le jure ! » Tout était flou. J'avais un mal de tête atroce. Je ne pensais pas rester consciente bien longtemps. La brume ne se fit pas attendre et je m'endormis.

10
lamentations

J'entendais des murmures sans pouvoir me réveiller.

— Voilà plusieurs jours qu'elle est allongée sur ce lit ! grommela une voix de femme.

— Ta petite protégée est un vrai fardeau ! s'emporta une voix d'homme.

— C'est bon, allez-vous-en ! pesta un autre homme. Celui-là me défendait.

— Tu sais bien la raison de notre présence ici. On ne pouvait pas te laisser venir seul, avec ces traites dans les parages, justifia la femme.

— Attendez-moi dans le salon. Vos commentaires me dérangent, déclara l'homme qui me défendait.

— Comme tu voudras, obéit l'autre homme.

La porte se referma. Des pas vinrent vers moi, puis un mouvement se fit sur le lit où j'étais, qui indiquait que l'on s'y était assis. On me prit la main et on la caressa lentement. La voix de l'homme, douce et tendre, me dit posément :

— Tamara, je t'en prie ! réveille-toi, je t'en supplie ! C'est sûr,

je n'ai pas été tendre avec toi ces derniers temps. Écoute, lève-toi !
Sa voix se brisa sur ces derniers mots. Il posa sa tête sur la mienne et me serra contre lui. Je sentis quelque chose me mouiller les joues. Des larmes ? J'aurais tant voulu prendre cette personne dans mes bras pour la consoler, mais je ne le pouvais pas. Pourquoi ?

— Tu pourras la supplier autant de fois que tu le voudras. Les personnes dans le coma ne se réveillent pas sur commande, dit la femme.

— Et pourquoi pas ? Si elle m'entend, elle pourrait…

— Désolée, Aronn.

Aronn ? C'est Aronn qui me parlait et pleurait ?

Aronn, Aronn, pourquoi ne pouvais-je pas ouvrir les lèvres et lui parler ?

J'étais dans le coma !

11

Un journal emprunté nommé Solstice

Je me présente : mon nom complet est Aronn John Davis. Je suis ami avec Tamara Black depuis longtemps. J'écris dans son journal, que je lui ai emprunté, car elle veut laisser une trace, tout comme moi, pour que vous sachiez... Elle était dans le coma et n'a donc aucune idée de ce qui s'est passé durant cette période de temps. Elle y était restée un long moment, par ma faute, je le sais, mais si, depuis, elle m'a pardonné, je le dois à celui qui guérit les coeurs. Merci ! Ce journal est un témoignage précieux parmi tant d'autres.

12

Témoignage

Cela faisait un mois que Tam était dans le coma. Un mois qu'elle n'ouvrait plus les yeux. Un mois depuis ce stupide accident dont j'étais la cause. Mon indifférence, plus précisément. Du coup, à l'époque, j'étais obligé de supporter Ethan, car je ne l'appréciais pas, mais ça, c'était auparavant, avant tout cela, avant lui...

Il n'arrêtait pas de me harceler pour me demander de ses nouvelles. C'est du moins ce que je ressentais. Bizarre quand on pense qu'il l'agressait quelques jours plus tôt. C'est mot pour mot ce que j'avais pensé à l'époque.

— Aujourd'hui, elle est comme hier, et les jours suivants, sûrement encore. Et les jours d'après, si tu veux le savoir, alors lâche-moi. S'il y a du changement, je te le dirai, OK ? m'époumonai-je.

— Ne t'emporte pas comme ça ! dit-il doucement, mais fermement.

J'étais à cran. Combien de fois m'étais-je retenu pour ne pas lui coller mon poing dans la figure ?

— Je m'inquiète pour elle, rien de plus, dit-il.
— Ah ! oui. Et pourtant, tu n'as pas hésité à t'en prendre à elle.
— Cet épisode fait partie du passé, lança-t-il pour couper court.
— Elle n'a pas besoin de ton inquiétude. Pigé ? Sur ce, à plus.
Je m'en allais déjà, quand il ajouta :
— Je passerai la voir ce soir.
Je me figeai. Puis me retournant doucement, je le fixai intensément.
Cela m'énervait, mais je ne pouvais rien faire. Grâce à l'intervention de ses parents, Tamara passait sa convalescence chez elle. On lui avait aménagé une pièce spéciale, là où je la visitais régulièrement. À ma première visite, ses parents étaient surpris. Apparemment, elle ne leur avait pas parlé de moi. Je leur disais tout simplement la vérité, que j'étais l'ami de leur fille. J'avais eu du mal à la regarder la première fois, mais je revenais malgré tout, jour après jour, depuis un mois.
Arrivé dans sa salle de soins, je me tenais près de son lit, lui prenais la main et la lui caressai. C'était pour qu'elle sache que j'étais près d'elle et la rassurer. Enfin, j'espérais que cela fonctionnerait, sans connaître...
— Ethan ne va pas tarder à venir te rendre visite. Si seulement j'avais pu éviter tout cela, tu ne serais pas là aujourd'hui, lui dis-je.
On frappa trois coups à la porte d'entrée. Un instant plus tard, j'entendis des pas s'approcher de la salle et la porte s'ouvrit sur Ethan.
Il était seul.
— Ne la brusque pas trop, lui dis-je.
Il s'approcha du lit. Je m'effaçai pour lui laisser la place. Il avait

le regard perdu sur son visage endormi.

— Qu'est-ce que vous comptez faire si elle ne se réveille pas ? me demanda-t-il.

— Rien du tout, car elle se réveillera.

— Et si ce n'était pas le cas ?

— Elle se réveillera, dis-je à nouveau en appuyant sur chaque syllabe.

Il se mit à sourire. Et ce sourire avait le don de m'énerver.

— Aronn, Aronn, Aronn, commença-t-il à dire. De nous deux, je suis le plus confiant, à bien des égards, mais là...

— Ton… ton arrogant m'horripile. Si c'est tout ce que tu es venu faire, tu peux rentrer chez toi !

Il sourit à nouveau, puis s'assit sur la chaise à côté du lit de convalescence de Tamara et y resta jusqu'à ce qu'il partit deux heures plus tard. Il s'était contenté de la regarder de temps en temps le visage fermé, avec de la tristesse dans les yeux.

13
Problèmes

C'était le deuxième mois de convalescence de Tamara, et rien ne changeait ; au contraire, tout empirait.

26 janvier. Il faisait un froid de canard. On était entourés de ce manteau blanc que revêt la terre chaque hiver. Tout prenait une couleur uniforme, dehors, et Tam dormait encore. Le comble de tout, pour moi, en ce samedi 26 janvier, c'était qu'Ethan était là. Il était assis sur le fauteuil en train de parler à Tam. Il n'arrêtait pas de lui faire la conversation, comme s'ils partageaient quelque chose de plus – quelque chose qu'elle n'avait pas avec moi. Je préférais plutôt regarder par la fenêtre. C'était mieux que de regarder ça !

— Tu pourrais la laisser respirer, non ? lui lançai-je d'un ton sec.

— Ça t'ennuie que je lui parle autant, s'enquit-il ?

— Je ne sais pas ce qui m'empêche de te mettre mon poing dans la figure ! Je te supporte déjà assez, je crois.

C'est à ce moment-là que mon téléphone portable sonna. Ma soeur Ariane au bout du fil.

— Aronn, il y a une réunion urgente. Viens vite ! Ethan est avec toi, apparemment. Qu'il vienne aussi ! Les Pal sont chez nous.

Je raccrochai vite, alarmé par le ton de ma soeur.
— Réunion urgente chez moi. Ta famille y est aussi, il faut que tu viennes, l'informai-je rapidement.
Je sortis en vitesse de la pièce et je pris congé de la famille de Tamara. Ethan me suivit à moto jusque chez moi, toutefois avec beaucoup de précautions, pensant peut-être à un guet-apens.
— Vous voilà. Quoi qu'on ait à vous dire, promettez que vous ne vous emporterez pas. Surtout toi, Aronn, me pria Éric.
Le chef de famille d'Ethan, du surnom de Grionne, ajouta :
— Ce problème concerne nos deux familles, et donc, malgré nos antécédents, il va nous falloir travailler coude à coude.
Après quoi, Grionne nous montra un livre qu'il tenait dans la main ou plutôt une sorte de journal. Et il ajouta :
— Vous savez ce que c'est ?
— Oui, nous dîmes en choeur Ethan et moi.
— Clavis est à nouveau retrouvé ! Il était en la possession de ton amie Tamara, Aronn.
On se figea et je n'osai plus parler.
Alors, il continua :
— Le journal de Louise celui qui avait disparu il y a maintenant dix ans et qu'on n'a pas cessé de rechercher. Celui-là même dont personne ne doit savoir le contenu. Et vous savez pourquoi. Donc, vous devez comprendre ce qu'il nous reste à faire en l'acceptant sans broncher, car Ethan l'a surprise à le lire.
Ce qu'il nous reste à faire ? m'étais-je questionné. Du plus loin que je me souvienne, ce n'était arrivé que deux fois depuis que l'on en était les gardiens. La première fois, c'était un homme qui l'avait trouvé. Il l'avait lu et on avait dû l'éliminer…
— NON, C'EST HORS DE QUESTION ! hurlai-je.

Ethan se joignit à moi sur le même ton. Il avait aussi compris ce qu'il voulait dire par : « Ce qu'il nous reste à faire ».

— Comment es-tu au courant de tout cela ? questionna-t-il, nerveux.

Grionne s'emporta à son tour :

— Tu ne le sais pas, mais je t'ai fait suivre. C'est ton frère David qui me l'a dit.

— TU ES LOIN DE TOUT SAVOIR, GRIONNE ! se fâcha Ethan.

— Tu parles d'un amateur ! fulminai-je.

— Elle dort, elle ne sentira rien, je ferai en sorte d'être rapide, dit Grionne.

Grionne était un homme d'une soixantaine d'années, toujours bien mis. Sa chevelure et sa moustache soigneusement coupées, de couleur blanche, lui donnaient l'air d'un homme d'expérience. Il avait sur sa peau ébène une cicatrice barrant sa joue.

— Pourquoi avoir attendu tout ce temps, dans ce cas ? se fâcha de nouveau Ethan.

— Il nous fallait nous mettre d'accord entre les deux familles sur la sentence à prendre, lui répondit Grionne.

— Tu ne la toucheras pas, Grionne, pas tant que je serai debout sur mes deux jambes, lui assura Ethan.

Le visage de Grionne se crispa de colère et il hurla :

— ETHAN !

En même temps, il lui asséna une gifle si puissante que son visage fit un quart de tour, après quoi Ethan tourna sa face vers son chef de famille et le regarda dans les yeux.

— Éric, fais marche arrière, lui intimai-je.

— Bon, je crois qu'ils ont dit ce qu'ils en pensaient. Cela ne sert à rien de l'éliminer, dit Éric à Grionne.

— Avez-vous perdu la tête ? Notre secret... répliqua ce dernier, déconcerté.

— Si elle avait voulu dénoncer notre identité, je pense, croyez-moi, qu'elle l'aurait fait depuis longtemps. Attendons son réveil, nous délibérerons ensuite.

— Vous ne savez pas ce que vous faites. En regardant sa famille, il ajouta : « On s'en va ! » Et ils quittèrent la demeure.

— Je devrais peut-être arrêter le lycée, dis-je.

— Il en est hors de question, petit frère, me dit Éric.

— Vous avez voulu la tuer. Il faut que je veille sur elle.

— On l'a voulu, mais on ne l'a pas fait, par respect pour toi. Fais-nous confiance.

— J'espère, Éric. Il serait dommage d'en arriver là.

On a toujours été unis, ma famille et moi. J'espérais en cet instant que cela le resterait encore longtemps.

14
Les orchidées

Elle dormait toujours. Comme mon frère Éric me l'avait promis un mois plus tôt, elle était toujours là, allongée sur son lit. Ethan avait réussi à persuader sa famille de renoncer à l'éliminer. Ils attendraient son retour parmi nous. Il pleuvait ce jour-là et je me souviens avoir dit : « Seigneur, je connais, je le pense, votre compassion pour ce monde. Alors, permettez qu'elle vive encore, que je puisse la garder à mes côtés. J'en prendrai soin du mieux que je peux. » Sans doute cette prière fut-elle entendue, car tu as dormi encore pour peu de temps.

Ethan m'aborda une nouvelle fois au bahut. Il voulait me parler d'elle. De qui d'autre d'ailleurs ? On n'avait rien en commun.

— On devrait la ranimer avec l'une de nos technologies, me dit-il.

— N'y pense même pas !

Il était adossé à un mur, le regard nonchalant, un rictus sur les lèvres. J'étais sur le mur d'en face et le regardais avec une telle désinvolture que quelqu'un de normal n'aurait sûrement pas appréciée.

— En effet, il se peut que ça ne réussisse pas, mais ce n’est que l’une des possibilités.
— Tu es franchement grave ! On va attendre qu’elle se réveille.
— Et si elle décide de ne jamais le faire ?
— Elle le fera, tu peux compter là-dessus. Elle décide toujours de se relever. Dis-moi, c’est à croire que tu culpabilises.
Tout en finissant ma phrase, je partis pour ma dernière heure de cours. Je suis même arrivé à me persuader que ce que je disais arriverait, quoi qu’il arrive. Un peu comme une prophétie. Je compris par la suite que sa force ne venait pas d'elle-même. Cette force qui la releva par la suite venait d'ailleurs...

Arrivé chez elle, c’était à chaque fois la même scène. Ses parents m’accueillaient, et je restais discuter avec eux afin de les soutenir dans cette épreuve, puis je montais à l’étage. Arrivé près de la porte de sa salle, je peinais à rentrer, priant pour que ses yeux soient ouverts, mais à chaque fois c’était la même image – celle de son visage endormi. J’aurais voulu hurler pour évacuer ma peine, ma rage, mon amertume et espérer que cela la réveillerait en même temps.
Cette fois-ci, je me souviens aussi lui avoir offert un bouquet d’orchidées – symbole du mystère, de la passion et de la beauté absolue, suppliant que le lendemain soit un jour nouveau, en espérant que mes paroles toucheraient le ciel, aussi sûr que ces orchidées illuminaient cette pièce, en l’attente d’un miracle...

15
C'était bon

Quatre mois s'étaient écoulés depuis son accident, et je veillais sur elle depuis les quatre murs de cette maison.

Ethan était là et attendait tout comme moi qu'elle ouvre les paupières, tout comme ses parents ainsi que sa soeur et son frère.

Il faisait un temps idéal. Le printemps était entamé. L'hiver s'en était allé. Il avait trouvé sa fin, mais Tamara tardait encore.

— Je ne peux plus la regarder comme ça ! se mit à dire Ethan, tout à coup.

— Alors, ne la regarde pas ! lui dis-je, irrité.

Je pensais qu'au cours de ma longue existence, beaucoup trop longue, j'avais fait le plein d'horreurs et que mon coeur était désormais intouchable ; pourtant, à cet instant, je souffrais tellement que je m'étonnais de retrouver cette sensation d'un coeur qui palpite d'angoisse dans ma poitrine. Je devenais fou de ne pas savoir quoi faire pour que ce calvaire cesse. En tout cas, je savais au moins son origine.

C'était elle, elle et elle seule – celle que j'appelais « mon amie » et qui ne voulait toujours pas ouvrir les yeux. Je m'étais alors résigné à revoir une nouvelle fois ses prunelles; plongées comme dans une nuit éternelle.

Le jour d'après, je montai d'un pas lourd à son chevet, prêt à revoir l'image d'un visage endormi.

Quand j'ouvris la porte, de grands yeux noisette me regardaient, grands et perdus.

— Tamara ! hurlai-je.

J'accourus à son lit, la pris dans mes bras et la serrai aussi fort que je pus, sans lui faire de mal. Je sentais son souffle sur ma peau, les battements de son coeur sur ma poitrine, la douceur de son épiderme sur le mien, la force de la vie dans son corps sur le mien. Elle avait enfin ouvert les yeux et je savourais ce moment. La douleur dans ma poitrine s'était changée en allégresse. C'était bon ! Je lui en fus reconnaissant...

16
Entre nous

Aronn m'avait dit que j'étais restée dans le coma quatre mois. C'était dur d'imaginer que j'aurais pu y passer, mais ma peine ne touchait pas encore à sa fin. En effet, il m'avait aussi rapporté que, durant mon coma, les siens avaient décidé de m'éliminer sous prétexte que j'en savais trop sur eux. Une chose qu'ils me cachaient devait rester secrète à tout prix. Ce jour-là, Aronn et Ethan avaient fait des pieds et des mains pour les dissuader de faire ce qu'ils voulaient faire, mais ils ne pouvaient les retenir. Pendant une semaine, Ethan et lui guettèrent près de mon domicile, prêts à intervenir si leur famille se rendait jusque chez moi. Puis, sans crier gare alors que mes parents étaient à leur travail, mon frère et ma soeur en cours, et moi en convalescence chez moi, ils débarquèrent à mon domicile. Sans avoir le choix ce jour-là, je devais assister à mon procès et espérer que ma plaidoirie serait bonne, si je ne voulais pas être condamnée par eux. En ce début de matinée, leurs familles respectives étaient réunies dans ma maison pour délibérer sur mon sort. Elles qui se détestaient devinrent alliées en ces terribles circonstances.

— On doit se décider vite ! s'empressa de dire Ariane.
Ariane, la soeur aînée d'Aronn, une blonde aux cheveux ondulés et aux yeux bleus, farouche, dont, paradoxalement, les lignes du visage étaient emprunțes de douceurs, avait une bonne taille ni trop grande ni trop petite, et semblait forte physiquement.
— Ariane, on a compris, intervint Éric, mais il s'agit de la vie de quelqu'un, et c'est très sérieux.
— Personne qui soit dit en passant serait prête à nous trahir et à nous tuer tous, s'il le faut, pour une poignée de sous ! gronda-t-elle.
— Jamais je ne ferai cela ! dis-je profondément choquée.
— C'est ce qu'ils disent tous avant de nous planter leur couteau en plein coeur, me répondit Ariane.
— Alors, tu ne sais pas choisir tes amis, déclarai-je avec force.
Un silence de quelques secondes plana dans la salle, puis l'instant d'après, Ariane se trouva juste devant ma face, prête à m'étrangler.
— Ce n'est pas moi qui ne sais pas choisir mes amis, mais eux qui sont de la même espèce. Des vermines !
— Je ne suis pas comme ça ! Et tu n'agis pas mieux qu'eux, vu ce que tu essaies de faire !
Elle prit un air surpris, ne s'attendant pas à ce que je relève sa remarque, mais plutôt à ce que je me taise. Puis elle rit aux éclats – un rire douloureux – et d'un coup, elle reprit son sérieux et me dit :
— J'essaie de protéger les miens. C'est tout ce que je fais !
Elle me regarda avec ses yeux bleus emplis de colère et de douleur.
— Bon, cela fait une voix pour. La majorité est établie à sept

voix, ajouta Grionne. Que ceux qui sont pour son exécution le disent !

— N’ai-je pas le droit à la parole ? demandai-je.

— Tu as déjà assez parlé, me dit-il.

— Mais…

— Chut ! Et à l'intention des autres, il ajouta : alors ?

— Je suis pour ! s'écria un garçon, sûrement de la famille de mon « agresseur ».

— Moi aussi, beugla Jason.

— Désolée, Aronn, mais je n'ai pas confiance, confia Lona.

— Moi aussi, désolé Ethan, partagea une jeune fille à l’intention de mon voisin de table. Je me souviens avoir pensé : « Ainsi, il se nomme Ethan. »

— Vanessa…

Ethan prononça son nom dans un soupir de lamentation.

— Je suis contre, dit Aronn.

— Moi aussi, dit Ethan.

— D’accord, cela fait cinq pour et deux contre. Il reste deux voix pour l’exécution. Moi je suis pour, dit Grionne.

— Cela fait six voix pour. Ça s’annonce bien, dit Ariane, en me souriant.

— Je t’en prie, Éric, ne fais pas ça. Ta voix peut tout changer, lui dit Aronn.

— Je le sais très bien. Ce n’est pas la première fois que j’ai à prendre une telle décision. Il soupira et ajouta : « Est-ce que j’ai le droit de décider si un être doit mourir, sous prétexte que les miens pourraient être en danger ? Je ne sais pas. »

— Bien sûr que si. La famille avant tout. Ces vermines te l’-ont démontré pourtant, eux n’ont aucun scrupule, l’encouragea Jason.

Je déglutis. Il avait cette expression dans la voix qui vous glace le sang.

— Tamara, tu es de loin la personne que mon frère, en dehors de la famille, apprécie le plus. Cela pèse beaucoup dans la balance. En plus de savoir qu'une vie a de la valeur…

Il marqua la fin de sa phrase par un silence éloquent.

— Fais le bon choix, Éric, je t'en supplie, elle ne nous trahira pas. Je te le promets, dit Aronn en ma faveur.

— Tu avais dit la même chose de Séléna, fit observer Éric, et souviens-toi où nous en étions arrivés.

Aronn baissa les yeux. Une expression indescriptible se lisait sur son visage. On aurait dit de la culpabilité.

— Séléna ? Qui est-ce ? demandai-je.

— C'est ton double, vermine ! pesta Ariane.

— Tamara n'est pas Séléna, c'est clair ! s'emporta Aronn.

— Enfin, reconnais que tu t'étais trompé pour Séléna, après une réunion comme celle-là. Tu nous avais juré qu'elle ne nous trahirait pas. Et pourtant… dit Éric.

— Je… C 'est vrai, mais… balbutia Aronn.

— Il n'y a pas de mais qui tienne. Je ne veux pas revivre ça une deuxième fois ! s'emporta Jason.

Alors, Aronn eut un geste qui me fit comprendre que mon destin était scellé et que si je tenais un peu à la vie je devais fuir au plus vite. Cependant, je voulus ajouter en pensant que cela aurait pu m'aider :

— Mon nom est Tamara Black, dis-je doucement. Je ne sais pas ce qui vous fait peur et vous tétanise à ce point, pour que vous soyez obligé d'en arriver là. Tout ce que je sais, moi, c'est que je tiens à mon amitié avec Aronn et celle qui je vois fleurie avec Ethan, je ne compte pas les trahir. Ne faites pas ça ! les suppliai-je.

Éric m'observa un long moment, comme pesant le pour et le contre,

et conclut à regret :
— Je suis désolé, Tamara, mais je ne peux pas courir le risque de mettre en danger les miens. Rien ne me prouve ta bonne foi, même si je voulais y croire.
— Alors, je prends ce discours pour un oui, dit Grionne.
— Je suis pour, confirma Éric.
— La majorité l'emporte. Elle sera exécutée, appuya Grionne. David, Marilyne, attrapez-la !
Tout se passa très vite. Ethan et Aronn firent barrage avec leur corps entre leur famille et moi. Aronn m'intima de me lever et de courir hors de la demeure, ce que je fis gauchement, tant je craignais l'issue de tout ceci.
— Éric, tu as eu tort, lui dit Aronn.
— C'est toi qui as tort. Maintenant, écarte-toi tout de suite ! siffla Ariane.
— Arrête ça, Ethan ! lui intima le chef de sa famille, Grionne.
— Pourquoi ? Vous avez l'intention de la tuer. Je ne m'écarterai pas, répondit-il.
— C'est la sécurité de la famille et tu la mets en péril. Alors, si tu ne veux pas être puni sévèrement, écarte-toi, dit David, le frère d'Ethan. Cela vaut aussi pour toi, Aronn.
— Mais je ne vois pas ce que vous attendez ? Foncez-leur dessus, qu'on en finisse ! Ils ne sont que deux et nous, dix ; on a l'avantage. Tout sera fini avant qu'ils ne puissent faire quoi que ce soit ! hurla Ariane.
— Elle a raison, dit sa soeur Lona.

C'était tôt le matin et il n'y avait pas grand monde à cette heure dans les rues. Je courais à m'essouffler, comme ce soir-là quand Ethan, au lieu de me protéger comme à ce moment-là, me poursuivait. Je m'épuisai, j'avais un point de côté, mais n'osai m'arrêter de crainte que l'un d'eux ne soit pas loin de m'attraper. Mais quand la douleur devint insupportable, je me stoppai au milieu du trottoir, les deux mains sur les genoux, essayant de reprendre mon souffle. Lentement, je me relevai et regardai derrière moi. Personne. Je pris une grande bouffée d'air, et l'instant d'après, une voix me dit :

— Crois-moi, c'est à regret que je fais cela.

J'ouvris les yeux d'effroi et regardai celui qui me parlait.

— Éric, ne fais pas cela, je t'en prie ! lui suppliai-je.

Il me regarda d'un air peiné, puis ne soutenant plus mon regard suppliant, il fixa le sol et souffla comme s'il portait un lourd fardeau.

— Quelqu'un comme toi ne peut pas comprendre.

— Si, je peux. Il suffit de m'expliquer. Je suis sûre que ce n'-est pas aussi catastrophique que vous le dîtes. On a tendance à extrapoler les problèmes qui nous concernent, dis-je d'un ton conciliant.

Il me regarda d'un air circonspect, puis me sourit, comme abasourdi.

— Tu ne sais ce que tu dis, ajouta-t-il doucement.

Il fit un pas vers moi et je détalai. Je courus aussi vite que je pus, mais à l'instar d'Ethan, il me rattrapa sans trop de difficulté. Il m'obligea à lui faire face et me dit d'une voix douce :

— Crois-moi, je suis désolé, mais je n'ai pas le choix.

Il leva sa main, prêt à me frapper de la lame du couteau qu'il tenait, quand une rafale vint plaquer un prospectus sur son visage, lui obstruant la vue. J'en profitais pour me dégager. Éric enleva la feuille et lut ce qui y était marqué : « Ne crains pas, tout va bien, je suis là » écrit en gros caractères. Des centaines de prospectus vinrent volant au vent, là où Éric et moi nous nous tenions. Il semblait ébahi et gardait les yeux rivés sur ce qu'il lisait. Il me confia plus tard que cela le bouleversa, mais qu'il n'en dit mot, tant il était stupéfait. Une femme vint, s'excusa et récupéra les prospectus envolés, mais elle laissa à Éric celui qu'il tenait.

Je m'étais cachée et je vis venir au loin ses frères et soeurs.

— Où est-elle ? demanda Ariane.

Éric ne répondit mot et se releva.

Je vis ensuite venir les autres. Je pris peur et me calai mieux dans ma cachette. Je tremblai et une main se posa sur mon épaule – une main rassurante. Je levai la tête et je vis Ethan, Aronn debout à ses côtés.

— Viens, me dit-il, me tendant la main.

Je la pris et il me sortit de ma cachette.

— Elle est là ! hurla Jason, le frère d'Aronn. Tuons-la et vite !

Ethan me cacha derrière eux et ils attendirent de pied ferme Jason et le reste de la famille. Mais Éric s'écria :

— Attendez !

Jason se stoppa, ainsi que les autres dans leur course, et tous le regardèrent avec stupeur.

— Laissez-la, dit-il.

Là, ils n'en crurent pas leurs oreilles.

— Tu es fou ! cria son frère Jason. Que t'a-t-elle fait ?

— Ce n'est pas elle.

— Alors qui est-ce ? Car tu étais aussi déterminé que nous !

— Je crois savoir, mais...

— Hein ? mon pauvre frangin, la culpabilité te fait délirer. Je vais m'occuper d'elle pour nous, conclut Jason en nous fonçant dessus et hurlant à Aronn : « Pousse-toi de là ! »

— Jason ! commanda d'un ton fort Éric, comme remis tout à coup de son émoi, je t'ai dit de te stopper et de ne pas la toucher, immédiatement !

Jason, stupéfait, regarda hagard son frère. La famille d'Aronn semblait comme désarmée.

— Mais enfin, Éric, commença Ariane, que fais-tu ?

— Ce que j'ai à faire. On rentre maintenant.

— Vous êtes faible, dit David le frère d'Ethan. En tout cas, nous, on le fera, comme d'habitude.

David était un homme grand et costaud, il avait une chevelure d'un châtain foncé ; les durs traits de son visage se conjuguaient bien avec son aspect farouche et imposant. Il avait les yeux bruns et un air mystérieux et indéchiffrable.

Il marchait d'un pas lent vers nous, ses soeurs Vanessa et Marilyne derrière lui.

— Pousse-toi, Ethan, immédiatement ! lui intima sa soeur aînée Marilyne, une rousse aux cheveux flamboyants et lisses qui brillaient comme de la soie. Son visage était figé dans un rictus de colère. Elle fixait sur moi ses yeux émeraude. Un regard glacial et déterminé. Sa longue silhouette (eh bien ! elle devait bien faire un mètre quatre-vingts à tout casser) avançait vers nous d'un pas assuré.

Ils arrivèrent près de nous et ni Aronn ni Ethan ne bronchèrent. Ils regardèrent d'un air extrêmement grave la famille d'Ethan.

— Grionne, intervint Éric, ordonne qu'ils arrêtent.

— Et pour quoi faire ? demanda ce dernier.

— N'as-tu pas entendu ce que j'ai dit à l'instant ?

— Pour moi, c'était le discours d'un homme insensé, dit-il pour mettre fin à leur conversation. David, qui s'était retourné pour regarder la scène, sourit d'un air moqueur à Éric.

— Vois-tu, tu ne peux rien, je n'ai pas à t'obéir.

Il empoigna violemment Aronn, le poussa au sol et vint m'attraper par le cou derrière Ethan. Celui-ci riposta, mais sa soeur Marilyne l'entrava et le maintint au sol. David commença à m'étrangler. Aronn était, quant à lui, maintenu au sol par Vanessa.

— Ôte tes mains d'elle ! cria-t-il.

En disant cela, il allait riposter avec violence contre Vanessa, quand David hurla :

— C'est quoi ce délire ? Un frelon !

Une dizaine de frelons lui tournaient autour, et bientôt il fut envahi par un bon nombre d'individus. Il se leva et agita sa main de tous les côtés et courut au loin pour leur échapper. Moi, je pus respirer à nouveau et je crachai par terre en essayant de rependre mon souffle.

— C'est quoi cette affaire ? dit Marilyne hébétée. Puis, me regardant, elle dit : « Je vais m'occuper de toi. » Elle sortit un couteau de derrière son jean et me le pointa, lâchant son frère. Elle allait me frapper en plein coeur d'un coup, quand Ethan la déséquilibra par un crochet du pied qui la fit basculer, mais avant qu'elle ne touche le sol, il la tint par le col de son pull, afin qu'elle ne se blesse pas, la redressa et la repoussa au loin. Aronn vint me relever, me cala sur son dos et dit à Ethan d'assurer nos arrières.

— Aronn, pose cette fille ! dit Grionne.

Quand Aronn se retourna, il vit Grionne pointant une arme sur nous.

— Pose cette arme, Grionne ! Ne menace point mon frère ! dit Éric en se calant entre Grionne, l'arme et nous.

— Vous êtes décidément fous. L'épisode de Séléna n'est donc pas sujet à vous instruire ? Poussez-vous.

— Posez votre arme, dit Chris, le frère d'Aronn. Ne menacez pas mes frères. Et la famille d'Aronn eut bientôt fini d'entourer Grionne de toute part.

— Si vous touchez à un seul de ses cheveux, commença à dire Vanessa, je vous mets en pièces.

Moi je n'osais pas parler depuis le début, tremblant de tous mes membres ; je peinais à croire d'être encore en vie à cette heure. Je ne comprenais pas par quel moyen, à cette époque, j'étais encore là.

17
Maintien

Je regardais la scène, calée sur le dos d'Aronn. Je reprenais des forces après que David, le frère d'Ethan, m'avait agressée, mais sa tentative échoua. Il semblerait, avais-je pensé, que mes jours n'étaient pas encore à leur terme.
La famille d'Aronn entourait Grionne. Ce qui l'obligea à renoncer à son projet, et il baissa son arme. Après quoi, il appela les siens, non sans déclarer à nouveau son mécontentement à Éric.
— Ethan, je t'attends à la maison ! cria-t-il ensuite.
Je redoutais les représailles qu'il pourrait peut-être subir pour ce qu'il avait fait, mais en regardant son visage, il me semblait serein. Je m'alignais donc dans mon coeur à son attitude.
À leur tour, Éric et sa famille partirent, et nous nous retrouvâmes seuls sur l'avenue.
— La plupart des civils ne vont pas tarder à sortir de chez eux. Allons-nous-en, dit Ethan.
Nous amorçâmes la marche jusque chez moi, et quand nous fûmes près de la porte, je marchais et respirais déjà parfaitement.

Un silence impeccable s'était installé entre nous. Aronn et Ethan semblaient loin dans leurs pensées. J'ouvris la porte et les invitai à rentrer. Je les installai donc dans le salon où nous prîmes place, chacun en face de l'autre.

— Je suis estomaquée, finis-je par dire. Ils relevèrent en même temps la tête et regardèrent dans ma direction. Je ne comprends pas ce qui s'est passé, mais je suis encore en vie. J'ai cru que... j'allais mourir, et ce, par trois fois, et trois fois leur tentative a échoué. Recommenceront-ils et échapperai-je à nouveau à leurs mains ?

— Éric, reprit Aronn doucement, semblait déterminé à te laisser la vie sauve. Je crois qu'il ne tentera plus rien, du moins de mon côté, c'est sûr, mais du tien... dit-il en fixant ses regards sur Ethan.

— Je m'en charge, je leur parlerai, et s'il refuse de m'écouter, j'aviserai en conséquence.

— Comment puis-je avoir confiance en toi et être sûre que tu ne vas pas jouer double ?

— Excuse-moi, mais ce ne fut pas une partie de plaisir pour moi que de me confronter à ma famille ; alors si cela n'est pas suffisant comme preuve de ma loyauté, tu m'en vois désolé pour toi, dit Ethan frustré.

Aronn le toisa un moment comme pour sonder si ses propos étaient dignes de confiance.

— Très bien, voilà ce que l'on va faire : je resterai à faire le guet cette nuit devant chez elle, et toi tu me tiens au courant de la décision de ta famille, conclut Aronn.

Ethan approuva et se leva afin de remplir sa mission auprès des siens, et il dit avant de partir :

— Il semblerait que tu sois jalousement gardé, car jamais aucun des membres de ma famille n'avait échoué lors d'une sen-

tence, ni celle d'Aronn n'avait protégé indirectement un ennemi potentiel et encore moins qu'ensemble, Aronn et moi, nous les ayons bravés, oui c'est bien la première fois. Il me sourit en disant cela, comme ahuri, puis il quitta la demeure.
Ses mots résonnèrent longtemps dans la pièce. Je méditais là-dessus sans comprendre d'où pouvait venir cette garde dont il parlait. Un instant après qu'il fût parti, Aronn me sortit de ma réflexion en disant :

— Je m'en vais chercher ma voiture afin de pouvoir faire le guet plus aisément. Toi, ne sors pas de chez toi, reste dans ta chambre. Dès que je serai devant ta porte, je t'appellerai, compris ?

Je hochai la tête, puis il se leva et partit à son tour. Je pris donc un bain et m'enfermai dans ma chambre sur le conseil d'Aronn. Dès que ma famille rentra, quand ils furent tous là, je me présentai à eux au salon.

Ma mère, une jolie femme blonde aux yeux verts, mince et toujours bien mise, d'un mètre soixante, très sérieuse, pragmatique et rigoureuse, me semblait être loin de moi.

Mon père, un bel homme châtain aux yeux bleus, élancé, portant des lunettes de vue qui lui donnaient un air d'homme consciencieux, souvent plongé dans un journal, me paraissait peu s'intéresser à moi.

Ma soeur Paige, de quelques mois plus âgée que moi, prit la chevelure de mon père en héritage et les yeux de ma mère en partage. Grande, élancée et très soignée, elle arborait à mon égard souvent un air farouche, il me semble.

Mon petit frère Matthieu, quant à lui, prit pour possession la couleur de la chevelure de ma mère, avait les yeux marron et portait également des lunettes. Soigneux et doux, il était plutôt effacé et passait souvent son temps libre dans sa chambre.

Moi, je me sentais à l'écart bien que mon adoption ne fût pas un problème pour moi. Je me sentais comme troublée au milieu d'eux ; je n'avais pas trouvé ma place.
Mes parents affichèrent de la joie sur leur visage, et mon père m'embrassa. Voyant que j'allais mieux, ma mère me posa la question qui lui brûlait les lèvres depuis un moment :

— Que t'a-t-il pris de te stopper au milieu de la route ? Tu n'allais pas bien ? me questionna-t-elle.

— En effet, j'étais contrariée, dis-je.

— Et par quoi, Tamara, pour que tu aies mis ta vie en danger ? se plaignit ma mère.

Je ne pouvais pas lui dire que c'était à cause d'une amitié perdue. À l'époque, je pensais qu'elle m'aurait ri au nez. Ma relation avec ma famille était tendue, car je croyais être de trop. Aujourd'hui, j'en suis guérie...

— T'en fais pas maman, je ne recommencerai plus.

— Et comment puis-je en être tout à fait certaine puisque tu as toujours une contrariété dans le coeur ? Un jour, que feras-tu ?

— Sophie, laisse-là, il ne sert à rien de la disputer ainsi. Elle vient tout juste de nous revenir. Profitons plutôt de cela, dit mon père, afin de calmer ma mère.

Ma mère se calma et partit se changer les idées en tricotant dans le salon. Mon père partit à nouveau dans la lecture de son journal ; tout le monde reprit le cours de ses activités, et moi je me sentis seule. Je partis donc dans ma chambre et je me blottis dans mon lit. Je fermai les yeux cinq minutes quand la sonnerie de mon téléphone retentit.

— C'est moi. Je suis placé juste devant ta porte, tu peux dormir tranquille.

Je ne dis rien après qu'il m'eut parlé. Ce qui l'inquiéta.

— Tamara, tout va bien ? Tu as entendu ce que je t'ai dit ? Je suis là.

— Tu es bien le seul.

— À quoi ?

— À être là pour moi.

Je me trompais lourdement. Je le sus fort heureusement après, merci...

— Pourquoi dis-tu cela ? me demanda-t-il, troublé.

— Ne fais pas attention, repose-toi quand même dans toute ta garde.

— Pourquoi dormir ? Cela ne servirait à rien que je fasse le guet. J'ai un lit, il me serait plus confortable si dormir était mon but ce soir. Ne t'en fais pas, mais toi repose-toi, tu en as besoin.

Ce que je fis aisément tant j'étais épuisée.

Je me remis doucement des événements passés. Le lendemain de mon agression, nous eûmes de bonnes nouvelles de la part d'Ethan, car il avait eu du succès et je ne savais pas comment, à l'époque, il avait réussi à convaincre les siens de me laisser tranquille. Aujourd'hui, je connais l'origine de sa victoire...

Après ces événements, entre Aronn et moi, tout allait beaucoup mieux, bien qu'il passât parfois du temps avec les camarades qu'il s'était faits durant cette période qui me semblait obscure. Il était de nouveau avec moi. De plus, Ethan était plus proche de moi que lors de notre première rencontre. Ça, c'était sûr !

J'avais de ce fait remarqué la tension qui régnait entre Aronn et lui. Ethan était bel et bien la personne dont Aronn m'avait demandé de me tenir éloignée, et étrangement c'était avec elle qu'il se dressa contre sa famille et la sienne. Je ne m'expliquais pas, en ce temps-là, ce conflit qui existait entre eux deux, mais les avoir à mes côtés me faisait du bien. Ça peut vous paraître étrange ou fou, mais j'avais déjà pardonné à Ethan les maux qu'il m'avait fait subir ce soir-là, car je voyais dans son attitude, au fil du temps, un ami sincère. Alors, pour profiter de mes deux amis, je voulais faire en sorte qu'ils s'entendent. Je ne réussis jamais, sinon à gagner un semblant de paix, mais là où j'avais échoué, un autre l'avait gagnée pour moi, pour eux, pour nous, pour lui...

— Il y a un nouveau programme au musée des sciences. Ça vous dit qu'on y aille ce week-end, histoire de se retrouver ?

J'avais Aronn à ma gauche et Ethan à ma droite ; ni l'un ni l'autre ne répondit tout de suite et chacun semblait dubitatif.

— Je ne pense pas que ce soit une bonne idée, commença Ethan. Tu peux y aller le samedi avec Aronn et j'irai le dimanche avec toi.

— Le but du projet, c'est de nous retrouver, pas de nous esquiver, dis-je plaintive.

— Il n'y a que toi que ça enchante, Tam. Crois-moi, ce n'est pas une bonne idée. Déjà que c'est serré, en ce moment même, d'être ensemble avec toi pour la pause..., une journée, ce serait insupportable ! appuya Aronn.

— Je ne comprends pas comment vous pouvez autant vous détester ; ce sentiment n'est bon pour personne, fis-je remarquer.

— Longue histoire, Tamara, me répéta Aronn, à l'écho de sa réponse, il y avait des mois de cela.

Affectée par leur inimitié, je gardai le silence tout au long de la pause jusqu'à ce que la sonnerie des cours retentisse. Je pris mon sac, qui était à mes pieds, et saluai Ethan avant de me diriger à grandes enjambées vers la porte du bâtiment où allait se dérouler le cours. Alors, Aronn me rattrapa et dit :

— Ton attitude ne changera rien, tu n'y peux rien, nous étions ainsi avant ton arrivée dans nos vies. Nous le resterons après.

Il passa devant moi et pénétra dans le bâtiment. Étonnée de ses propos, je me retournai pour apercevoir Ethan, qui me salua de la main avant de partir en cours.

J'étais allongée dans mon lit quand on vint frapper à ma porte.

— Tamara, tu as de la visite, descends !

C'était la voix de ma mère. Depuis maintenant quatre ans, en ce temps-là, je n'avais reçu aucune visite. J'étais donc surprise et intriguée quant à l'identité de la personne qui pouvait être venue exprès pour me voir.

Quand j'arrivai en bas des marches et me présentai au salon, ma mère me dit qu'ils avaient tenu à m'attendre dehors. Quand j'ouvris la porte, quelle ne fut pas ma surprise en voyant Aronn et Ethan m'attendant sur le perron, et ensemble ! Avec bien sûr une distance de sécurité, comme Aronn le définissait en ces anciens jours.

— Tu ne nous as pas donné de tranche horaire, alors on est venus de bonne heure, déclara Ethan en me voyant.

Je restais hébétée, ne comprenant pas ce qu'il voulait dire. Remarquant mon trouble, il ajouta :

— Le musée des sciences ne te fait plus envie ?

— Vraiment ? Tous les deux... vous voulez bien ?

— Oui, oui, et dépêche-toi avant que je ne change d'avis, bougonna Aronn.

J'étais si enjouée que, malgré son air grognon, je lui collai un gros et long baiser sur la joue. Je fis de même pour Ethan, qui semblait plus gai que lui, puis je filai me changer. En sortant, je prévins mes parents et nous partîmes. Ce n'était pas le fait de me rendre au musée des sciences avec eux qui me réjouissait, mais c'était le fait de les avoir tous les deux et que nous soyons réunis pour passer cette journée ensemble. Je la voulais mémorable, quoi que l'on puisse faire. C'était l'idée d'appartenir à une famille où j'avais ma place. J'allais être exaucée au-delà de mes attentes...

— Il y a l'expo sur le climat, un sur le pôle Nord, un sur le textile et une conférence sur les saisons. Qu'est-ce qui vous tente ? demandai-je aux garçons.

— Ce qui te fait plaisir, c'est mon choix, me dit rapidement Aronn, comme pour accélérer les choses.

Je jetai un oeil à Ethan qui s'aligna sur les propos d'Aronn.

— Très bien, allons voir la végétation après la Seconde Guerre mondiale.

Je pris la direction de l'étage où se trouvait l'exposé. Au bout de quelques mètres, je me rendis compte qu'aucun d'eux ne me suivait. Je me tournai pour voir ce qu'ils faisaient. Ils étaient figés tous les deux comme perdus dans leur pensée. Je trouvai cela étrange et me pressai de revenir vers eux.

— Tout va bien ? leur demandai-je.

Ils revinrent à eux et Ethan me dit :

— Donne-moi la brochure, je vais choisir.

— Je suis de son avis, appuya Aronn.

— Je vous avais demandé, m'offusquai-je.

Il regarda la brochure et choisit avec minutie de nous guider vers l'exposition réservée à la génétique humaine. C'est là que je découvris qu'ils étaient tous deux très cultivés, me parlant de choses que je ne connaissais pas. Leur vivacité d'esprit m'impressionna. Ils me semblaient d'un coup plus avancés que moi. Je pris plaisir à échanger avec eux et à me laisser enseigner par eux.

— En cours, tu n'es pas si vivace, dis-je à Aronn. Tu es souvent perdu dans tes pensées. Je me demande à quoi tu penses.

Il se contenta de me regarder, puis attira mon attention sur un autre sujet de la galerie. Je me laissai entraîner pour ne pas le brusquer.

18

Séléna

Une maison dans le bourg royal du comté de Fire, en Écosse, située dans le quartier traversé par la rue de Lade Braes, en ville de St-Andrew.

La maison s'éveille, accompagnée des aboiements du chien. Les portes claquent, les corps s'étirent, les pas résonnent, les robinets s'ouvrent, le four à micro-ondes s'allume, le grille-pain chauffe... La maison prend vie petit à petit. Une jeune fille descend les marches des escaliers, passe la porte de la cuisine, prend un toast, l'étale de confiture de mûres et croque à pleines dents.

Un homme de grande taille, les cheveux grisonnants, pas plus de quarante-cinq ans, le teint pâle, avec une barbe de trois jours, entre dans la pièce.

— Séléna, si tu veux que je t'accompagne au campus, il va falloir te dépêcher. File prendre ta douche.

— Dany y est déjà. Je mange d'abord, Pa'.

— OK, mais dépêche-toi.

Les habitants de cette maison s'activaient pour être enfin prêts à démarrer la journée.

Ils prirent leur voiture une fois que tout le monde était paré. L'homme déposa le garçon au collège, la fille à l'université. Puis il partit avec sa femme en direction de leur lieu de travail.

— Hé, Séléna, tu n'as pas oublié pour tout à l'heure ? Je compte sur toi, hein ? l'interpella Hayley devant les portes de l'université.

— Euh, ouais ouais, je serai là.

Elles se rejoignirent et se dirigèrent toutes deux en salle de cours.

La matinée passée, le réfectoire s'emplissait d'étudiants affamés, tandis que les couloirs et les classes se vidaient.

— On commence par les labos de chimie.

— Ce n'est pas vrai ! J'ai à peine eu le temps de manger. Pourquoi tu es aussi pressée de faire ça, Hayley ? questionna Séléna.

— Plus vite fini, plus vite payé. Le temps, c'est de l'argent, ma chérie, alors au travail, fit Hayley.

Séléna plaqua son casque et mit le son à fond. Elle commença par classer les produits de l'étagère, puis par les étiqueter correctement. Pendant ce temps, sa camarade s'occupait à raccommoder des meubles. Une demi-heure plus tard, elles passèrent à la salle des cartes géographiques.

— Ah ! oui. Va chercher les cartons dans la réserve, s'il te plaît. On y rangera les cartes qui servent le moins, Séléna.

— OK, j'y vais. Je te déteste ! Tu as de la chance qu'on soit amies. Elle lui tira la langue.

La réserve se trouvait au bout du couloir à gauche. Elle ouvrit la porte, entra, chercha et prit deux grands cartons posés sur une étagère en hauteur. Après les avoir pris, elle entendit un bruit sourd. Elle regarda à l'endroit d'où provenait le son, se pencha et ramassa l'objet qui venait de tomber à ses pieds. Elle le tourna dans un sens puis dans l'autre.

— Qu'est-ce que c'est que ça ? Un vieux calepin ? Qu'est-ce que ça fiche dans une réserve ?

Elle ouvrit ce « calepin » qui, tout compte fait, ressemblait plus à un journal, et y lut ces premières lignes :

« 1er avril 1653 : La pension est calme et tout le monde est au lit… »

— Avril 1653 ? C'est quoi cette blague ? pensa-t-elle.

Elle feuilleta rapidement les autres pages : « 12 avril 1653 : En marchant dans le couloir menant au dortoir, cher journal, j'ai surpris une conversation entre l'une des préceptrices et la directrice de la pension… »

— « 31 décembre 1653 », « 25 mai 1654 », « 23 septembre 1667 »… C'est dingue ! Il date d'un bout de temps ce journal, se dit Séléna à haute voix.

— Qu'est-ce que tu fabriques ? Séléna sursauta et pivota sur elle-même pour faire face à son interlocutrice, Hayley.

— Désolée, j'arrive, j'ai les cartons. Elles partirent en direction des salles des cartes, des cartons à la main pour chacune, plus le journal pour Séléna.

Une semaine passa et la journée commençait comme à chaque fois. Le père de Séléna la déposait en voiture devant son campus, elle était rejointe par son amie Hayley qui ne manquait pas de lui rappeler leurs travaux durant la pause déjeuner.

L'heure du repas étant venue, Séléna mangeait un sandwich, tout en se dépêchant de rejoindre son amie. Dans sa hâte, elle ne vit pas le jeune homme qui venait face à elle, et le bouscula. Elle en fit tomber son mets.

— Mince !

— Désolé ! Le garçon se baissa et ramassa les restes de ce repas de fortune.

— Ce n'est pas vrai ! C'était le seul truc que j'allais avaler de la journée, avant le dîner.

— Désolé, je t'en achète un autre si tu veux ?

— Non, non, c'est moi, laisse. Elle n'avait pas encore levé les yeux vers lui, mais quand elle le fit, elle les écarquilla de stupeur.

— Vraiment, j'insiste, c'est tout ce que tu as prévu de te mettre dans le ventre avant le dîner. Tu auras besoin de forces. Alors, oui ou non ?

Elle ne répondit pas tout de suite. Ce qui fit naître une situation embarrassante. Elle le dévisagea comme une bête curieuse. Quand elle s'en rendit compte, elle ajouta maladroitement :

— OK, je veux bien.

— OK pour quoi ? dit une voix derrière le garçon.

— Ah ! C'est toi, Hayley. Ce n'est rien, j'ai fait tomber mon casse-croûte et…

— Par ma faute, l'interrompit le garçon.

— Mais non, enfin ! C'est moi qui ne regardais pas devant moi, le corrigea-t-elle d'une voix tremblante qui trahissait son trouble. Il me propose de le racheter. On en a pour quoi… euh… deux petites minutes, dit-elle enfin à son amie, en joignant ses mains.

— Bien, mais grouille-toi, je ne vais pas tout faire toute seule, ou je prendrai plus de la moitié de la paye.

— Merci, merci.

Ils partirent chacun de leur côté. Séléna et son camarade se dirigèrent vers la cafétéria du campus et Hayley en salle de sport.

— Au fait, moi, c'est Séléna ! Ça fait longtemps que tu fréquentes le campus ? Je ne t'ai jamais vu, je crois. Enfin, faut dire qu'on est nombreux.

— Moi, c'est Aronn, et cela fait déjà deux ans que je fréquente ce campus.

Son sandwich acheté, elle fila rejoindre son amie, un grand sourire aux lèvres. Elle ouvrit la porte violemment, qui claqua sur le mur dans un fracas, en résonnant dans tout le couloir.

— Mais vraiment ! Je n'aurais jamais imaginé qu'il puisse être ici.

— Du calme !

— Tu savais qu'il fréquentait le campus ?

— Ouais.

— Je l'imaginais autrement depuis le temps. Comment peut-il se retrouver ici ? C'est… Étrange. Depuis tout ce temps en plus.

— Euh... tu parles bizarrement. Tu le connaissais avant, où ?

Séléna se figea en se rendant compte de son erreur.

— Euh… laisse tomber, oublie, ce n'est rien, bredouilla-t-elle.

— Mouais, c'est ça. Allez, au boulot.

Elle l'avait lu en entier ce journal qu'elle avait trouvé dans la réserve et elle y avait découvert quelque chose – une chose attractive et déroutante. Ce qu'elle ne dit pas à son amie.

Séléna était une jeune fille blonde, arborant un joli visage, de taille moyenne et âgée de vingt-et-un ans. Elle était intelligente, espiègle, rieuse et souvent de bonne humeur. Elle avait le don de redonner le sourire à tous, même à un condamné à mort avec qui elle entretenait une correspondance depuis peu, à l'époque. Toutefois, comme tout humain, elle avait ses ténèbres, ses défauts, ses péchés... En découvrant ce journal, ce n'est pas la meilleure partie d'elle qui allait briller...

Dix mois s'étaient écoulés depuis qu'elle avait découvert ce fameux journal. Elle se livrait depuis lors à des activités étranges. Elle s'était fixé un objectif : celui de se rapprocher d'Aronn. Ce jeu intrigant qu'elle menait alors laissait à se poser une question : qu'est-ce que Séléna avait bien pu trouver et lire dans ce journal pour faire autant cas de cette affaire ?

— Il faut que tu m'aides, sinon je ne m'en sortirai pas, dit Séléna.

— Tu exagères, tu es super douée, lui dit Aronn.

— Tu parles, j'ai la chair de poule, et s'ils ne me prenaient pas dans leur équipe de débat... ?

— Mais si c'est moi qui écris ton texte, ça ne sera pas crédible.

— Non, juste un coup de main.

— OK, je te dirai de te pencher sur les écrits d'un grand écrivain français, contemporain de Napoléon III.

— Ah ! oui, Victor Hugo, c'est ça ? On l'a étudié en cours de français. Ça pourrait être un plus de parler d'auteurs étrangers.

— Surtout sur la peine de mort !

— Tu es génial, merci. Elle l'embrassa sur la joue et fila.

Elle savait parfaitement ce qu'elle faisait. Pourquoi Aronn ne voyait-il rien ? En tout cas, il l'aimait. Elle avait réussi en peu de temps.

En quittant Aronn, Séléna s'était rendue à une cabine téléphonique placée hors et surtout loin du campus. Elle décrocha le combiné et composa le numéro. Trois tonalités et...

— Allô ? Un homme à la voix grave et rauque répondit.

— C'est bien monsieur le général Auber ?

— Oui, c'est pour quoi ?

— L'affaire S.C.A.

Un silence impeccable qui en disait long s'ensuivit.

— Qui êtes-vous ?

— Juste quelqu'un qui honore son devoir de citoyenne et voudrait empocher la récompense.

— Où êtes-vous ?

— Écosse, St-Andrew University, comté de Five, quartier Kennedy, et elle raccrocha.

Aronn ne devait se douter de rien. Le mettre en confiance, pensait-elle en boucle dans son esprit. Ce qu'elle savait sur cet être la mettait mal à l'aise et si elle voulait ne courir aucun danger et que l'opération ait du succès, elle devait se rendre irréprochable à ses yeux. Jouer la comédie avec lui, le temps que tout cela se fasse devrait la maintenir hors de soupçon et en sécurité, se disait-elle. Arrivée au lieu où ils devaient se retrouver après les cours, elle se mit en condition et feignit de courir pour le rejoindre comme si elle avait été retardée par quelque chose dans l'enceinte de l'université.

— Désolée, je suis en retard, lui dit-elle.

— Ce n'est pas grave, on y va ?

Il lui prit la main et ils s'éloignèrent de là.

Arrivée chez elle, elle ne put retenir un sentiment de compassion comme pour rassurer son coeur. Savoir qu'elle était encore pourvue d'empathie la rassurait. Il faut dire qu'il n'était pas comme eux, se disait-elle à sa défense.

— Je passe te prendre à vingt heures, ça te va ? proposa-t-il.

— Oui, merci.

— Super, on fait comme ça, alors. À plus tard, dit-il, puis il tourna les talons.

— Aronn !

— Oui.

Elle se pencha et l'embrassa sur la joue…

— Aronn, Aronn… Aronn, Aronn…

Aronn sursauta, sortit de sa rêverie et me fit face.

— Tu vas bien ? À quoi pensais-tu ? demandai-je.
— À rien…

19

Une erreur

— Hé ! Davis. Je rêve ou tu ne m'écoutes pas ? lui demanda Ethan.

— Ça fait quatre-vingts ans que je ne t'écoute pas, Pal.

Aronn et Ethan se disputaient au lieu de discuter, comme d'habitude.

— Moi je vais devoir y aller. On a une réunion familiale, nous informa Ethan, à mon grand regret. Ce qu'il lut sur mon visage. Ne t'en fais pas, on se fera autre chose une prochaine fois tous les deux, me dit-il en me gratifiant d'un clin d'oeil.

— S'il y a une prochaine fois, dis-je de manière solennelle. Ce qui le surprit. Puis, reprenant contenance, il me dit :

— J'espère bien qu'il y aura une prochaine fois.

Il posa sa main sur le sommet de ma tête et m'embrassa sur la joue, puis partit en me faisant signe de la main.

Je le regardai s'éloigner et disparaître dans la foule. Alors Aronn me saisit par le poignet, ce qui me fit réagir.

— Allons à l'expo sur le climat, si tu veux, me proposa-t-il.

Je lui souris et nous nous dirigeâmes vers ce lieu.

— Pourquoi as-tu dit ceci : « S'il y a une prochaine fois » ? me demanda Aronn, tout à coup, après un silence de quelques minutes.

— Disons qu'avoir vu deux fois la mort de près, mon coma et l'initiative d'exécution de vos deux familles, m'a rappelé combien nous sommes fragiles.

— Je vois, c'est vrai. Profitons donc de ce temps donné ensemble.

Nous passâmes le reste du temps à rire et échanger sur des sujets qui égayaient nos coeurs. Quand j'y pense, j'en ai fait du chemin, et pourtant je n'en suis qu'au commencement...

Une question me taraudait depuis le jour qui faillit me coûter la vie, que je n'avais jamais osé poser à Aronn, mais comme il semblait de bonne humeur à ce moment-là, je lui demandai :

— Aronn, Séléna c'était qui pour toi ?

Il ne dit rien, pas tout de suite, puis il me répondit :

— Une erreur.

20
Une arme redoutable

Appuyée contre le porche de ma maison, Aronn attendait que je sorte et que l'on se mette en route pour le lycée. Je me présentais enfin, et à ma vue, il me sourit.
Nous nous apprêtions à descendre les marches du perron, quand la moto d'Ethan déboula dans ma rue. Aronn paraissait troublé.
— C'est quoi tout ça, Ethan ? lui demanda-t-il.
— Je dirais juste un nom : Simon.
— Quoi ?
Cela ne semblait pas bon pour moi. Il nous rejoignit à pas pressés et m'empoigna le bras.
— Allez, tout le monde à l'intérieur.
— Quoi ? Tu veux dire qu'il vient ici ?
— Non, si j'ai réussi à le convaincre, mais j'en doute.
— Et tu as trouvé malin de l'emmener jusqu'à sa maison ?
— Oui, c'est mieux qu'au lycée où il y a plus de deux mille élèves. Ils n'arrêteront pas mon frère. Celui-ci est hors de sens. Il vaut mieux faire ça proprement. Ethan referma fermement la

porte derrière nous. Toujours sans me lâcher, il me guida dans le salon et me plaça derrière le canapé. Lui et Aronn se dirigèrent ensuite vers la fenêtre, la mine obscure et inquiète. Pendant un long moment, il n'y eut rien. Puis un bruit de moteur se fit entendre, s'arrêta et redémarra. Encore une fois tout se passa très vite.

— J'HALLUCINE ! Il fonce sur la maison ! hurla Aronn.

Ils coururent dans ma direction et plongèrent au moment de l'impact qui se fit dans un bruit assourdissant. Par réflexe, je me recroquevillai sur moi-même, les mains sur la tête.

— Allez lève-toi, Tam ! me commanda Aronn. Trop lente pour lui, il me prit par la taille et me porta jusqu'à l'étage (avant que je ne puisse plus rien voir de ce qui venait de se passer dans mon salon, je vis la silhouette d'un homme descendre de voiture). Une fois à l'étage, on se dirigea vers la pièce du fond.

— Ce n'est pas vrai ! Qu'est-ce qu'on fait dans cette pièce ? C'est stupide. Il aura bientôt fait de la tuer ici, débita Ethan.

— Attends, lui dit calmement Aronn. Il sortit de son sac une arme de poing.

— Oh ! tu plaisantes ! dis-je en gémissant.

— Où as-tu eu ça ? Ne me dis pas qu'elles sont munies de… hésita Ethan.

— Seul moyen de le tenir en respect, affirma Aronn.

— Je te préviens, tu n'as pas intérêt à…

— Du calme, petit, dit-il à l'adresse d'Ethan. Je ne lui ferai aucun mal.

Ils se toisèrent furieusement. Les bruits de pas se rapprochaient encore et encore. La tension était palpable et parvint à son paroxysme quand la porte vola à travers la pièce. L'ombre aperçue plus tôt se dessina nettement devant mes yeux. . Un homme de deux mètres de haut, avec une masse musculaire importante, me faisait face. Brun, il portait des lunettes noires et avait un bout de bois à la bouche, qu'il mâchouillait avec nonchalance.

— Salut, lança-t-il. C'est elle ?

— Ne l'approche pas, lui dit Aronn.

— Du calme ! Je ne te veux nullement du mal.

— C'est trop gentil, lui dit Aronn en lui pointant son arme dessus.

— Tu sais que c'est dangereux, tu pourrais te blesser.

— Dis ça à d'autres.

— Bien.

Il mit ses mains dans les poches intérieures de sa veste et en sortit deux plus gros calibres que celui qu'Aronn pointait sur lui, les dirigeants contre celui-ci.

— Et maintenant ? dit Ethan, l'air blasé.

— Maintenant, j'élimine cette petite, et vous, vous allez gentiment en cours, dit Simon.

— Ah ! rien que ça. Ouf ! je pensais que tu avais prévu de nous tuer aussi. Si tu es là pour elle, vas-y, je t'en prie, frangin. Je ne voudrais pas te gêner dans tes histoires de meurtre, tu me connais. J'étais venu parce je m'ennuyais, mais là, ça va beaucoup mieux grâce à toi, railla Ethan. Ne te paye pas ma tête, siffla-t-il enfin.

Simon fit la grimace.

— Petit frère, t'en fais trop !

— Et toi, si tu nous faisais le plaisir de dégager ! poursuivit Aronn.

— Pourquoi tant d'animosité ?

— Fais-moi rire ! ajouta Aronn.

— Mais qu'est-ce qui se passe exactement ? Je perds toute notion. Pourquoi vouloir me tuer ? Ils font exactement ce qu'ils reprochent à ceux qu'ils appellent vermine, dis-je à bout.

Je tremblais, tellement j'étais fatiguée de cette situation. La peur qui me gagnait à chaque fois que je sentais que j'allais peut-être y passer m'épuisait.

— Tu m'en vois désolé, fillette. J'aurais voulu que tu ne ramasses pas ce journal et encore moins que tu le lises.

Il pointa son arme sur moi, s'apprêtant à tirer. Aronn me projeta à terre et reçut la balle dans le bras. Voyant cela, je me précipitai pour lui porter assistance. Je bandai sa plaie à l'aide de mon étole. En faisant cela, je fis dos à Simon qui pointa à nouveau son arme, et cette fois-ci ce fut Ethan qui s'interposa, une main levée vers son frère.

— Tue-moi avec elle si tu fais cela.

Simon parut choqué, et moi avec lui, je me plaçai de l'autre côté afin de faire face à Simon, et je pris Aronn dans mes bras.

— Je savais que Grionne ne la laisserait pas respirer longtemps, reprit Ethan. Faut-il en arriver là, Simon ? Nous ne sommes pas des meurtriers. On ne va pas laisser la peur prendre le dessus sur nos décisions et devenir paranos. Elle ne sait rien, ça se voit.

— J'ai reçu l'ordre de la tuer, c'est tout ce que je sais, dit-il d'un ton formel.

— Analyse cet ordre. On n'est plus à l'armée ! Tu t'apprêtes à ôter une fille à sa famille. Voudrais-tu qu'on enlève l'une de nos soeurs à notre famille ?

— Il le ferait sans hésiter et tu le sais.

— Elle ne sait rien.

— À force de répéter qu'elle ne sait rien, tu la pousseras à rechercher, et là elle saura, et il sera trop tard pour nous. Alors, avant que ça n'arrive, j'exécute. Pousse-toi, Ethan.

Ethan continuait à raisonner son frère, mais lui semblait bien décidé à m'exécuter. Alors des larmes commencèrent à perler sur mes joues.

— Laisse-la, je t'en prie Simon, commença Aronn. Si tu la tues, tu commettras une nouvelle faute contre moi.

— Vois-tu, commença Simon, ce n'est pas la première fois que tu m'accuses ainsi. Pour une fois, ça sera fondé.

Je pensais que mes jours étaient finis, que j'allais mourir ici sans rien pouvoir faire. Voilà, c'était ma fin. Quelle horrible fin ! avais-je pensé. Mais le décret n'en était pas ainsi...

Simon vint à grands pas vers son frère pour l'ôter de son chemin, quand une voix vint de derrière lui.

— Simon, stoppe-toi, dit posément Éric.

Surpris, il se retourna et fixa ce dernier.

— Qu'est-ce qui t'amène ici ? La même mission ou sommes-nous l'un contre l'autre comme toujours ? demanda-t-il un sourire sur les lèvres.

— Nous ne sommes pas ensemble dans cette affaire. Laisse cette fille, elle ne sait rien.

— Vous êtes, vous les Davis, si insaisissables dans vos actions que j'ai du mal à vous suivre. N'est-ce pas de vous qu'est venue l'erreur nommée Séléna ? Et vous vous apprêtez à recommencer.

— Pose ces armes ! lui imposa Éric.

— Je n'ai pas d'ordre à recevoir de toi, Éric Davis.

Il se tournait déjà pour pousser son frère, quand le sol s'écroula d'au-dessous de nous. La chute fut assez brutale et un nuage de poussière s'éleva. Je toussotais, et le silence se fit autour de moi. Je ne voyais rien durant un moment jusqu'à ce que la lumière du soleil m'éclaire. Je regardais hagarde l'environnement qui m'entourait. Ma maison était à moitié détruite. Je me levai péniblement, et commençant à marcher, je vis Simon sous les décombres. Deux lourdes poutres l'empêchaient de se relever, et son arme était à mes pieds. Lui ne m'aperçut qu'ensuite et comprit la situation. Il était à ma merci. Il sourit dépité et me dit :

— C'est de bonne guerre.

Je le regardai avec sérieux et poussai au loin son arme avec mon pied. Me baissant, je me mis à crier à l'aide afin qu'on vienne le sortir de là. Il me regarda avec étonnement dans un premier temps, puis ferma les yeux et eut un sourire défait sur les lèvres. Éric apparut en premier, puis Ethan à sa suite, suivi d'Aronn.

— Il est coincé, il faut soulever les poutres, vite avant qu'il ne perde connaissance.

Éric s'affaira à la tâche. Aronn allait l'aider, mais je lui dis :

— Que fais-tu Aronn ? Tu es blessé.

Il me regarda incrédule, puis se ravisa. Ethan aida Éric et ils sortirent, en moins de deux, Simon de dessous les décombres. Puis nous sortîmes de la demeure au cas où elle s'écroulerait.

— Ça, c'est à cause du fait que tu as empaqueté la voiture dans le pavillon, dit Ethan.

— Non, vraiment, frangin, je n'avais pas fait le lien, dit Simon sarcastique.

— Je dis cela pour te faire prendre conscience, appuya Ethan.

— Merci pour la leçon, j'ai compris.

Il y eut un moment de silence, puis Simon se remit sur ses jambes. Ce qui m'étonna. Il se tourna vers moi et me regarda longtemps, semblant réfléchir, puis il soupira et dit :

— Bon, qu'allons-nous faire de toi ?

— Tu renonces ? demanda Aronn.

— Après ça, c'est difficile de ne pas croire vos arguments.

Il regarda la voiture d'Aronn et sourit.

— Même pas en rêve, dit brusquement celui-ci en remarquant cela.

Cinq minutes après, nous étions tous les quatre dans la voiture d'Aronn, Éric nous suivant dans son propre véhicule. Le trajet jusqu'à la demeure des Pal se fit dans un silence lourd, enfin presque. Simon sifflotait. Arrivée à destination, je me surpris du calme qui régnait en moi.
Quand j'avais vu Simon bloqué, lui et son arme, à mes pieds, alors que peut-être certains en auraient profité pour se débarrasser de cette menace, j'étais convaincue que je ne devais pas porter atteinte à sa vie, car si je l'avais fait, il aurait eu raison et je n'aurais fait qu'exposer ma propre vie bien plus. Qui tue sera tué, cela était plus que vrai ; c'était palpable pour moi. De plus, jamais je n'aurais pu le convaincre de ma bonne foi envers sa famille.
J'étais donc enveloppée par cette même paix alors que je me rendais chez ceux qui en voulaient à ma vie. Arrivée à leur demeure, je me dirigeai sans crainte entre Simon, Ethan, Aronn et Éric au lieu où ils étaient assemblés.
Ethan et sa famille vivaient dans une immense villa blanche à l'architecture très moderne. Simon pénétra dans la demeure et claironna :
— Ma douce famille, je suis là ! Montrez-vous que je vous embrasse à nouveau !
Quel drôle de personnage ! pensai-je, un sourire aux lèvres.
— Tu as l'air heureux. La mission que Grionne t'a confiée s'est donc bien passée. Marilyne venait à notre rencontre, j'entendais ses pas approcher et résonner dans le couloir à gauche de l'entrée. Où est Ethan que je le console ? continua-t-elle d'une voix emprunte de peine pour lui. Il doit comprendre que c'est la sécuri… En me voyant, elle se figea et sans prévenir elle fonça sur moi. Elle fut très rapide. Par réflexe, je me recroquevillai et fermai les yeux, mais une masse immense vint se tenir devant

moi, lui barrant la route. Simon.

— Du calme, lui dit-il posément d’une manière qui forçait le respect.

La soeur rousse d’Ethan se calma sur-le-champ et ses traits devinrent plus doux.

— Qu’est-ce qui te prend, Simon ? demanda-t-elle.

— Où sont les autres ? J’ai à vous parler.

Il m’attrapa par l’épaule et me souffla :

— Reste à mes côtés si tu ne veux pas que cette expérience avec ma soeur Marilyne se répète.

— D’accord, lui dis-je.

Marilyne passa devant nous, suspicieuse, et Simon m'entraîna à sa suite, me tenant fermement par les épaules. Quand je fus en leur présence, au début ils me regardèrent tous dans un silence pesant, dans cette immense salle de séjour.

— Oyez, oyez, tout le monde. Ils fixèrent leur regard sur Simon. Je suis de retour, désolé, je me suis un peu sali là-bas.

Ils fixèrent incrédules leur frère, puis se mirent en colère fortement.

— Tu ne l’as pas tuée ! s’étonna en criant à moitié la soeur benjamine d’Ethan.

— Calme-toi, Vanessa, lui dit Simon.

— Que s’est-il passé ? questionna Grionne.

— C'est assez long à expliquer, commença Simon, mais arrivé là-bas, j'étais déterminé à faire ce que tu m'avais demandé, Grionne. J'étais on ne peut plus d'accord avec toi sur l'urgence et l'instabilité de la situation. Bien qu'Ethan eût fait preuve de bons arguments, cela n'a pas suffi. Je l'ai vue avec les deux moustiques, tous deux résolus à défendre sa vie, mais je ne me laissais pas convaincre. Aronn s'interposa à ma première tentative et je le blessai au bras. Elle se releva rapidement pour

bander sa plaie. Cela me surprit, mais je ne me laissai pas convaincre à nouveau.
Quand il vint à ce moment de son discours, cela m'étonna. Il m'avait semblé que ce que j'avais fait pour Aronn lui était passé au-dessus de la tête. Il poursuivit donc :

— Puis Ethan s'interposa et dit quelque chose qui me serra le coeur : « Tue-moi avec elle si tu fais cela. »

À cette déclaration, je vis les visages de sa fratrie se décrisper un peu comme vivement touchés.

— Ils ont continué à me supplier, mais je n'ai rien voulu entendre. Alors, au moment où j'allais écarter Ethan, Éric arriva et défendit sa vie à son tour. Je ne me laissais point démolir, mais j'avoue que je commençais à trouver toute cette situation étrange. Je repris donc mon affaire. J'allais à nouveau écarter Ethan de ma cible, quand le plancher s'écroula de dessous nous. Cinq minutes après, je la vis au-dessus de moi, mon arme et moi-même à ses pieds. J'étais à sa merci.

La famille semblait suspendue aux lèvres de Simon, pour savoir ce qui s'était passé, surtout qu'il voyait qu'il était toujours en vie.

— Je pensais qu'elle en profiterait, comme nous nous attendions de leur part, mais elle cria afin qu'on me portât secours, et je suis là devant vous, ayant été aidé par Éric et Ethan.

À la fin de sa déclaration, chacun semblait méditer sur la situation, puis Grionne déclara une réunion d'urgence, ce sur quoi on me fit patienter avec Éric et Aronn dans une pièce.

Je fixais le sol, perdue dans mes pensées. Il ne m'avait pas semblé dans sa réaction que Simon était ébranlé par quelque argument concernant à préserver ma personne. Comme quoi, pensai-je, à l'époque, les apparences sont trompeuses.

— Comment as-tu su qu'elle était en danger, Éric ? demanda Aronn à son frère.

— Je ne le savais pas. J'ai eu une sorte de pressentiment et j'ai foncé là-bas.

Je ne savais pas, à ce moment-là, qu'il me sauvait à nouveau...

— Notre famille ne portera plus atteinte à sa vie, cela veut dire de façon certaine ? demanda à nouveau Aronn à son frère comme pour être sûr de ses intentions.

Éric, se tournant pour le regarder, lui sourit et dit :

— Non, notre famille ne portera plus atteinte à sa vie. En tout cas, moi, je ne le veux pas, et je ferai en sorte que ma volonté soit respectée.

Il me regarda et me sourit. Je le lui rendis.

— Il ne manque plus que Simon et Ethan puissent convaincre leur famille.

— Ils y parviendront, dit Éric, comme une certitude.

J'essayai de m'aligner sur sa conviction.

Je regardai la blessure d'Aronn, et ce dernier ne semblait plus souffrir d'elle. Je lui dis donc :

— Cela me surprit que tu t'apprêtasses à soulever cette poutre avec ton bras blessé. Comment te sens-tu ?

Il me regarda un moment sans rien dire, puis il m'annonça que tout allait bien. J'étais toujours très intriguée quand il agissait de cette manière. On aurait dit qu'il essayait de me sonder par son regard. Malgré son envie de me protéger, je sentais qu'il n'était pas tout à fait rassuré à mon sujet ; il y avait de la méfiance. À l'époque, cela me blessait et me poussait à la réflexion. Je me demandais ce qu'il me cachait de si impossible

à confier, mais je balayais vite toutes ces idées ; peu importe, me disais-je, ça n'a pas d'importance tant que l'on pouvait rester amis.
La réunion fut assez longue. Quand elle fut terminée, ils envoyèrent Vanessa me chercher. Aronn et Éric insistèrent pour se rendre avec moi. Elle accepta sans difficulté. On m'introduisit dans la pièce et comme devant un tribunal, on me fit me tenir debout devant la famille dont tous les membres, l'air grave, étaient assis de l'autre côté d'une grande table en acajou verni.
Grionne, solennel, les mains jointes, la tête baissée, la releva pour me regarder un moment après. Il fixa sur moi un regard dur. J'avalai ma salive et restai fixe sans détourner mon regard du sien. J'espérais qu'il lirait peut-être dans celui-ci ma sincérité et ma détermination. Aujourd'hui, je sais que ma force ne résidait pas dans mon regard...
— Cela fut assez fastidieux de décider de ton sort, soupira-t-il, comme fatigué. Nous renonçons à ton exécution. Je soufflais soulagée à mon tour. Mais, reprit-il juste après, nous t'observerons, et au moindre faux pas, nous t'éliminerons sans ménagement, compris ?
Je ne dis mot au sujet de ce qu'il avait dit, comme pour appuyer qu'il n'y aurait pas de prochaine occasion. Je demandai juste :
— Je peux donc être amie en toute tranquillité avec Aronn et Ethan ?
Ma question les surprit comme s'ils se demandaient si j'avais percuté la gravité de l'instant et les propos de Grionne, si bien que celui-ci reprit vivement, comme étonné :
— C'est tout ce qui t'intéresse, reprendre ta relation avec Aronn et Ethan ? Es-tu dépourvue de sens ? Pourquoi veux-tu à tout prix être amie avec eux ?

Je le regardai et dis :

— Car je ne désire rien d'autre que d'être leur amie, tout simplement. Aronn est pour moi comme un frère. Je ne l'attendais pas dans ma vie, et depuis qu'il y est, elle a été enrichie. Il me fait rire, on se ressemble, et la solitude s'est enfuie loin de moi. Quant à Ethan, cela est différent, car on se connaît depuis peu, et notre relation a plutôt mal commencé. Mais avec lui, je découvre que le pardon ouvre d'autres horizons, et son amitié m'est aussi précieuse que ma vie, car sans que je m'y attende, elles furent fortement liées en ces circonstances. Je ne demande qu'à mieux le connaître.

J'étais loin de me douter qu'un lien plus fort, se levant non loin, allait m'être plus cher et bien plus doux et qu'il me ravirait le coeur...

Ils gardèrent tous le silence, comme sondant la portée de mes paroles. Puis se levant, Grionne dissout l'assemblée.

— En tout cas, si ce que tu as dit est vrai, nous devrions ne plus avoir d'ennuis avec toi, me déclara ce dernier.

Il partait déjà, quand je le retins en lui disant :

— Il manque un point, lui dis-je.

Tous se stoppèrent et me regardèrent.

— Que fait-on pour ma maison que Simon a détruite ?

Ils me fixèrent incrédules, puis portèrent leur regard sur Simon qui leur expliqua.

— Décidément, toi, me dit Grionne, c'est tout ce qui t'intéresse, tes amis et la maison de ta famille, alors que tu as frôlé la mort. On leur fera un chèque.

— Et où est-ce qu'on dormira ? lui demandai-je.

Il écarquilla encore plus les yeux.

— Grionne, je m'en occupe, lui dit Ethan.

Et ils quittèrent la pièce. Nous restâmes Aronn, Éric, Ethan et moi, seuls. Durant un petit moment, nous ne dîmes rien. Puis, par la joie d'être débarrassée de cette menace qui pesait sur moi, je me mis à rire comme soulagée. Je me tournai pour faire face à Aronn et lui tendis les bras. Il me prit, me souleva de terre et me fit tournoyer en me serrant fort contre lui. Il s'immobilisa et dit à mon oreille :

— Je suis heureux que tu sois sauve. Je dois t'avouer – mais ne le dis à personne – que j'ai eu très peur.

— Moi aussi, au début.

Nous restâmes un instant ainsi, puis il me posa. Je me tournai vers Ethan resté en arrière, et n'osant faire preuve d'autant d'effusion de joie, il me dit :

— Je suis content que tu puisses vivre normalement, maintenant.

Je lui souris et marchai à grandes enjambées vers mon ami en lui ouvrant aussi mes bras, ce qui le surprit, mais heureux de cela, il me prit dans les siens. Il me serra fort et posa sa joue contre le sommet de ma tête, puis me soulevant, il me chuchota à l'oreille :

— J'ai eu peur pour toi. Et un instant après, il ajouta : « Je tiens aussi à cette amitié avec toi. »

Il me reposa au sol et Éric dit :

— Je suis ravi pour toi. Il est rare que nous échouions quand un décret est décidé. C'est même la première fois.

Je lui souris et allai le serrer aussi afin de le remercier de son aide. Ensuite, Ethan appela à aller régler le problème de mon logement. Arrivée sur place, ma famille était là, stupéfaite. Ethan vint et expliqua tout, en évitant de leur parler du danger auquel j'étais exposée.

— Et tu vas bien Tamara ? demanda vivement ma mère. Ce qui me surprit à l'époque, car je ne savais pas, je ne comprenais pas...

Je répondis par la positive.

— Et votre frère, comment va-t-il ? demanda mon père à Ethan.

— Bien, merci, monsieur.

— Comment a-t-il pu perdre ainsi le contrôle du véhicule ? C'est quand même fou ! s'étonna-t-il.

— Nous payerons tout, et si vous avez des désirs particuliers, n'hésitez pas, insista Ethan.

— Quant au lieu où vous séjournerez, le temps des travaux, vous n'avez qu'à venir chez nous, proposa Aronn. Par contre, je ne peux accueillir que quatre personnes sur les cinq.

— Allons-y maman ! dit ma soeur Paige.

Je pensais que ma mère partagerait son avis et je commençais à avoir le visage tout défait, car je me disais : « Ils me laisseront à l'arrière. » Je ne vis pas le regard de ma mère sur moi. C'est Aronn qui me le rapporta ensuite. Un regard d'amour, m'a-t-il dit.

— Certes non, Paige, je ne veux pas que nous soyons séparées. Soit toute la famille y loge, soit on trouve un autre endroit.

— Venez donc chez moi, nous avons une maison annexe de trois chambres. Les filles pourront dormir ensemble, proposa Ethan. Et je tiens à ce que nous prenions tout en charge, puisque c'est nous qui avons endommagé votre domicile.

Ma mère et mon père semblaient peser le pour et le contre. Nous n'avions pas de famille dans la région. Mon père était fils unique, et l'appartement que louaient ses parents était à d'autres, car ils étaient tous deux disparus. Quant à ma mère, elle avait une soeur qui vivait loin d'ici et ses parents, de même, nous ne pouvions pas quitter la région.

— Ce sont de très bons amis à toi, Tamara. Tu nous le confirmes ? me demanda ma mère.

Je lui répondis vivement que oui, ce sur quoi ils décidèrent que nous logerions dans cette maison annexe.

C'était une charmante maison de plain-pied située à l'arrière de la résidence principale, dans le vaste espace de son jardin. Elle était en bois, peinte en blanc. Son intérieur était très chic et moderne. Elle se découpait en deux grandes parties dont la première était un salon spacieux et doté de sa cuisine américaine, et la seconde, un dégagement carré desservant trois chambres.

— Je vous remercie, dit ma mère tout enjouée. C'est vraiment charmant, je sens qu'on va se plaire ici. Votre maison principale est à une distance acceptable.

Ethan et Maryline nous saluèrent et nous laissèrent.

Quand Ethan apprit cela à sa famille, elle n'était pas très enchantée, mais ayant le sens des responsabilités, elle ne dit rien et accepta la situation. Cette cohabitation allait me faire passer un cap.

21
Douleur

Je pris vite mes repères dans cette immense propriété. Les travaux avaient commencé et nous pûmes récupérer quelques effets. Je ne m'approchais guère de la maison principale, excepté lorsque Ethan m'y invitait. Je voulais rester discrète, afin de me faire oublier de sa famille, qu'il ne se focalise pas sur moi et oublie même tout ce qui s'était passé. Toutefois, il est vrai que je m'interrogeais fortement sur ce secret qui faillit me coûter la vie, mais en revers de cela, je profitais de ma liberté retrouvée avec mes amis.

Il y a un jour dont je me souviens parmi ceux que je passais à la propriété d'Ethan Pal. Aronn vint avec quelques membres de sa famille me visiter. Enfin, sa famille n'étant là que pour assurer ses arrières, nous discutions paisiblement allongés dans l'herbe, fixant le ciel, quand je lui demandai :

— Veux-tu me faire une faveur ?

— Demande toujours. Si cela m'est possible, je le ferai.

J'hésitai dans la façon de formuler ma demande et je finis par dire :

— J'aimerais tant connaître cette fille qu'on a cessé de men-

tionner comme argument contre moi.
Aronn ne dit rien durant un moment. Alors, pensant qu'il n'avait aucune envie de répondre, je dis :
— Laisse tomber, je voulais juste... enfin, ce que je voulais savoir, c'était pourquoi on t'attribuait cette faute.
Il ne dit encore rien. Je me levai donc pour le fixer, et voici que, les yeux grands ouverts, le visage fermé, il regardait obstinément le ciel.
— Désolé Aronn, apparemment je manque de tact, dis-je.
Je voulais me lever pour ne plus tenir cette tension, quand il dit :
— À quoi bon parler du passé ?
Il ferma les yeux, soupira et les ouvrit à nouveau.
— Si tu veux tout savoir, c'est une femme que j'ai aimée, dit-il avec nostalgie. Elle s'est retournée contre moi, bien que je pense que jamais son coeur n'a été avec moi.
Sa déclaration m'étonna, car cette idée de m'avait pas effleuré l'esprit.
— Aronn, je...
— Ne réponds rien, dit-il.
— J'aimerais t'aider. Parle-moi. Je voudrais partager ton fardeau.
— Mon fardeau ! s'écria-t-il. Tu n'as pas les épaules assez larges pour le porter avec moi, vu comment tu as réagi face à tes propres problèmes.
— Je peux, lui dis-je.
— C'est ce que tu crois ! Mais moi, je sais, je sais tout ça. Tout ce que ma famille et moi nous avons dû traverser toutes ces années.
Il semblait me parler de quelque chose de bien plus lourd, avais-je conclu à l'époque. J'avais vu juste.
— Je suis ton amie et...

— Je ne sais pas !
Ce qu'il m'avait dit en me coupant vivement me stupéfia.
— Tu ne sais pas quoi ? Si je suis ton amie ?
— C'est exact, reprit-il doucement en se redressant et en me regardant dans les yeux. C'est à se demander si tu l'es, vu toutes les questions que tu me poses. Tu ne comprends pas quand il faut lâcher l'affaire !
Je l’ai fixé et ne me suis pas laissé démolir par l'attitude qu'il avait prise envers moi. Je ne savais pas ce qu'il me cachait, mais c'était assez fort pour engendrer toute cette tension entre nous, avais-je constaté.
— C'est à croire que tu n'as jamais eu d'amis, lui dis-je gravement. Je me levai sans le quitter des yeux et le laissai.
Je partis me réfugier au fond du jardin sur un banc. Les genoux relevés et ma tête posée dessus, je réfléchissais. Ce qu'il m'avait dit m'avait profondément touchée. Je me demandais même si son envie de me sauver était sincère et pourquoi il l'avait fait. Mon coeur était agité par diverses questions, à cette époque, mais depuis, il a trouvé la paix...
Il vint prendre place à mes côtés et me parla d'une voix très douce que je ne lui connaissais pas.
—Y a-t-il quelque chose que je puisse faire pour te soulager ?
Je me retournai brusquement, surprise. Ethan était assis à côté moi, me souriant.
— Ce que tu viens de faire me rappelle la première fois que l’on s'est vus à la cafète, te glisser furtivement sans qu’on ne te remarque.
— Pas tout à fait. À ce moment-là, j'étais loin de te sourire.
Je concédai.
— Ça a bien changé, depuis, c'est sûr, appuyai-je ; pour toi, mais avec Aronn...

— Tu t'interroges.
Il avait vu juste. Je le regardai avec des yeux de merlan frit. Ce qui le fit rire.
— Écoute, depuis que je le connais, je ne l'ai pas vu autrement. Il se montre dur. C'est pour se défendre et déstabiliser les autres. Il ne tardera pas à venir te présenter ses excuses, car il tient à toi.
— Je n'en suis pas aussi sûre que toi.
Ethan me saisit fermement par les épaules et me dit :
— Comment oses-tu en douter alors qu'il était prêt à se mettre à dos sa famille et la mienne, pour te protéger ?
Ce qu'il dit me toucha et je regrettai mes paroles.
— Écoute Tamara, reprit-il avec de la douceur dans la voix, suis ce qu'Aronn te dira et sois patiente. Il viendra de lui-même se confier à toi, car c'est ce que font tous les amis les uns envers les autres. Écoute-le. Il sait ce qu'il a vécu.
Il relâcha mes épaules et m'embrassa sur le front avant de s'en aller. Je le regardai s'éloigner. Je ne m'attendais pas à ce qu'il défende Aronn, vu leur antécédent, mais je compris plus tard que ce n'était pas seulement pour Aronn qu'il avait fait cela ; c'était aussi pour moi. Je réfléchis à ce qu'il m'avait dit et j'en pris la mesure. C'est pourquoi je partis à la recherche d'Aronn afin de m'excuser. C'est lui qui me trouva le premier.
— Je suis désolé, me dit une douce voix.
Je me retournai et voici Aronn adossé à un mur, qui me regardait tendrement.
— Je le suis tout autant que toi, je n'aurais pas dû. Si tu veux te confier, je suis là. Sinon, ça n'a pas grande importance.
Il me regarda sans rien dire, puis d'un coup commença :
— C'était le bal de fin d'année, je devais la retrouver à vingt heures chez elle…
Aronn raconte...

Elle était là sur le pas de sa porte, rayonnante dans sa longue robe argent lui arrivant à la cheville.
Je lui offris un bouquet de fleurs qu'elle me prit des mains, me regardant droit dans les yeux en me souriant. Notre amour l'un pour l'autre se voyait à l'oeil nu. Enfin, c'est ce que je croyais.

— Tu es magnifique ! C'est tout ce que j'ai trouvé à lui dire avec un sourire béat aux lèvres.

— Merci, toi aussi tu n'es pas mal dans ton costume.

Après quelques clichés pris par sa famille, nous partîmes pour le bal.

— Je ne t'ai pas dit, mais ce soir est un grand soir pour moi, me dit Séléna.

— Et pourquoi ?

— Parce que mon rêve de richesse va se réaliser.

— Ah bon ?

— Oui. Je suis heureuse.

Je n'avais pas compris qu'elle parlait de la récompense. Elle se moquait ouvertement de moi et je l'ai laissée faire. Aveugle, je n'ai rien vu venir.

Ce soir-là, je comptais lui avouer ce que je ressentais pour elle et lui proposait qu'on se réserve l'un pour l'autre. J'avais longtemps réfléchi et je l'avais longtemps observée, et il me semblait que cette nouvelle la ravirait, car je pensais voir en elle une femme qui m'aimait. Je la chérissais comme ma propre vie. J'étais loin de m'imaginer que tout ce que j'avais pu voir en elle n'était que mensonge et tromperie. Elle était la seule. Avant elle, je n'en avais point aimé, et après elle, je n'en ai plus aimé.

— Excuse-moi, je devais passer un appel urgent, me dit-elle, après qu'elle ait disparu un moment.

Les événements passés, je compris qu'elle avait pris contact avec eux.

— Tu parais tendu. Est-ce que tout va bien ? lui ai-je insouciamment demandé.

— Tout va pour le mieux. Qu'est-ce qui te fait croire le contraire ?

Je sentais son sourire forcé et crispé. Je mettais cela sur le compte de l'instant. Je me trompais lourdement.

Je lui pris tendrement la main et dit doucement :

— J'ai à te parler, suis-moi.

Elle se crispa.

— Pour aller où ? Tu ne peux pas me parler ici ?

— C'est assez personnel et j'ai envie que l'on soit seuls et tranquilles. J'aimerais qu'on aille derrière la salle.

— Discuter dehors ne me plait pas trop, vois-tu, je préfère qu'on reste ici, commença-t-elle à me dire nerveuse. J'appris plus tard qu'on l'avait chargée de me garder à l'intérieur, le temps qu'ils se mettent en place, puis qu'elle devait m'entraîner à l'endroit qu'on lui avait indiqué.

— J'ai envie d'aller aux toilettes, je reviens.

Avant que je n'eusse le temps de lui dire quoi que ce soit, elle s'en alla. Je commençais à douter de son attitude en ce que je pensais qu'elle soupçonnait peut-être mon intention et que cela lui faisait peur. Je réfléchissais à savoir si je poursuivrais ce que j'avais résolu ou non, pendant qu'elle s'occupait à bien remplir sa mission...

Un quart d'heure plus tard, elle me rejoignit. Je m'enquis de sa santé et elle me répondit promptement que tout allait bien.

— Excuse-moi, je ne suis pas de bonne compagnie. Je disparais souvent. C'est que je suis un peu tendue.

— J'avais remarqué, lui dis-je en passant la main tendrement sur sa joue. Ne t’en fais pas, ce que j'ai à te dire peut attendre puisque tu ne veux pas qu'on aille dehors. J'attendrais bien vingt-quatre heures de plus.

Je la vis regarder au-dessus de mes épaules et revenir à moi, regarder à nouveau et revenir à moi, trois fois d'affilée pendant que je lui parlais. Puis, elle me répondit vivement :

— Tout compte fait, je veux bien aller dehors, mais à un endroit que je connais. Je trouve qu'on y sera bien pour discuter.

Elle me prit par la main et je la suivis. Avec le recul, je trouve sidérant le calme dont elle faisait quand même preuve, sachant pertinemment qu'elle m'envoyait à la mort.

Nous arrivâmes dans un petit parc, retiré, mais non loin de l'université. Il faisait sombre. Ce qui me surprit.

— Il fait plutôt sombre, lui dis-je, c'est cet endroit que tu veux ?

— Oui, je m'y sens plus à l'aise.

— Je ne verrai pas ton visage quand je t'annoncerai ce que j'ai à te dire.

— Je pense savoir ce que c'est.

Sa déclaration ne me surprit pas. Alors, je pris une bouffée d'air frais et expirai.

— Séléna, je n'ai pas calculé ce qui est arrivé. Je vais parler gauchement, mais je ne vois pas comment je pourrais te le dire autrement. Je t'aime et je veux faire de toi ma femme. Oh ! non, pas tout de suite, rassure-toi, mais, aujourd'hui, tu connais mes intentions envers toi, et j'aimerais qu'on se réserve l'un pour l'autre. Partages-tu mes sentiments ou me suis-je trompé ?

Je l'entrevoyais de dos. Elle ne me répondit pas. Ce qui m'inquiéta :

— Séléna...

Je prononçais à peine son nom qu'une lumière puissante vint m'éblouir :

— Plus un geste ! me hurla un homme.

— C’est quoi ce délire ?
— On va faire ça calmement et il n’y aura pas de blessés.
— De quoi est-ce que vous me parlez ? hurlai-je.
— C’est nous, Aronn, c’est fini, rends-toi !
Je reconnus tout de suite sa voix.
— Vous, ici, Général ? Comment est-ce possible ? Non, c’est impossible que vous ayez pu me retrouver.
— C’est pourtant une réalité. Aronn, rends-toi et ne fais pas de bêtise, mon garçon !
Sans réfléchir, je fonçai droit devant dans l’espoir de les obliger à partir loin de moi, mais surtout de ma famille et de la fille que j’aimais. Au lieu de quoi je reçus une balle en plein abdomen. Une balle d’acide. Je me relevai avec peine et je reçus deux autres balles. Un agent arriva à ma hauteur et m’en colla trois autres, puis il essaya de me maîtriser. Une autre lumière éclaira l’arbre devant nous. Et là, j’ai vu. J’ai vu toute ma famille attachée à cet arbre, leur corps ligoté, ensanglanté et meurtri. Si tu avais pu voir ce que j’ai vu ce jour-là ! J’ai cru qu’ils étaient morts. Seule ma soeur Lona se trouvait au pied de l’arbre. Un autre agent l’avait empoignée par les cheveux et elle aussi avait reçu un bon nombre de balles d’acide. Je me mis à hurler.
— Bande de meurtriers ! Je vais vous rendre la monnaie de votre pièce !
Et une autre balle atterrit sur le milieu de mon dos.
— Aronn, dire cela devant celle que tu aimes, tu n’as pas honte ? me rappela à l'ordre le général.
Je l’avais oubliée. Je me retournai pour la regarder. Elle avait ses yeux rivés sur moi, l’air dégoûté.
— Séléna, Séléna, je lui ai tendu la main. Viens, on s’en va, je vais tout arranger, je te le promets. C’est juste un contretemps. N’aie pas peur.

Elle me cracha dessus, puis me regarda l'air sévère. Incrédule, je ne voulais pas comprendre, je n'avais pas voulu voir.

— Je te pardonne. Viens maintenant, lui dis-je.

Elle me recracha au visage.

— Tu me dégoûtes, je sais parfaitement ce que vous êtes, toi et ta famille ; des monstres, une contre nature, une expérience ratée, des moins que rien ! me cracha-t-elle.

— Ne fais pas ça. Qu'est-ce que tu racontes ?

— C'est elle qui nous a prévenus, Aronn, me dit le général. Elle a fait son devoir de citoyenne.

— Non ! Vous mentez, bouclez-la !

— C'est vrai, espèce d'idiot. Tu n'as pas su voir. En même temps, heureusement, va savoir ce que tu m'aurais fait, sinon.

— Mais rien. Pourquoi as-tu cru que je t'aurais fait du mal ? Tu sais bien que je t'aime.

— Garde-le, ton amour. Je n'en veux pas. Tu n'as pour toi que ta beauté, c'est tout !

Je croyais brûler vif en entendant ses paroles. De colère, je me défis de l'emprise de l'agent et j'ai agrippé Séléna au cou. J'aurais pu la tuer à l'instant, mais ses yeux, la peur et le dégoût que j'y ai vu, je n'ai pas pu, alors qu'elle avait vendu la vie de ma famille et la mienne pour de l'argent – son fameux « rêve de richesse ». Un agent pointa son arme sur moi, et la seconde d'après il eut le bras fracturé. Son cri transperça l'atmosphère silencieuse de la nuit. Il courut pour m'échapper et deux soldats le prirent. Derrière la muraille d'un camion blindé, je l'entendais suffoquer. Quant à ma soeur Lona, elle s'était chargée de l'agent qui la tenait captive. Il était évanoui au sol.

— Faites feu ! ordonna le général.

— Je la tiens encore, Général, et votre devoir est de protéger les civils. Où avez-vous changé en route ?

— Lâche-moi, sale monstre !
Lentement, je me tournai vers elle et je lui dis :
— Le monstre, ici, c'est toi ! Je la regardai avec beaucoup de douleur et elle me fixa apeurée. Tu me mentais depuis tout ce temps. Comment as-tu pu te jouer de moi de la sorte ? Rempli d'une profonde tristesse et d'amertume, je l'ai balancée de l'autre côté – du côté du général Aubert. Elle a hurlé, et en moins de temps qu'il n'en faut pour le dire, je suis allé détacher mes frères et soeurs. Il y eut des tirs, mais poussé par la rage, je trouvai la force de fuir avec mes soeurs et mes frères sur les épaules. Deux sur chacun, Lona se chargeant de l'un d'eux.
Nous dûmes encore fuir, en cavale, en quête d'un nouvel endroit où trouver le repos.
Lorsque la famille d'Ethan fut mise au courant de l'affaire, elle voulut agir rapidement en la supprimant.
Il finit son récit sur un ton morose. Il fixa le sol, et son visage était crispé par la douleur en se remémorant ses souvenirs. Je me précipitai, car au moment où il avait commencé à narrer, j'étais restée où j'étais sans oser bouger et je le pris dans mes bras. Il ne me rendit pas tout de suite mon étreinte et, quand il le fit, c'était en hésitant comme s'il souffrait et que cela lui demandait une force considérable. Il m'enveloppa de ses bras et posa sa tête comme fatiguée sur le sommet de mon crâne. Il me dit ensuite d'une voix lâche et mélancolique :
— Tam, as-tu compris ?
— Que veux-tu dire ? À propos de quoi ?
Il souffla et reprit comme fortement fatigué :
— Pourquoi Séléna nous a livrés ?
— Pour de l'argent. Je comprends que l'armée vous voulait et qu'elle récompenserait qui vous dénonçait et vous livrait.
— Comprends-tu pourquoi elle nous voulait ? dit-il toujours sur

le même ton las, comme brisé et haletant.

— Je ne sais pas, mais je pense que vous avez déserté et que vous courez pour éviter la prison ? C'est ça ?

Il ne dit rien. Ce qui me fit penser que j'avais visé juste. J'en étais loin...

— Ne t'en fais pas, je ne risque pas de vous dénoncer, ta famille et toi. Je tiens à toi. Vraiment, Aronn, crois-le, ton secret est bien gardé avec moi. Cela te rassure ?

Il ne disait toujours rien. Quand il reprit contenance, il rompit notre étreinte, me saisit par les épaules et chercha mon regard. Je fixai alors sur lui mes yeux, puis il me prit le visage entre ses deux mains et déclara :

— Tu n'as rien saisi.

Il m'embrassa sur le front et partit en direction de la maison principale. Je n'avais rien saisi ! Qui avait-il d'autre à saisir dans son discours ? Cela ne me vint pas à l'esprit. Oui, que comprendre d'autre que ce que je lui avais dit ? Mais j'étais d'autre part soulagée. Ainsi, il voyait que je ne savais rien et que je ne risquais pas de le découvrir.

22
Aridité

La confession d'Aronn me montait au coeur souvent. La tristesse sur son visage, quand son image me revenait, me brisait. Je comptais lui montrer mon soutien en lui étant une amie fidèle.

Ethan vint un jour s'enquérir de notre confort. Ce à quoi mes parents répondirent que tout allait bien. Il leur exposa aussi les plans de la nouvelle maison que mes parents avaient commandés auprès de l'architecte. Ils en étaient ravis. Les travaux avançaient à grands pas, et il prévoyait un retour possible avant le début des examens du baccalauréat qui auraient lieu d'ici deux mois. La famille d'Ethan se montrait aimable avec la mienne, ce qui contrastait avec l'accueil qu'il m'avait fait. J'étais ravie, car mes parents appréciaient Ethan, et celui-ci semblait à l'aise avec Matthieu et Paige. C'était plutôt bon signe.

Ce jour-là, quand il repartit, je le suivis.

— Ethan ! l'interpellai-je en courant à petites foulées vers lui. Je voulais te remercier du conseil que tu m'avais donné pour Aronn.

Cela s'est avéré payant. Outre qu'on s’est réconciliés, il s'est confié à moi. De plus, tu avais raison, il s'est excusé en premier.
Au début de ma déclaration, Ethan me sourit, puis quand je lui dis qu'Aronn s'était confié à moi, il parut étonné. À la fin de celle-ci, il paraissait loin, il n'était plus avec moi.
— Ethan, tout va bien ? lui demandai-je
Il me regarda de nouveau et dit :
— Je ne pensais pas qu'il se confierait à toi si vite. As-tu appris quelque chose ?
— Si c'est à propos de votre secret, Aronn m'a confié que non, et même si ce que j'ai trouvé était vrai, je ne l'aurais dit à personne.
— Qu'as-tu trouvé ?
— Que vous êtes des déserteurs et que vous ne voulez pas faire de la prison. Entre nous, cela ne me dérange pas que vous ayez fui la guerre.
Il me regarda comme soulagé, puis il me fit signe de la tête de le suivre.
— En effet, tu en es loin, bien que ce soit pertinent de ta part, me confia-t-il.
— J'en suis bien aise de n'avoir pas deviné. Ainsi, vous voyez que vous n'avez rien à craindre de moi.
Il me sourit et n'ajouta rien à ma proclamation. Je dis alors :
— Je ne pensais pas qu'Aronn était tombé amoureux de quelqu'un. Je suis peinée que cela n'ait pas fonctionné. Il était sincère, mais elle, non.
— Elle ne l'avait jamais été. Elle jouait bien son jeu. Alors qu'on recommençait tout juste à reprendre confiance, on s'est fait jouer, après quoi on s'est imposé une discipline : ne laisser personne d'extérieur entrer dans nos familles. Cette discipline ne dura

pas, car après un moment, mon frère Simon se maria avec une certaine Christine Lafonde.
À sa révélation, j'étais étonnée. Simon, marié ! Voilà pourquoi je ne l'avais pas vu à mon « procès ».

— Depuis combien de temps l'est-il, sans indiscrétion ?

— Cela fait dix ans, maintenant. Mais laisse-moi te dire que la famille Davis s'est opposée fermement à ce mariage. Nous-mêmes, nous étions méfiants, mais il s'est avéré que tout allait pour le mieux. C'était la seule jusqu'à toi.

Dix ans qu'il était marié et il n'avait eu aucun souci, m'étais-je dit. C'est que c'était possible de construire quelque chose avec eux malgré les barrières qu'ils avaient dressées. Seul l'amour avait permis à cette rare personne de les franchir sans les briser pour autant, et mon amitié avec eux m'avait permis de me retrouver au pied de ce mur. Pourtant, ces deux amours (conjugal et amical) n'avaient pas réussi à le faire s'écrouler. J'étais peinée, à l'époque, de ce constat, car malgré ma proximité avec eux, je savais qu'il restait suspicieux et que j'étais en sursis ; que malgré le mariage de Simon, ils étaient toujours fermés. Je ne soupçonnais pas en cet instant qu'un amour plus grand viendrait faire s'effondrer totalement cette barrière faite de pierre et qu'elle en dresserait une faite de feux – un feu qui provient de cet amour...

— Le seul moyen de bâtir une relation avec vous, c'est par des liens de coeur sincères.

— Pas qu'avec nous, mais avec tout être, je le crois. Toutefois, il m'est arrivé de bien m'entendre avec du monde extérieur sans pour autant inviter tout le monde chez moi, comme je l'ai fait avec toi. Pour ma part, tu es la première depuis longtemps.

La première depuis longtemps, m'étais-je dit. Qui était donc la toute première ?

— Depuis longtemps, dis-tu, qui était la première ?
— Oh ! longue histoire, se contenta-t-il de me répondre.
— Tu me réponds comme Aronn.
— Peut-être est-ce parce que c'est aussi dur à révéler que lui.
Ce qu'il me déclara m'interpella. Alors, j'osai lui demander à demi-mot :
— Est-ce ta Séléna à toi ?
Il eut un sourire peiné sur le visage, puis il me répondit :
— Aronn a vécu quelque chose de difficile avec cette jeune femme, et cela a fait un ricochet sur notre famille. Bien que nos deux parentés ne s'apprécient guère, j'en suis extrêmement peiné pour lui. Même si j'ai vécu quelque chose d'aussi douloureux, nos histoires n'ont aucun point commun si ce n'est que nos coeurs ont été engagés.
Il finit là son discours, m'embrassa sur le front et s'apprêta à rentrer dans sa demeure. Je le retins et lui posai cette dernière question :
— Pourquoi vos deux familles se détestent-elles ?
Ce à quoi il me répondit :
— Ça aussi, c'est une longue histoire.
Ethan et Aronn étaient semblables à deux énigmes qui dressaient devant moi deux murs, deux montagnes qui me semblaient infranchissables. Quant à leur famille, c'était une chaîne de montagnes tout aussi infranchissable. Je n'étais pas encore équipée pour aller au-delà d'elle, mais cela n'allait pas l'être longtemps...

Elle est venue et n'est pas repartie. J'en pleure encore à son souvenir. Son avidité était sa perte.
Ce jour-là, le lendemain de ma conversation avec Ethan, nous étions à la cafétéria, faisant la queue et échangeant banalement. Aronn devant moi et Ethan derrière. Ils prenaient toujours leur

précaution à ce que je leur serve de barrière.

— Dites-moi, seul ce journal contient des informations sur vous qui puissent vous nuire ? demandai-je.

Aronn s'agita et répondit :

— Oui, et alors ?

— Pourquoi ne pas le détruire, alors ?

— C'est plus qu'un journal. Il paraît qu'il détient la clé qui nous permettra de… Pourquoi es-tu si curieuse tout à coup à propos du journal ?

— Parce que je veux vous savoir en sécurité. Je n'ai pas envie que vous repartiez en cavale. Mais si cela devait arriver, alors tenez-moi au courant, je pourrai m'arranger pour vous visiter.

Ils rirent doucement.

— Je suis sérieuse.

— Tu ne sais pas ce que tu demandes, me dit Ethan.

Ils ne prirent pas au sérieux ma déclaration.

— Hé ! Aronn, amène-toi, on est là ! hurla un garçon. Je le reconnus, c'était l'un des camarades que fréquentait Aronn après qu'il s'était mis en tête de m'éviter pour mon bien.

— Ah ! oui, mince ! J'avais oublié que je leur avais dit que je viendrais. Désolé, Tam, mais tu restes avec Ethan.

— Non, j'avais promis aux filles de manger avec elles. C'est moi qui comptais sur toi pour rester avec Tam, dit Ethan embêté.

— Tu vois bien que je ne peux pas, répondit Aronn gravement.

Une table où une rangée de filles fixaient Ethan était effectivement là.

— C'est bon, tous les deux, dis-je conciliante. Ce n'est pas comme si je n'avais jamais mangé seule. On se dit à tout de suite, et je partis m'installer.

Sans un mot, ils partaient eux aussi en direction de leur table respective. De temps à autre, je regardais en direction des garçons, mais aucun d'eux ne me regardait. Je pris une bouchée de macaronis au fromage, et c'est à ce moment-là qu'une silhouette s'assit à côté de moi. La seconde d'après, je sentis un objet à bout rond se poser sur mon échine.

— Finis ta bouchée, lève-toi gentiment et tout se passera bien pour toi.

Je fis ce qu'elle me demandait. Terminant ma bouchée, gentiment, j'entrepris de me lever lentement. En même temps, en pensée, j'espérais qu'un des garçons, voire les deux, me voit sortir du réfectoire, mais ils avaient l'air si occupés à rire. Elle m'entraîna à travers les couloirs de l'école. On finit par sortir sur la piste d'athlétisme jusqu'au milieu de la pelouse. Elle me fit face, puis me regarda longtemps et dit enfin :

— Tu m'as l'air d'une fille intelligente, n'est-ce pas, Tamara ?

— Que voulez-vous de moi ? Je n'ai rien qui puisse vous intéresser.

— Oh que si ! tu l'as.

Parlait-elle du journal ?

— Je ne pense pas, insistai-je.

— Tu as sous les bras plus de treize milliards d'euros et tu ne le vois même pas ? Ne fais pas l'idiote. Si tu savais le temps qu'il m'a fallu pour enfin mettre la main dessus.

Mais de quoi parlait-elle ? Elle me confondait peut-être avec quelqu'un d'autre, me mis-je à penser. Elle avait son arme pointée sur moi et j'étais à sa merci. Seule contre elle, j'avais conscience que je ne faisais pas le poids. Mais comment faire ? Elle me parlait de choses dont je ne savais absolument rien.

— Tu seras la monnaie d'échange. Je sais que je peux parvenir à les convaincre.

— De qui parlez-vous donc ?
— Ne fais pas l'innocente ! beugla-t-elle.
Mais de quoi parle-t-elle ? me demandai-je.
— Il n'a rien remarqué. Mais quel idiot !
Immobile, je la regardai faire les cent pas.
— Il pensait se débarrasser de moi aussi facilement ! Elle rit aux éclats. Je ne renonce jamais à un rêve.
Et là, dans ma tête, la combinaison des souvenirs et des informations récoltées se fit.
— Séléna, dis-je dans un murmure.
— Hein ? Comment m'as-tu appelée ?
— Séléna, répétai-je tout haut. Elle parut choquée, mais se reprit très vite.
— Apparemment, je ne suis pas la seule à être informée. Bien, je vais faire court et rapide, alors suis bien. Elle prit une longue respiration et débita en sortant un bout de papier de sa poche :
— Tiens, prends ça. J'y ai noté l'heure, l'endroit et les conditions. Tu pourras y lire : « 15 h, rue Garibaldi, près du petit parc, avec Aronn. Tu n'auras pas une minute de plus, tu as intérêt à obéir. » Elle pointa de nouveau son revolver sur moi et ajouta : « Si tu ne veux pas qu'il t'arrive quoi que ce soit. » Elle finit sa déclaration par un éloquent sourire. Allez, maintenant, file, avant qu'il nous voie ensemble. Je partis au pied levé.
Je me précipitai hors de l'enceinte du lycée avec ces questions en tête : « Que vais-je faire et qu'étais-je en train d'essayer de faire ? » Machinalement, je pris connaissance de l'heure à ma montre : 13 h. Devais-je me rendre au domicile d'Aronn pour prévenir sa famille ? Mais alors, autant tout lui dire tout de suite puisque sa famille le mettrait au courant. J'étais perdue, je ne savais pas quelle décision prendre, et pourtant je me disais

que je devais essayer de faire en sorte que cette femme reste loin d'Aronn. Elle voulait récidiver en si peu de temps. Aronn ne méritait pas ça. Mes jambes me portaient je ne savais où, tandis que le regard perdu, je priai intérieurement en appelant au secours. À nouveau, j'ai regardé l'heure : 13 h 15. C'était tout ! J'eus l'impression qu'une éternité venait de s'écouler. Quand je fus assez loin du campus, je pris la liberté de m'arrêter dans un café. Un serveur m'aborda :

— Qu'est-ce que je vous sers, mademoiselle ?

— Une tasse de tisane avec une bonne dose de courage.

Il parut interloqué, mais finit par partir et me servir ma tasse de tisane. En la prenant, je me surpris à trembler. La tisane s'échappait de la tasse. De frustration, je la reposai assez violemment. Je pris mon visage entre mes mains et je me mis à pleurer d'impuissance. Je savais ce que cette femme avait fait subir à mon ami. Elle était debout, là, devant moi, et je ne pouvais rien faire. Et tout ce que je pus accomplir pour lui, c'était de l'éviter. Je me trouvais pitoyable.

Si seulement j'avais un moyen de l'aider. C'est au moment où je me sentais impuissante, apeurée, faible et tremblante qu'il s'est levé... Je l'ai su après...

Je regardai l'heure : il était 14 h 45. Je me levai précipitamment, car j'étais en retard pour les cours. Je m'étais décidée à ne pas me rendre à son rendez-vous et qu'à la fin de la journée, en rentrant avec Ethan, je lui confierais ce qui s'était passé et que l'on agirait peut-être avec sa famille. J'avais raté l'heure de cours au moment où j'arrivais enfin au lycée. Il était 15 h 02. Trop préoccupée par les idées qui fusaient dans mon esprit, je ne l'ai pas vue debout au milieu de la cour pointant son arme sur moi. Elle m'avait suivie et j'aurais dû m'en douter. Quand je relevai la tête, il était trop tard. Elle tira. Une élève qui se trouvait là hurla.

Elle ne parvint pas à me toucher et je vis des élèves se ruer aux vitres.

— Tu avais l'intention de me désobéir ? me dit-elle. Elle vint à pas pressés vers moi et me saisit violemment par les cheveux. Elle vint se placer vers la façade sud des immeubles du lycée où des jeunes regardaient apeurés.

— Aronn Davis ! hurla-t-elle. Puisqu'on ne peut pas faire ça proprement à cause de ton amie, on le fera dans la douleur ! Descends maintenant et rends-toi si tu ne veux pas qu'il lui arrive quelque chose !

Elle attendit qu'il se manifeste, mais il n'y eut rien durant deux bonnes minutes. Elle me dit donc doucement :

— On dirait que ton ami ne tient pas à toi. Tant pis. Elle s'apprêtait à m'ôter la vie quand la voix d'Ethan résonna dans le silence :

— Séléna !

À son nom, Séléna se tourna vers celui qui l'appelait d'en haut et leva la tête.

— Jette ton arme et ne commets pas cette bêtise. Reviens donc sur ta décision, dit-il avec force.

— Qui es-tu, toi, pour me parler ainsi ? demanda-t-elle.

— Celui qui veut t'épargner ce qu'il devrait te faire subir si tu venais à commettre cet acte.

Elle rit et ne prit pas sa menace au sérieux. Elle m'obligea à me mettre à genoux, et son arme ne quittait pas mon visage. Je pleurai beaucoup.

— Excuse-moi, mais tu ne pourras pas me venir à bout. Décline ton identité.

— Et tu en ferais quoi ?

Elle ne répondit pas, intriguée par celui qui s'adresse à elle, puis agacée, elle aboya :

— Aronn ! montre-toi, tu as trente secondes. Il me semble que pour toi c'est suffisant !
Elle commença son compte à rebours et je pleurai encore plus. Le décompte terminé, elle appuya sur la détente, mais celle-ci s'enraya. J'ouvris les yeux et arrêtai de pleurer, stupéfaite. Elle se mit en colère et voulut recommencer, lorsque Aronn se montra :
— Séléna, je suis là.
Elle se retourna et m'entraîna violemment avec elle pour lui faire face. Je m'écroulai pitoyablement au sol, suspendue par les cheveux et je crispai le visage de douleur.
— Aronn, commença-t-elle à dire mielleusement, tu n'as pas changé. Enfin, si, une chose a changé chez toi : c'est ta façon de me regarder qui est bien plus sévère.
Et elle rit aux éclats.
— Lâche-là ! lui ordonna Aronn.
— Je veux bien si tu me suis sans faire d'histoires. Allez, viens, et je la relâche.
Il ne bougea pas et se contenta de la toiser farouchement. À bout, elle s'écria :
— Qu'attends-tu ?
N'ayant toujours aucune réaction de sa part, elle désira me tirer dessus, mais son arme ne le voulut point. Alors, de colère, elle me frappa puissamment avec la crosse de celle-ci. Je m'écroulai et la douleur fut atroce. Elle m'avait attrapée à la mâchoire. Elle me happa encore par les cheveux et le menaça :
— Veux-tu que je recommence ?
Je regardai Aronn qui ne bougeait pas. Je le vis serrer les poings si fort que sa main était blanche et tremblante.
— Ne recommence pas, lui dit-il simplement.

— Alors viens et rends-toi.
— Relâche-la.
— Rends-toi et je la relâche, sinon je la frappe à nouveau, menaça Séléna.
— Ne recommence pas ça.
C'était un dialogue de sourds. Voyant que cela ne menait à rien, Séléna m'obligea à lui faire face et me frappa deux fois avant de me laisser retomber piteusement sur le sol. Je vis alors Aronn aller vers elle, la désarmer, la projeter au sol à mes côtés et lui pointer son arme, mais il n'osa aller jusqu'au bout, relâchant sa main. Ce sur quoi Séléna rit.
— Quel idiot tu fais !
Elle se leva rapidement et le saisit par le cou, espérant le mettre à sa merci en récupérant son arme au passage, mais lui ne bougeait pas.
— Allez, suis-moi maintenant !
— Séléna, pose ton arme immédiatement ! lui intima Ethan, qui nous avait rejoints.
Il vint d'un pas assuré vers moi et se pencha sur ma personne. Je respirai fort péniblement à cause de la douleur, j'avais le nez cassé. Ethan me regarda avec compassion.
— Qui es-tu donc, toi ? Tu me braves impunément comme si tu n'avais rien à craindre de moi, dit-elle à l'adresse d'Ethan.
Ce dernier tourna sa face vers elle sans se relever.
— Pourquoi t'entêtes-tu et refuses-tu ma proposition ?
Séléna sourit encore et répondit :
— Je voulais récupérer ce qui m'appartenait de droit. Je n'avais pas souffert en vain. . Mais il a fallu qu'il s'entête et qu'il parte, dit-elle en parlant d'Aronn. Si tu savais comme je t'en veux. Je veux mon fric et je l'aurai cette fois-ci, crois-moi. À moi la belle vie. C'est treize milliards d'euros. Que demande

le peuple ? Dites-le-moi ? Absolument rien d'autre. Du pognon et une vie impérissable en perspective. N'est-ce pas merveilleux ? Moi qui ai toujours rêvé d'être riche. Avoir ce que l'on veut quand on veut. D'une voix plus calme, elle ajouta :

Plutôt que de vivre comme une pouilleuse. Mon père s'acharnait dans un travail qu'il n'aimait pas, mais pour lequel il était bon. Pourtant, jamais il n'a été récompensé en conséquence. Un jeune idiot sorti de sa belle villa de gosse de riches et de ses brillantes études de commerce tous frais payés lui a tout pris, comme ça, en un claquement doigts. Il menait la vie que j'aurais dû mener – belle et à l'abri du besoin. Au lieu de ça, on trimait comme des forcenés, ne sachant jamais comment finir le mois. Obligée de cumuler des petits jobs idiots, pour ma part. Alors, j'ai voulu devenir mannequin. J'étais jolie, mais trop petite apparemment ! Encore une impasse ! Du coup, quand le destin m'a proposé de changer la donne, je n'ai pas hésité une seconde, surtout que je faisais du bien à l'humanité. Ces types sont des monstres, une erreur à éliminer.

— Pour ton plaisir, tu ne t'es donc pas souciée de le connaître mieux. Au fond, tu te moquais pas mal de faire du bien à la société ; c'est une excuse que tu te donnes pour moins culpabiliser, car si tu t'en souciais vraiment, tu n'aurais pas porté la main sur sa famille et encore moins sur elle, dit Ethan, en me pointant du doigt.

Séléna grimaça, comme vaincue.

— Cette fille est stupide. Alors qu'elle a manqué de perdre la vie à cause de la famille d'Aronn, elle continue à être son amie. D'ailleurs, je me souviens t'avoir vu là-bas pendant que j'y pense. Aronn parut surpris et Ethan aussi. Séléna sourit à nouveau.

— Eh oui, je vous file depuis tout ce temps, j'ai fignolé mon plan. Qui es-tu pour eux, pour t'être trouvé en cet instant présent, le matin où vous avez voulu l'éliminer ? demanda-t-elle à Ethan. D'ailleurs, tu n'étais pas le seul qui m'était inconnu dans tout ce monde !
— Cela ne te regarde pas, mais j'étais l'allié de Tamara contre eux.
Elle l'observa scrutant son visage et cherchant à donner du sens à tout ceci. Quand elle se rendit compte de son incapacité à percer le mystère, elle se résigna et dit :
— Bien. Moi, je n'ai pas que ça à faire. Suis-moi, dit-elle à Aronn, sans le lâcher.
Elle voulait le forcer à la suivre, mais il ne bronchait pas et ne bougeait pas d'un centimètre, ce qui mit Séléna dans une grande colère.
— Si tu ne bouges pas dans la seconde, je lui tire dessus et pour de bon !
Aronn ne pliait pas et serrait toujours les poings aussi fort. Alors, Séléna me visa, tira, et elle s'effondra.
Son arme s'était encore enrayée et elle était tombée, ne se réveillant plus. Je suffoquai de douleur. Ethan me ramassa et m'emmena à l'infirmerie. Ils n'eurent pas besoin de lui ôter la vie, elle avait causé sa mort elle-même.
Après quelques heures, Aronn vint me visiter. Il me regarda désolé en s'asseyant sur le lit où j'étais couchée.
— Ce n'est pas beau à voir, ce qu'elle t'a fait. Les pompiers arrivent quand ?
J'essayai d'ouvrir la bouche pour parler, mais une douleur viscérale me prit.
— OK, ne parle pas, me dit-il rapidement.
Je le voyais me regarder de ce même regard que ce jour-là, après mon agression avec Ethan. Je lui dis donc avec peine :

— Ne me fais pas... le même coup que la dernière fois... me disant qu'on doit couper les ponts parce que...

— OK, OK, tais-toi, ne parle plus.

Il voyait ma souffrance et ne la supportait pas. Je lui demandai donc le papier et le stylo qui se trouvaient sur le bord de ma table et j'écrivis : *parce que ce n'est pas de ta faute, cette fille était malade. Le seul regret, c'est qu'elle n'a pas voulu se faire soigner, et voilà, elle est partie.*

— Je ne sais pas, je serrai les poings tant j'étais en colère. Qu'aurais-je dû faire ou qu'aurais-je pu faire de plus ? Je ne voulais pas lui donner raison en lui ôtant la vie. Je me sentais impuissant.

— *Je suis désolée pour toi. Comment te sens-tu ?*

— Tu n'es pas croyable. C'est toi qui es allongée sur un lit d'infirmerie et c'est toi qui t'inquiètes pour moi ? Pourquoi Tam ? Pourquoi tu ne veux pas couper les ponts avec moi ? Je comprendrais que tu veuilles sauver ta vie. C'est trop dangereux.

— *Une partie de moi veut fuir et couper les ponts, mais une autre bien plus forte s'est attachée à toi. Tu es mon ami et je n'écris pas cela à la légère. Je ne sais pas d'où me vient cette force de rester auprès de toi comme intime amie, mais elle m'est précieuse. Sinon j'aurais déjà pris mes jambes à mon cou avec un grand regret.*

— Je vois. Il en est de même pour moi. Je n'ai jamais eu de difficulté à me détacher de quelqu'un jusqu'à toi.

— *De plus, pour ma première agression, tu n'y es pour rien non plus. C'est moi qui ai ramassé ce journal et l'ai lu.*

Il ne dit mot et se contenta de m'embrasser sur chaque ecchymose et hématome qui me couvrait le visage :
un s'étendant de ma mâchoire à ma joue droite, un sur mon nez, un sur le bord de mon oeil gauche et un sur mon front. Des baisers

de compassion, puis il s'en alla.
On me conduisit à l'hôpital où l'on me fit quelques radios. On me prescrivit quelques traitements, du repos, de peu parler et de manger des aliments mous. Ma mère vint me rejoindre avec mon père. Tous deux étaient bouleversés par ce qui m'était arrivé. On relaya brièvement ce qui s'était passé aux infos. À cause de ces événements, Annabelle m'appela, afin de s'enquérir de ma santé, sans omettre de me rappeler qu'elle m'avait prévenue. Ma soeur Paige me questionna au sujet de ce fait qu'elle trouvait étrange, que cette femme en demandait après Aronn. Ce à quoi je ne puis lui répondre. Elle resta donc sur sa fin. Chacun des membres de ma famille était au petit soin pour moi. Ce qui me parut étrange à l'époque. Je m'étais tellement renfermée sur moi-même que je ne voyais plus les choses telles qu'elles étaient réellement...
Un soir, Ethan vint frapper à ma porte afin de m'offrir sur un plateau mon repas du soir.
— Un congee, de la tisane et une île flottante, tout ça fait maison, me dit-il en me souriant.
Je saisis un crayon et une feuille et lui demandai :
— *Qu'est-ce que c'est, je ne connais pas* ?
— Le congee, c'est une sorte de porridge de riz. C'est bon pour ton nouveau régime alimentaire.
J'en pris une cuillère, et cela me plut. Je le fis connaître à Ethan par l'expression de mon visage.
— Ravi que cela te plaise !
— *C'est toi qui me l'as préparé ?*
Il me répondit par l'affirmative. Je lui montrai ma reconnaissance par un sourire qui m'arracha une grimace de douleur. Alors, à l'instar d'Aronn, il m'embrassa sur chacune de mes blessures, et parti.

Je ne pus reparler correctement avant trois semaines. Durant tout ce temps, Aronn et Ethan se montrèrent attentionnés envers moi. Nous n'évoquâmes plus l'incident de Séléna, bien que je sentisse du mouvement du côté des deux familles. Comment avait-elle pu les retrouver ? Et depuis quand exactement les observait-elle ? Était-elle seule ? Et si non, qui étaient ses alliés et où étaient-ils ? Tant de questions sans réponses qu'ils confièrent à un certain Cameron Erneyst, un allié, de résoudre avec eux. Je sentais que leur méfiance se tournait vers moi, même de la part d'Aronn. Elle était revenue juste quelque temps après qu'il se confia à moi. Mais je ne relevais pas et me contentait de rester comme d'habitude afin de ne pas leur donner raison. Alors, ce jour-là, pour faire comme de coutume je partis rendre visite à Aronn...

23
Une partie de baseball

Je me présentai à la porte de leur demeure, et c'est Ariane qui m'ouvrit. Elle parut surprise de ma venue et me regarda avec une mine renfrognée. Elle garda néanmoins la bouche fermée, s'éclipsa pour me laisser entrer, puis me dirigea vers une salle située au bout d'un couloir, où toute la famille était assemblée, vaquant à leurs occupations. Je voyais avec plaisir ce magnifique tableau : Éric, assis sur un fauteuil bouffant de style victorien, s'occupait à la lecture d'un journal. Jason s'attelait à réparer une vieille horloge à pendule. Anna tricotait en discutant avec Chris, qui lisait des nouvelles. Ariane se remit à ses mots croisés en reprenant sa discussion avec Éric. Quant à Aronn, il s'employait à taquiner sa soeur Lona. Je m'étais arrêtée pour regarder cette scène. Entre ces murs, ils paraissaient si paisibles et heureux, comme en sécurité, et semblaient ne plus craindre le monde extérieur qui n'avait pas sa place parmi eux ; ils se contentaient d'eux-mêmes.
C'était une famille fusionnelle à n'en pas douter. Ce qui rendait la position d'Aronn à mon égard bien plus profonde.

— Lâche-moi Aronn ! Éric, dis-lui de me lâcher s'il te plait ! se plaignit Lona.
Aronn saisit le cou de sa soeur entre son bras et son avant-bras et lui ébouriffa les cheveux.

— Pourquoi appelles-tu Éric à la rescousse ? Tu as perdu et tu ne veux pas me donner ce qui était convenu. Tant pis pour toi ! lui dit Aronn.

— C'est un jeu, tu prends tout trop au sérieux.

— Un engagement, c'est un engagement. J'ai gagné cette partie d'échecs, tu me dois un énorme câlin !

— Jamais de la vie ! Tu as fait exprès d'aller bricoler sur ta voiture, revenir tout poisseux et réclamer ton câlin !

— N'importe quoi ! Tu es trop délicate, toi ! Le deal, c'était quand je voulais, non ?

— Ouais, ben pas là ; ça non. Tu vas salir mon nouveau haut que Chris m'a offert !
Il se taquinait en riant. C'était bien la première fois que je ne voyais pas le visage d'Aronn peint d'un air grave. Il était heureux et épanoui. On n'aurait pas dit le même garçon que j'avais rencontré assis sur le banc du lycée.

— Aronn, ça m’a coûté une fortune. Tu n'as pas intérêt à lui salir son haut ! dit Chris pour défendre sa soeur.

— Pourquoi es-tu allé lui acheter ça ? Elle a des tonnes de vêtements. Vous la gâtez trop !

— Laisse-le, il a bien fait ! lui intima Lona.
Elle le saisit par la taille et commença à le chatouiller pour le faire lâcher prise, mais cela ne fonctionnait pas.

— Parle pour toi Aronn. Tu es le premier à la gâter ! lui rappela Ariane.

— Hein ! s'en étonna ce dernier.

— Sa collection de tableaux qui décore toute la maison à n'en plus

finir et tous ses voyages, sans parler des sacs à main, des livres de cuisine, des ustensiles de cuisine, des paires de chaussures, des cours particuliers de langue et de sciences, des bijoux, des fleurs, et cetera, et cetera.
Aronn regardait sa soeur vaincue pendant qu'elle lui faisait la liste de ses cadeaux offerts à Lona.
— OK, j'ai compris. En même temps, tant qu'on peut faire plaisir !
— C'est exactement ce que j'ai fait. Tu charries, Aronn, lui dit Chris sur un ton de reproche.
Aronn leva les mains comme s'il se rendait, lâchant au passage sa soeur.
— OK, OK, Chris, désolé. Mais bon, ce haut coûte une fortune !
Lona se jeta sur son frère afin de tenter de lui ébouriffer les cheveux pareillement, mais celui-ci esquiva. Elle fit deux tentatives ratées. Il lui souriait et la charriait.
— Tu as défait ma coiffure ! Je ne suis même plus présentable à cause de toi, se plaignit Lona, en se regardant dans le miroir de la pièce.
— Quelle coiffure ! Tu les avais lâchés droit, tes cheveux, s'exprima à sa défense Aronn.
— Je les avais lâchés avec soin, pas n'importe comment. Regarde, mes cheveux partent dans tous les sens !
— Ah ! tu ne vas pas chouiner pour ça. Allez, viens par là que je te coiffe !
— Ça non ! je préfère que ce soit Ariane.
Aronn prit une fausse mine déçue en réponse à sa soeur. Il semblait très joueur avec eux. Voyant ce tableau, je me sentis comme un trouble qui pouvait tout gâcher. Ariane semblait plus joyeuse que lorsqu'elle était venue m'ouvrir la porte. Les voir

ensemble, c'était comme s'ils n'avaient besoin de personne, avais-je pensé. Cela devait être aussi le cas dans la famille d'Ethan, m'étais-je dit, mais je n'avais pas encore eu l'occasion de le voir. Toutefois, je le soupçonnais, surtout après avoir vu l'attitude de Simon. Quand j'étais là, ils n'étaient plus en paix, plus eux-mêmes. Alors, puisqu'ils ne m'avaient pas remarquée, j'ai entrepris de faire un pas en arrière pour m'en aller. J'en fis quatre et me retournai doucement pour partir, quand Éric m'interpella :

— Tamara.

Trop tard, ai-je pensé. Je me figeai, les poings serrés et les épaules relevés, prise sur le fait. Je ne lui fis pas tout de suite face, de peur de voir leur visage marqué de gravité, leur gaieté et leur paix envolées. Je pris une grande respiration discrète et me tournai d'un coup, un sourire crispé sur les lèvres. Ils me regardèrent tous étonnés, sauf Ariane, qui avait repris son air grave et Éric, qui me souriait. Il se leva de son fauteuil et se tint debout devant l'encadrement large des doubles portes.

— Pourquoi partais-tu ? me questionna-t-il. Et ne t'es-tu pas fait connaître en entrant dans la pièce avec Ariane ? Je pensais que c'était quelqu'un qui s'était trompé d'adresse ou quelque chose comme ça.

Je continuai à le regarder avec de grands yeux et un sourire crispé, puis me résignant à lui répondre, j'expirai dans un soupir, avant de fixer le sol désolé.

— En fait, en vous voyant si bien et heureux, je n'ai pas voulu tout gâcher, donc je voulais m'éclipser discrètement comme si de rien n'était.

— Il fallait y penser avant de sonner, bougonna Ariane.

Éric la reprit vivement avant de se tourner à nouveau vers moi.

— Du coup, je vais vous laisser. Hein ? Salut. Faites comme si je n'étais pas passée. Continuez à... Ahhhh !

En disant cela, je reculai progressivement, mais je finis par rencontrer un obstacle sur lequel je trébuchai et je tombai à la renverse.

— Ah ! mes tableaux ! cria Lona, en se précipitant vers moi.

Elle me saisit par les deux bras et me fit lever d'un coup. La puissance de sa prise me fit aller quelques pas en avant. Je me retournai pour lui présenter mes excuses. Elle était penchée sur ses tableaux et les inspectait minutieusement.

— Tu m'en as fêlé plusieurs ! me reprocha-t-elle.

La caisse pleine de tableaux sur laquelle j'étais tombée était légèrement fêlée aussi.

— Je te payerai les réparations !

— Pas la peine ! Je le ferai moi-même. Aronn m'a acheté un livre sur la menuiserie et l'entretien des tableaux anciens. Je devrais pouvoir m'en sortir.

— OK, je vais quitter votre demeure en rasant les murs, alors.

En disant cela, je me rapprochai du mur, mais Lona se tourna promptement et m'en éloigna.

— Fais gaffe, les tableaux s'accrochent aux murs ! Tu m'as mis une trace sur la vitre !

Elle sortit de la poche de son jean deux gants blancs, un chiffon, un petit flacon de produit et s'affaira à effacer la trace que j'avais laissée sur son tableau.

Lona était la plus jeune de la fratrie. De taille moyenne, mince, elle avait un visage rond, lui donnant un air enfantin, de grands yeux noisette et une chevelure longue lui arrivant au bassin, de couleur châtain.

Je la regardai s'activer, très étonnée de sa réaction. Le jour de mon « procès », elle m'avait paru, comme tous les autres, si solennelle. Je me rendis compte à cet instant précis que j'étais loin de les connaître. Elle se tourna vers moi et me dit :

— Ne me regarde pas comme ça. Pour garder ces tableaux si anciens en bon état, il faut être minutieux.
Je continuai à la regarder ahurie et elle me somma d'arrêter, mais moi, mettant mon avant-bras devant ma bouche, je me mis à rire. Ce qui l'offusqua.
— Aronn, dis à ton amie d'arrêter de se moquer de moi ! lui demanda-t-elle.
Je ne me moquais pas d'elle, mais j'étais soulagée de constater qu'ils pouvaient être aussi détendus et simples dans leur façon d'agir. Même s'ils se méfiaient de moi, il pouvait leur arriver d'agir naturellement en ma présence. Je ne me sentais plus paria parmi eux, en cet instant, donc je voulais en profiter, mais je me mis à pleurer – pleurer de joie et de soulagement.
— Voilà qu'elle pleure, maintenant ! commenta Lona.
— Tamara, viens par là et laisse Lona s'occuper de ses tableaux, m'intima doucement Éric.
Ce que je fis, les lèvres pincées, le regard fixé au sol, les bras collés le long de mon corps, essayant de retenir mes larmes, mais je n'y parvins pas. Arrivée à sa hauteur, je ne relevai toujours pas la tête. Il m'attrapa sous le menton et je lui résistai quelques secondes avant de céder. Je le regardai dans le blanc des yeux avec des larmes qui perlaient le long de mes joues.
— Tes bleus se voient toujours autant. As-tu mal quand je les touche ?
Je secouai la tête.
— Tant mieux. Je n'ai pas eu le temps de venir te visiter avec ma famille, mais Aronn nous rapportait de tes nouvelles, souvent.
— Ce n'est pas grave. De plus, je ne pouvais pas parler les premiers temps.
Il me sourit et me dit de prendre place quelque part. Je passai au milieu d'eux et mon regard croisa celui d'Aronn. Il n'exprimait

rien, du moins pour moi. Je pris place dans un fauteuil identique à celui d'Éric et rivai mes yeux au sol. Je voulais me faire petite et disparaître afin qu'ils reprennent le cours de leur échange si gai, que je puisse profiter de ces images et les voir autrement. Lona revint, après quelques minutes à astiquer la vitre de son tableau et inspecter les autres. Pour me fondre dans le décor, je poussai le fauteuil où j'étais assise en m'aidant de mes pieds sur le sol. Il vint cogner un meuble sur lequel était posé un pot de peinture qui m'atterrit, le côté ouvert, sur la tête. J'entendis à nouveau les cris de Lona :

— Aaah ! mais c'est une calamité ton amie, Aronn !

Ariane me fit lever et me mit sur du papier journal afin que la peinture qui dégoulinait ne tache pas la moquette, puis Lona enleva le pot de peinture de ma tête. Je ne pouvais ouvrir les yeux à cause de la quantité qui coulait sur mon visage.

— Cette peinture est chère et tu as tout gaspillé ! me dit-elle.

Il m'était aussi impossible d'ouvrir la bouche pour m'excuser.

Quelqu'un me saisit l'arrière de la tête ainsi que la nuque et m'essuya le visage à l'aide d'une serviette humide, avec délicatesse et soin. Quand je pus ouvrir les yeux, je vis que c'était Aronn.

— Je suis désolée, dis-je embêtée.

Il me sourit, conciliant, et continua à me nettoyer le visage. Quand il m'eut ôté une grande partie de la peinture qui était dans mes cheveux, Anna me saisit par la main et me fit monter dans les chambres.

— Prends une douche et lave-toi les cheveux. Je te déposerai sur le lit de quoi te vêtir.

Je la remerciai et elle partit. Je fis ce qu'elle me dit assez rapidement et soigneusement. Une fois fini, je m'habillai des habits de rechange qu'elle m'avait trouvés. Une tenue de baseball. Vraiment, n'y avait-il que ça ? m'étais-je demandé.

Je descendis à la salle où ils étaient sans me perdre, et Aronn vint vers moi en tenue de baseball aussi.

— C'est moi qui ai demandé à ma soeur de te revêtir ainsi. On va sortir. Ça évitera que tu fasses encore quelque chose contre les effets de ma soeur Lona.

Celle-ci fixa peinée le pot de peinture vide, puis elle se tourna vivement vers moi et me fit la moue.

— Elle va croire à un complot, me dit Aronn en souriant.

— Je t'ai entendu, lui spécifia Lona.

De la main, il me fit signe de le suivre et je le suivis à l'extérieur de la maison. Nous allâmes assez loin dans le jardin, et il me demanda :

— Sais-tu jouer au baseball ?

Je répondis que non. Alors, il me proposa de faire quelques lancées. Il serait le lanceur et moi le batteur. Je me mis en place, lui aussi à bonne distance. Il se concentra et me lança la balle que je ne parvins pas à toucher.

— Strike ! cria Aronn.

Je refis une tentative, mais la ratai à nouveau.

— Je vais être moins dur avec toi en te lançant une balle simple, me dit-il.

Il la lança, mais je n'y parvins pas.

— Si on jouait vraiment, tu aurais été strike out, m'informa mon ami.

Je fis la grimace et il sourit. Nous recommençâmes sur ces lancées simples jusqu'à ce que je parvienne à toucher la balle. Une fois fait, il me félicita.

— Ce n'est pas très équitable pour elle, Aronn, dit Eric en nous rejoignant. Tu es un bon élément au baseball.

Je regardai Éric, interrogatrice.

— Il était le pitcher de son équipe et était en bonne voie pour les nationales, mais il a eu un accident. Du coup, il n'a pas pu jouer.

— Je ne lui lançais que des balles simples. C'est limite si je ne visais pas sa batte, se défendit Aronn.

— Je ne te connaissais pas ce passé de champion, lui dis-je.

— Il y a beaucoup de choses que tu ne sais pas de moi, me répondit-il. Allez, en position.

Il avait raison, mais cela m'importait peu. S'il n'avait pas envie de se confier, je n'allais pas le forcer.

Je m'entraînai à frapper ses balles, mais je les manquais souvent. Alors Chris, le frère d'Éric, vint se placer derrière moi. Chris était aussi grand qu'Aronn et aussi châtain que Lona. L'ondulation de sa chevelure me rappelait celle d'Ariane. La sculpture brute, carrée et harmonieuse de son visage empruntait à celle de Jason. Ce qui lui était propre était l'intensité de son regard, comme vous sondant et vous pénétrant. Je m'habituais à ses prunelles vertes fixées sur moi.

— Je me place en catcher, pour ta gouverne, me dit-il. Puis s'adressant à son frère, il dit : donne tout ce que tu as, frangin.

— Si je fais ça, elle n'attrapera aucune balle, répondit-il.

— C'est ce qu'on verra, dis-je sur un ton de défi qui l'interpella. Alors, il se mit en place et se concentra.

Il fit ses trois lancées que je ratais. Chris me regarda d'un air triomphant. Je n'allais pas aller loin comme ça.

— Ça devient ennuyant ! rouspéta Chris. Et si on faisait une véritable partie. Éric, tu joueras dans le champ extérieur ; Lona, tu joueras dans le champ intérieur.

— On n'est pas assez nombreux. Ça ne va pas le faire ! se plaignit Lona.

— On ne joue pas un championnat, on joue avec les moyens du bord pour se faire plaisir, défendit Chris.

— Et moi je suis censée jouer contre vous quatre ? lui demandai-je.
Il me regarda, l'air de réfléchir, puis me dit :
— C'est vrai que tu n'es pas très douée. Du coup, je me demande s'ils te garderont dans leur équipe !
Il dit cela avec une telle désinvolture que cela me consterna.
— Je vais pouvoir prendre ma revanche contre toi, frangin, dit Jason en nous rejoignant.
Jason était le frère jumeau d'Ariane, mais leurs traits ne se jumelaient pas. Il avait le cheveu de couleur châtain, les traits durs, la mâchoire carrée, les yeux gris, et il dégageait quelque chose lorsqu'on se trouvait en sa présence comme de la prestance.
Il me prit la batte des mains et se plaça. Je me reculai et vint me placer au même niveau que Chris, à deux pas d'écart de celui-ci. Il se concentra et Aronn lança. Il rata la première balle, puis la seconde, et parvint à envoyer la troisième. Alors il courut jusqu'à la seconde base.
— Vas-y Anna ! Frappe ! cria-t-il.
Je me surpris de sa venue. Anna était d'un tempérament discret. Menue, à l'air fragile, de taille moyenne, sa chevelure coupée au carré était d'un châtain intense aux reflets dorés. Elle avait des yeux délicats de couleur bleue.
Je la vis venir, prendre la batte et fixer avec grand sérieux son frère. Lui-même très concentré s'apprêtait à lancer. Anna n'eut pas la première balle, mais frappa la seconde. Elle courut jusqu'à la première base et Jason à la troisième. Je me mis en place pour frapper à mon tour, mais je ratai toutes les balles.
— Ah non ! Il ne me manquait qu'a finir le diamant, se plaignit Jason. On ne peut pas se faire éliminer comme ça !

J'étais désolée pour lui, mais j'étais incapable de rattraper la donne. L'équipe adverse se frottait déjà les mains, quand Ariane arriva de derrière moi et saisit la batte dans mes mains. Elle visa la casquette sur sa tête et se mit en place. J'entendis Christ gémir :

— Non ! Pas toi ! Aronn, ne te laisse pas démonter, donne tout ce que tu as.

Je compris qu'Ariane était une adversaire de taille. Elle rata néanmoins la première balle comme si elle s'échauffait, puis frappa la seconde balle qui partit jusque dans le champ extérieur. Jason finit le tour, ainsi qu'Anna, et Ariane parvint à atteindre la troisième base.

— Concentre-toi, Tamara. J'espère que tu as bien observé mon jeu ! me cria celle-ci.

Je me plaçai, prête à essayer de nouveau. Aronn me fixait comme s'il semblait déjà désolé pour moi, mais je ne me laissai pas démonter. Il lança la balle et, sans surprise, je frappai dans le vent. Chris cria d'un air joyeux : Strike !

— Il n'y a rien de jouissif à rattraper une balle non frappée par Tamara ! cria en souriant Éric.

— Tu ne m'aides pas, là, lui reprochai-je, faussement blessée.

Je me remis en place, car je ne voulais pas baisser les bras, étant déterminée. Je ratai la seconde. Je mis toute ma concentration pour tenter de frapper la dernière, mais je la ratai et elle vint rebondir sur mes cuisses pour échouer quelques mètres plus loin.

— Cours ! me cria Ariane, dépêche !

Je ne comprenais pas, mais j'exécutai l'ordre d'Ariane.

— Dis-moi, tu l'as fait exprès, Aronn ! s'étonna déçu Chris.

— Même pas, répondit ce dernier. Je n'étais pas concentré, je me suis laissé aller par son côté débutante.

Jason se plaça à nouveau pour frapper.
Le jeu dura toute une bonne partie de l'après-midi. À la fin, j'étais exténuée, et les deux équipes étaient ex æquo malgré l'épine que je représentais pour mon équipe. Je comprenais bien que, durant toute la partie, sa famille ne cessait de m'observer afin de déceler quelque faille chez moi ou quelque preuve de ce que je sais qu'elle cherchait, mais je n'y prêtais pas à attention. Aronn aussi agissait parfois comme eux, mais il se reprenait vite, rassurant sans doute son coeur.
Je m'écroulai par terre épuisée. Anna vint nous servir du thé glacé sur un plateau, que je ne refusais pas. Je sentais bien qu'ils m'étudiaient, ne sachant que penser de tout cela. Je feignis de ne rien remarquer, agissant simplement afin de ne pas les irriter et leur donner une occasion de plus de m'attaquer. Je m'efforçais à cela, quand Ariane me dit après qu'Éric se fut absenté un petit moment pour aider sa soeur Anna en ramenant les verres à sa place :
— Ne te mets pas trop à ton aise. Ce n'est pas parce que tu as mis Aronn et Éric dans ta poche que c'est chose gagnée. Moi, je sais parfaitement qui tu es.
Je posai mon regard sur elle, un regard paisible, et lui répondis :
— Je n'ai mis personne dans ma poche, et comment pourrais-tu savoir qui je suis ? Tu ne m'as jamais adressé la parole si ce n'est pour me faire des menaces. Voilà des mois que je suis amie avec ton frère et tu agis comme s'il me connaissait d'hier.
— Le temps n'est pas un facteur qui amène la confiance. Jusqu'à présent, cela a même été un facteur révélateur de plusieurs d'entre vous !
Cela me chamboulait qu'elle parle de moi de cette manière, m'incluant dans un groupe dans lequel je ne me

retrouvais pas. Ne voyait-elle donc rien ? m'étais-je demandé à l'époque, comment je tenais à son frère ? Je sus plus tard que nous avions, toutes deux, deux visions différentes sur ces moments, sans en avoir l'une et l'autre l'exacte représentation.

— Il ne me faudra pas longtemps pour mettre la main sur ce qui cloche chez toi et pour t'expédier loin des miens.

— Tu vas t'épuiser, car il n'y a rien à trouver.

Elle s'approcha de moi, me saisit par le col et me dit d'un ton sévère :

— Je n'aime pas beaucoup tes répliques. Elles me titillent sévèrement les oreilles. Mais sache que ce à quoi tu t'accroches ne tient qu'à un fil !

— De quoi veux-tu parler ?

— Ne crois pas que nous resterons indéfiniment ici. Comme il est né, ce lien qui vous lie, Aronn et toi, disparaîtra pour rien !

Je tournai vite la tête vers Aronn afin de savoir si cela était vrai. Celui-ci ne dit mot et me regarda solennel, comme pour appuyer les dires de sa soeur.

— Alors tu briserais tout, et ce comme si cela n'était rien ? lui demandai-je.

Il fixa le sol, comme désolé pour moi, avant de répondre :

— Ce n'est pas sans savoir que tu es restée mon amie malgré tout.

— Tu effacerais tout sans remords ?

— Nous sommes fugitifs, ma famille et moi, et nous nous efforçons à rester en vie. Excuse-moi de faire passer notre sécurité avant tout !

— Ce n'est pas de cela que je te parle. M'oublierais-tu comme on oublie une chose de peu d'importance ?

Il ne me répondit pas tout de suite. Je pris cette hésitation comme une confirmation, et je parlai trop vite :

— Je n'y comprends rien. Si malgré tout cela tu accordes si peu de valeur à notre amitié, pourquoi tout ça ? Pourquoi m'avoir confié ton histoire avec Séléna par exemple ?

À ce moment-là, je vis Aronn écarquiller les yeux de frayeur, et les mains d'Ariane me serrèrent la nuque.

— Qu'as-tu dit ? Tu es au courant de toute l'histoire ?

Chris me saisit et m'immobilisa. J'étais droite et incapable de me dégager, faisant face à Ariane. Celle-ci me saisit le visage avec la main et dit :

— C'était avant ou après sa venue ?

Je répondis péniblement que c'était avant.

— C'est donc toi qui as fait venir cette folle ici ! gronda Ariane.

— N'importe quoi ! J'ai failli y passer, je te le rappelle !

— Failli ! Tout ceci était monté, et maintenant que ta coéquipière n'est plus, tu es passée au plan B !

— En quelle langue faut-il te le dire ? Je n'ai rien à voir avec cette fille.

Elle me frappa au visage. Ce qui réveilla les anciennes douleurs. Le pire, à ce moment-là, pour moi, n'était pas la douleur que je ressentis ni même d'avoir la famille d'Aronn sur le dos, à deux doigts de me mettre à mal, mais c'était de le voir, lui, parmi eux, comme consentant de ce qu'il voulait me faire et de ce qu'il se passait. Lui aussi doutait de moi, j'en étais fatiguée.

— Aronn te confie son histoire avec cette fille et comme par hasard elle se présente quelques jours après, sachant qu'elle nous pistait depuis longtemps, et on ne sait comment, mais la réponse semble claire aujourd'hui !

— Lâchez-moi ! je n'ai rien à voir avec toute cette histoire.

— Tu mens ! hurla-t-elle avant de me frapper à nouveau, et me saisissant par la chevelure, elle me projeta au sol violemment. Elle vint se placer au-dessus de moi et m'étrangla. Son regard était sévère, rempli de colère et de peur. J'essayai de me dégager, mais en vain.

— Ariane, arrête ça ! lui intima Aronn. On n'est pas sûr que ce soit elle.

— Parle pour toi, frangin. Moi, je sais que c'est elle. Ce sont toujours eux !

Je commençais à perdre connaissance quand je vis Aronn au-dessus de sa soeur voulant l'ôter de là, mais la voix d'Éric se fit entendre avant.

— Ariane, lâche-là immédiatement !

— Sûrement pas ! C'est à cause de cette fille que Séléna a refait surface. Elle était sa complice.

Je ne vis pas le visage d'Éric, à la révélation de sa soeur, mais je soupçonnai qu'il était intrigué, puisqu'il mit un moment avant d'ajouter :

— Comment peux-tu être sûre de cette info ?

— Elle a craché le morceau sur le fait qu'Aronn s'était confié à elle par rapport à son histoire avec Séléna. Elle s’est bien moquée de lui, tout comme elle, d'ailleurs, en l'entendant raconter son histoire. Je vais lui briser le cou et notre famille sera de nouveau en paix !

Éric saisit les mains d'Ariane qui me tenaient fermement la gorge et les enleva avec aisance, contrairement à moi.

— Que fais-tu ? s'offusqua celle-ci, ne vois-tu pas que je sauve notre famille !

— Non, tu délires, lui répondit posément Éric.

Ariane regarda son frère, choquée, et celui-ci continua en disant :

— Jamais on ne s'en était pris gratuitement à quelqu'un comme ça, sur simple intuition. On mène l'enquête et tu sais pertinemment que rien ne mène vers elle. La peur te fait déraisonner et commettre des actes irréparables.
Et se tournant vers son frère Aronn, il dit :
— Quant à toi, il était de ton devoir de prendre sa défense comme tu l'avais déjà fait contre tes frères et soeurs, mais cette fois-ci, tu n'en as rien fait. Pourquoi ? Commencerais-tu à douter d'elle ? Ou plutôt de toi ? Elle allait se faire tuer sous tes yeux sans plus d'efforts de ta part.
— Ce n'est pas exact, se défendit Aronn. J'intimais à Ariane de la lâcher quand tu es intervenu.
— Ce n'était pas suffisant. Regarde-la !
J'avais les paupières fermées et je semblais comme éteinte, me confia Aronn, un jour. Il s'attrista et culpabilisa.
— Je suis désolé Tam, chuchota-t-il, peiné.
— Porte-la aux siens, lui ordonna Éric.
Ce qu'il fit, car je me réveillai dans mon lit.

24

Continuer

Il fallait être folle, dénuée de sens pour continuer mon amitié avec Aroun après ce qui s'était passé. Ça ou bien de l'amour pour lui pardonner et avancer.

J'étais restée six jours sans le voir et n'avait pas répondu à ses appels fréquents. Dans ses six jours, il en prit un durant lequel il se présenta à notre domicile provisoire chez les Pal, mais je ne voulais pas le voir. Non pas que je ne désirais plus le voir, mais j'avais peur – peur de ce qu'il pourrait se passer ensuite. C'est Paige qui alla au-devant de lui pour lui expliquer ma situation. Ce qu'il comprit. Et il partit sans faire d'histoires. Au septième jour après ces événements, je reçus un nouvel appel.

— Tamara, c'est pour toi. Prends ce téléphone, exigea ma mère. Il s'inquiète à ton sujet !

Je pris le combiné de la main de ma mère et je répondis. Quelle ne fut pas ma surprise lorsque j'entendis sa voix !

— Comment vas-tu ?

C'était Éric à l'autre bout du fil. Je lui répondis péniblement que ça pouvait aller à cause de la douleur que j'avais à la gorge, suite au mal qu'Ariane m'avait fait subir près de huit jours plus tôt.

— Je suis devant la demeure des Pal et j'aimerais que tu m'y rejoignes, s'il te plait. J'ai quelque chose à te montrer.

— Et pourquoi viendrais-je ? Je tiens à rester en vie !

— Rien ne t'oblige à venir. D'ailleurs, je comprends que tu ne veuilles pas, mais s'il te plait, viens !

Son ton suppliant m'étonna et je m'interrogeai sur sa venue jusqu'ici, devant la demeure de ceux qu'ils n'appréciaient guère, bien que dans le comportement d'Éric je n'aie rien vu d'hostile à l'égard des Pal, contrairement à ses frères et soeurs. Il était différent d'eux. J'étais bien aise que ce soit lui le chef et pas l'un d'eux !

— Très bien, j'arrive.

Je sortis de la chambre et vins retrouver mes parents dans le salon. Je les informai que le frère aîné d'Aronn, Éric, aimerait s'entretenir avec moi. Ma mère sourit à la perspective que je reprenne contact avec eux. Je passai la porte. Nous étions en plein milieu de l'après-midi. Je me dirigeai vers l'entrée de la propriété et j'aperçus la voiture gris sombre d'Éric garée le long du trottoir. Je vins à elle et me glissai à l'intérieur.

— Je suis content que tu aies fait le choix de venir.

— Ne me le fais pas regretter en me tendant un piège.

Il me regarda vivement affecté par mes paroles et dit :

— Je n'en avais pas l'intention. Je comprends que tu sois sur tes gardes. Je t'emmène là-bas et je te ramène.

Nous roulâmes une bonne demi-heure pendant laquelle je n'ouvris pas la bouche pour lui faire la conversation malgré ses nombreux essais. Je ne voulais pas me montrer bourrue avec lui après qu'il m'eut défendue, mais je n'étais plus sûre de rien.

.

Il me défend aujourd'hui et il me laisse tomber demain comme Aronn
Je traduisais l'hésitation d'Aronn et sa quasi-passivité à me défendre contre sa fratrie comme un abandon.
La voiture s'arrêta devant un vieil immeuble. Éric nous fit emprunter un petit sentier sur le côté du bâtiment et nous dirigea jusqu'à une petite pancarte en bois enfoncée dans la terre et gagnée par les ronces et la mousse. Il se pencha sur elle et gratta pour enlever la saleté qui s'était accumulée.
On pouvait lire sur le bout de planche ceci : « Ici vivaient Caroline Stuart et ses enfants. »
— C'était notre mère, me confia Éric.
À sa déclaration, j'étais choquée. Il fixait la pancarte avec un regard empli de peine.
— Pourquoi ? parvins-je simplement à lui demander.
— Pourquoi te montrer ça ? Sache que tu es la première personne extérieure à notre histoire à qui je la montre. Ce jour-là, ni mes frères et soeurs ni la famille Pal n'a vu et n'a su ce qui s'était passé, mais ce qui s'est produit m'a soulagé d'un poids immense. Je ne sais pas bien encore où tout ça va me mener, mais je me laisse conduire, car je suis fatigué.
Il soupira comme un homme usé par le temps et les épreuves. Son regard semblait rempli de souvenirs d'expérience fatigante comme celui d'un gentil grand-père qui se remémore sa jeunesse.
— Je ne sais pas si tu connais le poids que ça représente d'avoir en responsabilité l'avenir de sa famille. C'est très lourd et je me suis efforcé tout ce temps à faire ce qui était le mieux pour nous.
J'ai ôté la vie à des personnes pour sauver les miens, j'ai travaillé dur, j'ai fait des veilles, je me suis privé de nourriture

et de beaucoup de choses. . Je me suis préoccupé à garder une atmosphère de paix et de bien-être entre nous. J'ai tout fait pour que l'on soit heureux dans notre malheur, mais tout s'écroulait. À chaque nouvelle fuite, il fallait tout recommencer. Alors, un jour, à bout, j'ai crié, seul dans ma chambre, et j'ai pleuré d'impuissance et de désespoir vers le consolateur qui pouvait m'entendre et surtout pour qu'il prenne ce poids à ma place et s'occupe de faire ce que je m'efforçais de faire depuis longtemps : apporter la paix, la joie et une vie normale à ma famille. Je souhaitais qu'il le fasse à ma place, car moi j'avais échoué. Je pensais que cet instant était passé inaperçu, que mes cris n'avaient pas été entendus jusqu'à ce jour-là.

Il me regarda, posa ses mains sur mes épaules et me dit :

— Ce jour-là, avec moi, tu aurais dû mourir, mais tu n'es pas morte.

La lourdeur de sa déclaration me donna la chair de poule.

— Jamais je n'avais échoué auparavant dans une exécution et sûrement pas dans de telles conditions. Quand j'ai lu ce qui était inscrit sur ce bout de papier, j'ai senti comme un poids qui m'était enlevé. Et j'ai su que je n'aurai plus besoin de tuer qui que ce soit pour protéger les miens. Il se chargerait de les protéger à ma place. Mais ça, les miens ne le savent pas. Je reste à leurs yeux le chef d'équipe, le garant de la survie et l'équilibre familial, mais moi, je sais que je suis devenu un subordonné. C'est pourquoi, aujourd'hui, je sais que tu n'es pas là par hasard, mais eux ne le savent pas.

J'écoutais Éric se confier à moi et je n'imaginais pas que derrière le personnage souriant et aimable pouvait se cacher une personne fatiguée qui avait besoin d'aide et de repos ni qu'il incarnait pour les siens tant de choses. Je fis le parallèle avec Grionne et me dis que s'il était comme Éric, je comprenais mieux son comportement à mon égard.

— C'est encore plus vrai en ce que nous sommes des orphelins, ne comptant que sur nous-même. J'étais âgé d'à peine sept ans quand elle est morte, me dit-il en me montrant la pancarte de la tête. Lona avait tout juste six mois ; Aronn en avait dix-huit. Dans mon esprit d'enfant, je me suis tout de suite fait cette réflexion : « C'est sur moi qu'ils compteront désormais, je suis l'aîné, c'est mon devoir », et j'ai pris en charge ma famille à partir de ce moment. Bien sûr, au début je n'étais pas seul, mais je le suis devenu quelques années après, pour prendre soin des miens, jusqu'à il y a trois semaines.
Il me parlait de leur histoire familiale, et je me disais qu'il lui avait sans doute fallu un moment avant de se lancer et de me dévoiler tout ceci, eux qui sont si secrets, ne dévoilant pas grand-chose de leur intimité. Je l'observais. Tantôt il me regardait dans les yeux, tantôt il fixait le sol comme gêné, et parfois il regardait le ciel comme s'il voyait quelqu'un. J'étais suspendue à ses lèvres pour connaître là où il voulait en venir.

— Il est compréhensible que tu t'interroges sur la suite de ton amitié avec Aronn. À plusieurs reprises tu as été mise en danger.

— Ce n'est pas vraiment le fait d'avoir été mise en danger par les tiens qui m'affecte le plus, bien que ce soit beaucoup de choses, mais c'est d'avoir vu Aronn parmi eux, hésitant et se demandant encore s'il ne s'était pas trompé à mon sujet, et me laissant à la merci des siens, lui confiai-je.

— La peur et l'ignorance ont joué des rôles importants et durant longtemps au sein de notre famille. La trahison a souvent frappé, alors la suspicion est arrivée. Ne lui en veux pas de garder du recul, car il a peur et veut se protéger, lui, comme il veut protéger les siens. Mais souviens-toi qu'il était avec toi, seul avec Ethan contre nous tous. Si tu as compris ce que je t'ai raconté de notre histoire, de notre expérience, tu peux

comprendre sa position ce jour-là et tu peux lui pardonner.
Ce qu'il disait, je le comprenais, mais moi aussi je voulais me protéger. Combien de fois encore allais-je devoir subir les humeurs de sa famille et son attitude suspecte à mon égard ? Je souhaitais simplement être son amie. Était-ce trop demandé à des personnes qui avaient trop souffert à cause des autres ?

— Comment être sûre que tout cela ne recommencera pas ? demandai-je à bout de force à Éric.

— Reste éloignée des miens, ne te retrouve pas seule avec eux, demeure avec Aronn et moi et garde de bonnes distances avec Ariane, Lona, Anna, Chris et Jason. Quant à la famille Pal, demeure avec Ethan, et tout devrait bien se passer à l'avenir, me dit-il sur un ton ferme et assuré.

Il me sourit comme pour m'apaiser et ajouta :

— Je t'en prie, reste donc amie avec Aronn. Pardonne-lui. Fais-le pour lui, mais aussi pour toi. Tu es un maillon de mon rêve qui se réalise et tu es un du sien. Je voulais que les miens mènent une vie normale, et lui voulait d'un ami. Depuis que tu es arrivée, tout est chamboulé, bien que je croie que tu n'es au contrôle de rien et que tu ne comprends pas toi-même ce qui se passe.

Il n'avait pas tort. Je ne comprenais pas grand-chose et je ne discernais pas non plus ce qui m'animait, mais à travers sa bouche, mon coeur fut apaisé et mon amitié sauvegardée. Une subtilité venue d'ailleurs...

25

Réunion à huis clos

Il se présenta à la porte de notre maison le lendemain, sûrement sur encouragement de son frère. Il demanda à me voir et j'acceptai. Quand nos regards se croisèrent, au début, nous n'osions nous dire quoi que ce soit, puis l'air peiné et soulagé à la fois, il vint à grands pas vers moi et je n'eus que le temps d'en faire un vers lui, avant qu'il me porte dans ses bras et me dise qu'il était allégé de la peine qu'il avait eue. Nous nous étreignîmes longtemps. Ma famille ne comprenait pas pourquoi il y avait cette effusion entre nous, car je ne lui avais pas confié l'incident, bien qu'elle ait remarqué les marques sur mon cou. Je préférais me taire pour les préserver, eux, mais aussi, avec le doute qui m'habitait à ce sujet, protéger mon amitié avec Aronn. Nous n'avions plus de différends et les vacances de printemps débutaient. Je respectais la règle qu'Éric m'avait donnée, à savoir garder mes distances avec le reste de sa famille ainsi qu'avec celle d'Ethan et demeurer seulement en relation avec eux trois. Cela porta ses fruits, car je n'eus plus de problème avec eux.

Cette après-midi-là, ma soeur et moi étions occupées dans notre chambre commune quand elle me demanda :

— Aronn a-t-il une fiancée ?

J'accusai le coup et recrachai presque mon jus de pomme. Elle m'avait demandé cela l'air de rien entre deux pages de lecture de son bouquin. J'étais assise les jambes croisées sur mon lit et elle était allongée sur le sien qui était vis-à-vis du mien.

— Pas que je sache. Pourquoi tu me demandes ça tout d'un coup ? lui demandai-je.

— Tu es sûre ? insista-t-elle.

Je la regardai choquée. Elle avait toujours le nez dans son livre et me posait des questions on ne peut plus sérieuses.

— Sûre, oui. Pourquoi ?

Elle souffla et daigna enfin ôter son ouvrage de dessus son visage et me regarder en se tournant vers moi et en s'appuyant sur son coude.

— À ton avis, pourquoi je te demanderais un truc pareil, hein ?

— Tu... tu l'aimes ? me risquai-je à demander.

Elle ne me répondit pas tout de suite et finit par dire :

— Je l'apprécie beaucoup, et plus je le vois, plus je veux le connaître. Le seul truc, c'est que j'ai eu peu de moments pour discuter seule avec lui ces derniers temps.

Ma soeur et Aronn ! Ça, pour une surprise, j'avais du mal à l'imaginer. Comment cela lui était arrivé ? Peut-être durant mon coma, m'étais-je dit.

— Très bien, si tu le dis. Dis-lui ce que tu ressens, tu verras ce qu'il te répondra, dis-je à Paige.

— Ça ne va pas la tête ! s'écria, gênée, ma soeur. Et puis quoi encore ? Pendant que tu y es, je vais le voir, je me plante devant lui et je lui sors naturellement : « Eh Aronn ! Au fait, je crois que je suis en train de tomber amoureuse de toi ! » Elle s'était écriée si fort que j'étais sûre qu'on l'avait entendue du salon. C'est alors que sa voix se fit ouïr :

— Tamara, j'ai frappé. Tes parents m'ont dit que je te trouverai dans ta chambre. Tu veux bien sortir ?

Je vis ma soeur devenir rouge en écarquillant les yeux. Je me figeai aussi, puis je finis par lui dire :

— Attends-moi au salon, j'arrive.

J'entendis ses pas s'éloigner. Ma soeur sauta sur mon lit, me saisit par les épaules et me dit :

— Ce n’est pas possible ! Qu'est-ce que je vais faire maintenant ? Il a tout entendu, c'est sûr ! C'était censé rester secret !

— Calme-toi ! De toute façon, c'est fait. Alors, autant sortir calmement.

— Jamais ! Pour qu'il se moque de moi en me voyant, jamais ! Je vais être éconduite, c'est sûr, il doit me prendre pour une folle hystérique maintenant.

— C'est toi qui penses cela de ta personne. Allez, viens, je le connais, il n'est pas du genre à se moquer des autres.

Ma soeur résista et je finis par me rendre seule au salon. Aronn discutait avec mon frère, et en me voyant il se leva du sofa. Il ne semblait pas affecté par la déclaration de Paige.

— Je voulais te voir. Ça fait deux jours qu'on ne s'est pas vus ni appelés. Ta frimousse me manquait déjà.

Je lui rendis son sourire, puis lui dis :

— Moi aussi, tu me manquais, mais hum... Aronn, je sais que tu as entendu ce que ma soeur a dit. Je voudrais que tu la rassures.

— Qu'elle vienne.

Son sang-froid et son sérieux me confirmèrent que je ne m'étais pas trompée à son sujet. Aronn ne se moquait pas des sentiments des autres. Il les respectait, car il avait connu le rejet et ne l'affectait à personne. Paige sortit et vint au salon, feignant de se rendre à la cuisine. Elle n'osait croiser ni mon regard ni celui d'Aronn.

— Paige, c'est bien ce que je t'avais dit : il va te parler ! lui dis-je.

Celle-ci se figea devant le frigo. J'étais sûre que son coeur battait si fort qu'elle devait le sentir cogner dans sa poitrine. Elle ne vint pas jusqu'à lui, alors il dit :

— Je ne te forcerai pas à me parler. J'attendrai un moment propice, mais je respecte ce que tu ressens.

Paige se tourna brusquement, les lèvres pincées, puis elle débita rapidement :

— Je sais bien ce que tu penses, et ce que tu vas me dire je n'ai pas besoin de l'entendre !

— Tu m'en vois désolée.

— J'en étais sûre !

Elle partit à toutes jambes vers notre chambre. Je fixai la porte qui s'était refermée sur Paige. J'étais peinée pour ma soeur, mais je ne pouvais pas grand-chose.

Aronn me fit signe de le suivre dehors. Ce que je fis. Quand nous passâmes la porte, je vis Ethan travaillant à tondre la pelouse. À notre vue, il stoppa la machine et je vins à sa rencontre.

— Besogne commandée par ma soeur Marilyne, me dit-il.

Je lui souris et lui posai un baiser sur la joue. À cet instant, j'étais ravie qu'Éric m'ait encouragée à continuer mon amitié avec Aronn, ce qui en parallèle régla la question au sujet d'Ethan. Il me rendit mon baiser et me dit :

— Je t'aurais bien prise dans mes bras, mais je transpire à force de travailler si dur sous ce soleil !

— Je rêve ou tu te plains à Tamara !
C'était la voix de Marilyne qui venait vers nous. Elle inspecta le travail de son frère avec minutie.

— Ça va, tu ne vas pas te mettre à regarder si toute l'herbe est à la même hauteur ! se plaignit Ethan.

— C'est exactement ce que je fais ?
Médusé, Ethan lâcha un « tu n'es pas sérieuse ! » avant de bougonner dans sa barbe.

— Qu'est-ce que tu marmonnes ? lui demanda sa soeur en se tournant vers lui et en le considérant avec un regard espiègle.

— Rien du tout. Je fais savoir ma gêne par des soupirs qui sortent de ma bouche. Tu sais, ce que tout être humain fait quand ils ont une soeur qui les titille !

— Moi je te titille ? Attends un peu !
Marilyne s'essaya à attraper Ethan par le cou, mais celui-ci évita sa prise. Ils se mirent à se "chamailler" en bon enfant. Ils riaient et se cherchaient mutuellement en plaisantant. J'en étais sûre, me mis-je à penser. Comment cela aurait-il pu en être autrement ? Ethan était aussi proche et joueur avec sa famille que l'était Aronn, et ils parvenaient à rester eux-mêmes malgré ma présence.

— Je vais te mettre une bonne fessée, mon petit gars ! Un peu de respect à sa soeur aînée !

— Si tu parviens à m'attraper, mais c'est perdu d'avance.
Ethan, tout comme Aronn, avait un joli sourire. J'aimais à le regarder, aujourd'hui encore. C'est pourquoi chaque fois que j'avais l'occasion de les voir sourire et rire, j'en profitais un maximum. Marilyne réussit à attraper son frère et au lieu de la fessée elle lui donna un énorme baiser sur la joue.

— Tu as fait du bon travail. Tu as mis du temps, mais c'est du bon travail.

— Toujours à te plaindre pour un truc !
— Je ne me plaignais pas quand je devais te donner le biberon et changer tes couches sales, et nettoyer...
— OK, OK, on a compris ! se mit tout à coup à crier Ethan pour couper court aux révélations de sa soeur. Tu aurais pu t'abstenir, devant Aronn en plus !
Marilyne regarda Aronn avec sérieux avant d'ajouter :
— À lui aussi je lui changeais ses couches sales et lui nettoyais...
— C'est bon, tu peux arrêter là les confidences ! se plaignit Aronn en s'écriant à l'instar d'Ethan.
J'étais estomaquée et je dis :
— Vous vous connaissez depuis tout ce temps ?
Ils me regardèrent et Marilyne m'étudia comme suspicieuse avant de s'en aller sans me répondre. Ethan nous quitta quelques instants après, disant qu'il allait prendre une douche avant de nous rejoindre. En attendant, Aronn et moi, comme les autres fois, nous nous allongeâmes sur l'herbe, admirant le ciel bleu et les nuages cotonneux. Nous ne dîmes rien pendant un moment et j'entendis Aronn soupirer. Je tournai la tête pour le regarder et voici qu'il fixait le ciel comme attristé et interrogateur.
— Crois-tu que Dieu puisse exister ? me demanda-t-il d'une voix frêle.
— Oui, il l'est et pour toi ?
— Oui, mais j'ai peu de temps à lui consacrer. Je suis trop occupé à survivre.
Quand il dit cela, je repensai au discours d'Éric. C'est pourquoi je lui répondis ceci :
— Peut-être que tu te trompes.
Il se tourna pour me regarder intrigué ; je devinai sa question

dans ses yeux.

— Peut-être que tu ne devrais pas être préoccupé à survivre, mais à vivre tout simplement. D'ailleurs, tu ne devrais pas être préoccupé, je crois. Ce n'est pas une vie que de vivre dans l'angoisse. J'irais même plus loin : je dirais que c'est mourir que de vivre dans l'angoisse.

— Je ne vois pas comment je pourrais faire autrement. De toute façon, tu ne peux pas comprendre.

— Difficile quand je ne sais pratiquement rien.

Il se releva sur ses coudes et me regarda avec sérieux, comme scrutant quelque chose en moi.

— Ce n'était pas une façon déguisée pour te soutirer quoi que ce soit. Ça voulait juste dire ce que ça voulait dire. Je ne connais rien de votre histoire. C'est normal que je ne puisse pas comprendre. Point final, lui dis-je d'une traite avant que l'imagination de ses pensées ne le mène sur des terrains glissants à mon sujet. Je le fis aussi, car je me rappelais le discours d'Éric. Aronn avait besoin d'être rassuré à mon sujet, quasiment en permanence, surtout quand je sortais des répliques comme celle-là. Mon explication dut le satisfaire, car il se coucha de nouveau, tandis que moi je n'avais pas bougé. C'est à ce moment-là qu'Ethan nous rejoignit.

— Quelle bonne idée ! Rêvasser dans l'herbe que je viens à peine de bichonner, dit-il en s'allongeant à mes côtés.

Nous échangions encore banalement sur divers sujets, riant et nous faisant rire, quand Marilyne et Éric vinrent chercher leurs frères. Leurs rires se stoppèrent d'un coup et tous deux durcirent leur visage, revenant à leur sérieux. Nous nous redressâmes sur nos coudes et je vis Marilyne et Éric leur faire signe de la tête de les suivre. Ceux-ci partirent en avant. Après quelque temps de réflexion, je pense, Ethan et Aronn se levèrent à leur tour.

— Je vous attends ici, leur dis-je d'un ton gai pour réchauffer l'atmosphère tout à coup devenue glaciale.
Ethan qui, d'habitude, avait toujours un sourire pour moi se tourna et, me regardant avec gravité, me dit :
— Rentre chez toi ! Ce n'est pas la peine de nous attendre, ça peut être long. À demain peut-être.
— Demain ! lui répondis-je abasourdie.
Il se contenta de soutenir mon regard sans broncher, tout comme Aronn, puis ils tournèrent les talons et se dirigèrent vers la demeure principale.
Je me sentis mal à l’aise après leur départ, comme s'il se tramait quelque chose qui n'allait rien présager de bon. Je compris que je n'avais pas eu tort quelque temps plus tard. Je sais que c'est à ce moment-là, durant cette réunion à huis clos, qu'ils prirent tous ensemble cette décision...

26
Souvenirs

Deux jours après cette fameuse réunion, les visites d'Aronn se firent plus fréquentes et plus longues. Ce n'était pas pour m'en plaindre que j'avais mes deux amis plus fréquemment à mes côtés. J'étais derrière la maison secondaire, dans le jardin, discutant avec Ethan, quand je vis la silhouette d'Aronn se profiler à l'horizon. À sa vue, je me levai promptement et courus le saluer.

J'avais beaucoup changé depuis la rentrée. J'étais épanouie au milieu d'eux, et mon bonheur – je le croyais à l'époque – dépendait d'eux. Grossière erreur... Bien qu'il demeure aujourd'hui pour moi une source importante de joie, ils n'en étaient plus la racine. De ce bonheur fragile que j'avais bâti sur eux, j'allais en connaître la limite.

Nous retournâmes jusqu'au fauteuil ou j'étais assise plus tôt.

— Il est temps que Tamara ait sa demeure. J'en ai assez de te voir, Pal, dit Aronn à Ethan.

— Bonjour, Davis, comment vas-tu ? Moi je vais bien. Merci de t'enquérir de ma santé, c'est trop aimable, lui répondit Ethan de manière cocasse.

Aronn le regarda et simula de rire, mais ses yeux ne riaient pas. Je souris, pour ma part, pour de vrai, mais ajoutai quand même sérieuse que je ne voulais pas qu'ils se disputent. C'est à ce moment-là que ma soeur sortit un objet à la main. Le regardant en venant vers nous, elle ne remarqua pas tout de suite la présence d'Aronn.

— Ethan, je voulais te montrer quelque chose. Il parait que tu es doué pour réparer les cho...

Quand elle le vit et se figea, les yeux écarquillés, elle n'osait ni bouger ni respirer, me semblait-il. Elle resta un petit moment ainsi avant d'ajouter :

— Je ne savais pas que vous étiez occupés. On s'occupera de ça après, hein ?

Elle filait déjà à toutes jambes quand Ethan dit à l'intention d'Aronn :

— Tu devrais lui parler.

— De quoi parles-tu ? le questionna Aronn.

— J'ai entendu sa déclaration bien que ce ne fût pas voulu. C'est qu'elle s'est écriée si fort. Ne la laisse pas comme ça, tu n'auras pas beaucoup d'occasions à l'avenir de t'expliquer avec elle et tu le sais.

Ce sur quoi il interpella Paige, qui se tourna pour le regarder :

— De quoi je me mêle ? le rabroua Aronn entre ses lèvres pincées.

— Je te connais, tu vas le regretter ensuite. Je t'offre une occasion, saisis-la !

Aronn pesa le pour et le contre et finit par se lever.

— Oh ! c'est beau ! C'est qu'il a grandi mon petit, tout petit Aronnounet !

Aronn se retourna vivement et dit :

— Toi, je te jure que...

— Chut ! Tout le plaisir était pour moi.

Aronn reprit sa marche non sans manifester son mécontentement. Quand il arriva auprès de Paige, celle-ci, timidement, fixait le sol durant leur échange.

— C'est que tu es taquin, finis-je par dire en souriant à Ethan.

Celui-ci, a contrario, regardait la scène avec sérieux, puis après un moment il releva ma réplique en disant :

— J'essayai de te faire rire en dédramatisant la chose.

— Mission accomplie !

Il me sourit et me posa un baiser sur le front.

— Non, mais je rêve ! s'exclama Ethan. Il lui a mis une petite tape sur l'épaule comme si c'était un pote ! Il se pinça l'arête du nez en secouant doucement la tête et il ajouta : « Toute l'éducation de ce petit est à refaire. Il ne dit pas bonjour et il donne de petites tapes sur l'épaule d'une fille qui a dit qu'elle l'aimait. »

Il paraissait vraiment dépité et soucieux de l'éducation d'Aronn. Ce qui me fit sourire. Quand celui-ci revint, il ne manqua pas de lui faire la remarque.

— Elle allait pleurer. Tu voulais que je fasse quoi ? Je voulais lui rebooster le moral ! se défendit ce dernier.

— Tu aurais pu la prendre dans tes bras !

— Pour quoi faire ?

— Pour la consoler ! Tu n'es franchement pas doué !

— Si tu n'es pas satisfait, tu n'avais qu'à le faire toi-même !

— Ce n'est pas de moi dont elle est amoureuse, mais de toi !

Les mots d'Ethan semblaient prendre tout leur sens dans l'esprit d'Aronn et lui faire de l'effet.

J'osai lui demander :

— Est-ce la première fois qu'une personne te dit qu'elle est amoureuse de toi ?

Il enleva sa veste et prit place à mes côtés. Il se passa les mains sur le visage et resta ainsi un instant avant de me répondre :

— Oui, c'est la première fois. La seule fois. D'ailleurs, c'était accidentel, elle ne m'a rien dit en face. Tu sais bien que depuis Séléna...

— Oui je sais, je comprends.

— C'est ce que j'ai essayé d'expliquer à ta soeur...

L'ambiance semblait lourde tout d'un coup. Je ne pensais pas à l'époque que ce geste marquait le commencement de ce qu'ils avaient résolu et que cela se terminerait ainsi...

— Aronn, je t'ai battu à Gone City. Donne-moi ce que tu me dois ! s'écria mon frère, du canapé du salon, à mon ami qui venait d'entrer dans la pièce.

Gone City était un jeu de stratégie sur lequel, quelques jours plus tôt, Aronn et Matthieu s'étaient affrontés. Si Mathieu l'emportait, Aronn devait l'aider à retaper la voiture qu'il s'était achetée pour sa conduite accompagnée. J'appréciai cette idée, car cela signifiait qu'il serait plus souvent à la maison. Ils se mirent immédiatement au travail et je me joignis à eux afin de me porter utile si cela était possible. Cela dura cinq jours durant lesquels je les ai vus s'appliquer et être complices.

Je le connaissais de mieux en mieux et je l'appréciais de plus en plus.

— Papa, tu n'as plus le choix, j'ai rempli ma part du contrat. À ton tour !

Mon père regardait ahuri la voiture qu'il avait connue dans un état lamentable, changée en une parfaite auto. Il se gratta la tête et conclut malgré lui qu'il n'avait plus le choix.

— Très bien, je te payerai tes cours de conduite accompagnée et je m'en chargerai !

Matt et Aronn se frappèrent dans les mains. Aronn était couvert de cambouis. Après qu'il eut frappé dans les mains de mon frère, il me regarda d'un air espiègle.

— Donne-moi un câlin de remerciement, me demanda-t-il.

J'étais propre et je sentais bon la cerise. Il voulait me faire le même coup qu'avec sa soeur. Ce qui me toucha, car je pensai : « Enfin, il me traite vraiment comme l'un des siens sans suspicion. »

— Ah ! non, ne m'approche pas, je suis toute propre et je sens bon !

— Dis tout de suite que je suis crasseux et que je pus, se plaignit-il, faussement vexé.

— Je ne l'aurais pas formulé ainsi, mais c'est exactement ça, dis-je pour l'embêter.

Il me courut après et je le fuis.

— Attends, stop ! Ne fais pas ça ! le suppliai-je en riant.

Dans son élan pour m'attraper, il toucha ma soeur Paige qui s'écria. Elle regarda la trace noire sur son t-shirt blanc, médusée.

— Tu ne vas pas te mettre à hurler, j'espère, comme ma soeur Lona ? s'enquit Aronn.

— Non, mais c'était mon t-shirt préféré !

—Comme par hasard. Je t'emmènerai faire les magasins avec l'une de mes soeurs afin que tu en choisisses un autre. Je suis désolé. Il dit cela en attrapant mon visage avec sa main couverte d'huile et il m'embrassa sur le front. Je vis les yeux de ma soeur briller. Juste l'idée de passer du temps avec lui l'émerveillait. L'amour fait cet effet sur le coeur, il le rend joyeux quelles que soient les situations. Je l'ai appris ensuite...

Je laissai Aronn prendre le bain qu'il lui fallait et partis à la rencontre d'Ethan sur la petite table du jardin sur laquelle il venait de s'installer.

— Salutations à toi, mon ami ! lançai-je avec gaieté.
Il ne releva pas ma réplique et se concentra sur l'écran de son ordinateur. Je toussotai pour signaler ma présence, mais il ne broncha pas. Je le fixai, et un instant plus tard, sans quitter son écran des yeux, il me dit :
— Je t'ai bien remarquée, mais je fais quelque chose de très important. Excuse-moi.
— D'habitude, c'est Aronn qui est aussi solennel avec moi. Pas toi.
Il décolla un instant son regard de son écran pour me jeter un rapide coup d'oeil.
— Tu ne me connais pas tout à fait. J'en suis autant capable que Davis. C'est un sujet important que je traite. Je ne veux pas me tromper, attends.
La rudesse de son ton m'alarma.
— Je ne voulais pas te déranger. Je vais te laisser, dis-je mollement.
Je me levais déjà pour partir, quand il m'attrapa le poignet avec rapidité et douceur, toujours sans lever ses yeux de son écran. Je ne savais pas à l'époque que ma présence l'avait perturbé et qu'il s'efforçait de cacher ce qu'il ressentait à cause de ce qu'il faisait sur cette machine. Dès qu'il eût fini, il m'invita à m'asseoir. Il me dévisagea comme étonné, puis prenant un mouchoir, il entreprit de m'essuyer le visage.
— De l'huile ! s'étonna-t-il.
— Ah ! ça, c'est Aronn. Après qu'il ait achevé de monter la voiture avec Matt, il m'a gratifiée d'un baiser sur le front en s'aidant de sa main huileuse.
Je devinai un sourire sur ses lèvres, à demi caché par sa main qui soutenait son visage, mais ses yeux restaient emplis de gravité.

— Qu'est-ce qui ne va pas ? Dis-le-moi, finis-je par lui demander intriguée.
Ma question le surprit et il baissa les yeux lentement comme partant dans ses pensées.
— Ce n'est rien – rien que tu puisses changer en tout cas.
Il semblait profondément désolé. La main d'Aronn se posa sur mes épaules. Je lui proposai de prendre place à mes côtés.
— Il semblerait qu'Ethan soit attristé par quelque chose, mais il n'ose pas me le dire. Peut-être qu'à toi il voudra bien parler, dis-je pour informer Aronn.
Ils eurent un regard complice, mais ils n'ajoutèrent rien.
— Bon, ça devient bizarre, enfin bref ! Dites-moi combien de temps au maximum êtes-vous restés à un endroit ?
Ils semblaient réfléchir à l'étendue de ma question.
— Vous allez faire ça souvent quand je vais vous poser une question aussi banale ?
Aronn souffla et répondit :
— Pour ma famille et moi, quatre ans et demi.
— Pour nous, cinq ans.
— Ça va, alors, vous avez encore beaucoup de temps à passer ici !
— C'est un maximum, Tam, me rappela avec douceur Ethan.
Je lui répondis que je le savais bien, mais que je ne voulais pas parler d'un éventuel départ précipité. À ma déclaration, ils gardèrent le silence et m'observèrent avec sérieux.
— Vous savez que c'est stressant quand vous faites ça !
Ils ne bronchèrent pas.
— Piouf, passons, tout ça pour dire que je ne peux pas me faire à l'idée que vous puissiez disparaître un bon matin comme ça, en route pour un autre pays et une autre vie, comme si de rien n'était. Dans cinq ans, quand ça arrivera, vous me direz votre

destination qu'on garde contact, hein ? Et je viendrais vous voir !
Ils m'observèrent encore en silence, sans rien dire, puis Aronn me dit :

— J'ai besoin de parler à Ethan seul à seul. Laisse-nous, s'il te plait.

— Parler ou vous chamailler comme toujours, dis-je en plaisantant et en donnant un petit coup sur l'épaule d'Aronn.
Celui-ci ne fut pas sensible à mon humour et continua à garder son sérieux.

— OK, j'ai compris ! Je ne sais pas ce que vous avez tous les deux, mais ce n'est pas la joie. Je vous laisse !
Je me levai et tournai les talons. Je m'étais montrée sur ce jour, mais mon coeur battait la chamade. Je me demandais bien ce qu'il se passait.

Le lendemain, je me levais avec cette même question dans le coeur. Ce matin-là était comme les autres jours. Rien ne semblait différent, hormis la foule de pensées qui s'agitaient dans mon esprit. Je m'efforçais de les balayer en me rassurant. Je sortis et déambulai dans le jardin, quand à l'angle du mur de la résidence principale j'aperçus Ethan au loin, occupé à arroser le parterre de fleurs. Je l'observai longtemps. Ses traits étaient paisibles et concentrés sur sa besogne. Je ne décelai aucun changement, mais je n'osai l'approcher. Je me demandai ce qu'ils avaient pu se dire avec Aronn, eux qui se supportaient peu. Ça devait être important et je ne devais pas être au courant, apparemment, puisqu'ils me demandèrent de quitter la table. Je redoutai ce qu'ils pourraient me dire en me voyant aujourd'hui. Je me cachai et je l'observai. Quand il se tourna vers moi, je me dissimulai rapidement derrière le mur. « Mais pourquoi je fais ça ? » me demandai-je. Toutefois, je n'osai me montrer. Quand un petit temps, suffisant d'après moi, durant lequel il aurait repris son travail, arriva, je tentai à nouveau de l'observer, mais je me retrouvai face à face avec son buste. Je relevai la tête et il me regarda comme interloqué.

— Qu'est-ce que tu fais ? me questionna-t-il.

Je lui souris et lui expliquai que je le regardais au loin s'occuper à entretenir le jardin.

— Tu pouvais venir si tu le voulais. Tu m'observes de loin comme si j'étais un étranger.

Il repartit en direction du bosquet de roses, de tulipes, de bégonias et autres fleurs, et se remit à les arroser. La question me brûlait les lèvres, mais je n'osai lui demander.

— Est-ce que tu vas bien ? Tu es bien silencieuse, dit-il.

— C'est... je me demandais… Non, rien, laisse tomber.

Il ne dit rien à la suite de ma réplique, puis comme devinant l'origine de mon trouble, il dit :

— Ne t’en fais pas, il est trop tôt pour s'inquiéter.

— C'est vrai, tu as raison, dis-je avec élan, ayant du baume au coeur. De quoi devrais-je m'inquiéter si tôt, hein ? Vos familles ne s'en prennent plus à moi. Je retrouverai bientôt ma maison, bien que ça me manquera de ne pas m'éveiller avec toi juste de l'autre côté, dans la maison principale, et vous ne risquerez pas de partir en cavale avant un moment ! Et ce que je ne sais pas, pourquoi le redouter puisque tu as l'air serein ?

Il esquissa un timide sourire à mon discours, mais ne releva rien.

— Ethan...

Il répondit par un « hum » à son prénom, mais ne se tourna pas vers moi.

— Aujourd'hui, je tiens à toi autant que je tiens à Aronn, et notre amitié m'est aussi précieuse. Tu me le dirais si quoi que ce soit venait à le troubler, n'est-ce pas ?

À la fin de ma déclaration, il écarquilla les yeux un court instant et ne répondit rien. Il semblait vouloir persister dans son mutisme, mais moi je l'observai en attente d'une réponse. Quand il allait ouvrir la bouche, sa soeur Marilyne l'appela du haut d'une fenêtre.

— Viens avec ton amie ! Ce que tu as demandé t'est accordé.
Ethan soupira soulagé et sourit joyeux. Marilyne m'avait appelée « son amie ». J'en étais bien aise à l'époque. Toutefois, en me dirigeant vers la demeure principale, je me souvins des recommandations d'Éric et je saisis Ethan par la main. Dans un premier temps, il fut surpris et s'interrogea, mais il comprit vite pourquoi et resserra sa prise. À cette époque, je me confiais en sa protection...

Elle m'observa d'une curieuse manière comme si elle essayait de pénétrer au-dedans de moi, pour voir de quoi j'étais faite. Elle s'était dirigée vers moi d'un pas assuré dès qu'on m'avait présentée à elle. Elle était grande et mince, le teint clair, et avait des joues roses qui lui donnaient une bonne mine. Elle avait une chevelure d'un blond platine, les traits du visage fins, de grands yeux noisette. C'était une jolie jeune femme.
Se tournant vers les autres, elle finit par leur dire :

— Je crois que Simon a raison. Et puis cette fille m'a l'air un peu trop naïve pour représenter un quelconque danger, mais on ne sait jamais. Il vaut mieux la garder à l'oeil.
Grionne vint vers moi et me dit :

— C'est à la demande d'Ethan que j'ai bien voulu aujourd'hui te présenter Lya.

— Enchantée. Je lui tendis la main, mais elle ne la saisit pas.

— Lya est la soeur d'Ethan, comme tu peux t'en douter. Elle nous est revenue après deux mois d'absence.

— Si je ne m'abuse, c'est la fille qui était dans le coma quand je suis partie et pour laquelle tu t'inquiétais, Ethan. C'est bien ça ? demanda Lya

Ethan répondit par la positive. Il avait mis toute sa famille en alerte à cause de moi.

— C'est aussi elle que tu as surprise la main dans le sac à lire Clavis ?

— Cette information n'aurait pas dû filtrer si Grionne ne m'avait pas fait suivre.

— Heureusement que je l'ai fait, se défendit ce dernier.

Lya m'attrapa par l'épaule et je resserrai ma prise autour de la main d'Ethan.

— Sache que je t'ai à l'oeil, et une paire d'yeux en plus pour t'observer. Heureusement, ça ne durera pas longtemps puisque...

Ethan toussa violemment comme pour couvrir la voix de sa soeur, celle-ci comprenant se tut. Je me demandais à ce moment-là ce qu'elle avait voulu me dire.

— Bon, reprit-elle plus gaiement, on passe aux cadeaux.

Les visages graves de la famille d'Ethan s'illuminèrent à l'écoute de ce mot. C'était assez drôle. On aurait dit des enfants à qui l'on annonçait la plus grande nouvelle de leur vie. Elle leur distribua à tous les présents qu'elle avait faits en pensant à eux. Ils étaient unanimement ravis et les ouvraient avec joie ou avec avidité, ou savouraient l'instant de découverte tout simplement.

— C'est génial ! s'écria David. Je vais pouvoir filmer mes figures avec cet équipement !

— Super ! s'émerveilla Vanessa. Il va pouvoir compléter ma collection de pulls en cachemire.

— Élégant, ce costume trois-pièces, très bon choix, félicita Grionne.

— Merci pour le kit de peinture et les tableaux. J'en ferai bon usage, remercia Marilyne.
— Le roman que j'essayais d'avoir, s'extasia Ethan, tu l'as eu où ? C'est super !
Par ses attentions, j'en savais plus sur eux ; quelles étaient leurs passions, ce qu'ils appréciaient ou leur talent. Puis, se tournant vers moi, elle me tendit un paquet.
— Cela vient de Simon. Il tenait absolument à te faire ce cadeau, à se demander pourquoi.
Je le pris avec bonheur en pensant à lui. Je déballai mon cadeau qui contenait un grand écrin bleu marine que j'ouvris. Voici à l'intérieur il y avait un ornement pour la chevelure, un petit peigne en or illustrant un grain de blé, le tout serti de diamants qui le faisaient briller à chaque mouvement de main. Au dos du peigne était noté « *Parce que tu n'as pas détruit ma vie. Simon* ».
— Il exagère. Ça coûte une fortune ! s'exclama vivement Lya.
Je fus touchée par cette attention. Aujourd'hui encore, je le conserve dans un lieu sûr...

— Enfin, tu me rends cette journée que tu m'avais promise, dis-je enthousiaste à Ethan.
Le jour où nous nous étions rendus au musée des sciences, mon ami s'était engagé à me rendre la journée qu'on avait perdue, car il avait dû subitement nous quitter, Aronn et moi, pour assister à une des réunions familiales qu'ils avaient si souvent. Surtout depuis l'épisode Séléna. Il m'y emmena avec sa soeur Vanessa.
— Ne me questionne pas tout le long du chemin sur l'endroit

où l'on se rend, hein ? me prévint Ethan.
Je levai la main droite et je promis de ne pas le questionner. Nous nous mîmes en route, et le voyage dura bien une heure. Quand nous fûmes arrivés à destination, je fus émerveillée par les lieux. Nous étions dans une réserve où l'on élevait et où l'on prenait soin des grands oiseaux du ciel. Ce site sauvage était d'une beauté saisissante. Nous passâmes un petit portique en bois, accueillis par un élanion blanc et une hôtesse.

— Je te propose qu'on aille regarder le spectacle de haute voltige. Ça commence dans quinze minutes, m'informa Ethan.
Je le suivais ravie. Nous étions amenés par des télésièges jusqu'à un amphithéâtre fait de fer et de verre suspendu à vingt mètres du sol, par lequel on pouvait voir la terre. Durant la présentation, les rapaces exécutaient un ballet aérien, passant parfois très près de nous, entre les rangs, de manière méticuleuse et bien réglée. C'était grandiose. Je ne me souvenais plus à quand remontait la dernière fois que j'avais fait quelque chose d'aussi simple. Ce spectacle fini, Ethan nous emmena admirer la pouponnière, des nouveaux arrivés dans le refuge. Bien que l'endroit fût à couper le souffle, j'étais d'autant plus ravie par sa présence à mes côtés.

— C'est super tout ça ! dis-je, durant notre pause déjeuner. J'aimerais faire ce stage qui nous permet d'avoir les rapaces sur nos bras, après manger.
Ils acceptèrent volontiers. Nous fîmes tout et nous rîmes beaucoup. Mon coeur fut inondé de joie et mon ventre rassasié de rire. Mes yeux furent remplis de merveilles et mes pensées d'agréables souvenirs...

27

Après toi

Avant ce jour-là, après la reprise des cours, nous étions Ethan, Aronn et moi dans le CDI, révisant pour les examens de fin d'année, quand Ethan me dit :

— Les travaux pour la rénovation de ta maison ont avancé plus rapidement que prévu. Vous pourrez retourner chez vous d'ici deux semaines !

Je fus estomaquée par cette nouvelle et je fis la moue.

— Moi qui voulais profiter à fond de notre voisinage, afin que l'on passe le plus de temps possible ensemble.

— Mieux se quitter pour mieux se retrouver, me dit-il.

— Tant pis. Aronn, tu viendras me voir aussi souvent que pendant que j'étais chez Ethan, et toi autant de fois que tu le veux. J'ai hâte de voir à quoi elle ressemble. Je me réservais la surprise. D'ailleurs, il me faut prévenir les parents.

— C'est fait, pour Paige et Matthieu aussi ; je l'ai fait ce matin.

J'en fus étonnée, mais je ne dis rien.

— J'ai voulu te mettre moi-même au courant, me dit-il.

Ainsi, j'allais retrouver ma demeure plus vite que je ne l'avais

prévu. Cela me fit un pincement au coeur, mais tant pis, il fallait bien retourner chez nous un jour. Effectivement, deux semaines plus tard, nous étions prêts à réemménager dans la nouvelle demeure. La famille d'Aronn vint nous prêter main-forte pour le déménagement, ainsi que celle d'Ethan, et en deux jours nous finîmes d'emporter les cartons. Je quittais à regret la petite maison que j'habitais deux mois avec mes parents, mon frère et ma soeur.
Après quoi, Ethan, Aronn et moi, nous nous enfermâmes dans une ambiance studieuse. Les examens approchaient à grands pas. Nous étions sur la dernière ligne droite. Nous apprîmes par la suite que notre école organiserait une cérémonie de remise des diplômes afin de féliciter et d'encourager tous les jeunes. À cette occasion, il exigeait une tenue soignée et élégante. C'est pourquoi nous décidâmes tous les trois de faire une pause dans nos révisions, le temps d'une journée, afin d'aller acheter nos tenues. Ethan était venu à moto et Aronn en voiture comme d'habitude.
Mon nouveau domicile était désormais entouré d'une moyenne barrière noire avec d'élégants motifs, un sentier de pierre menait jusque devant les escaliers du perron et deux cyprès étaient plantés de part et d'autre. Le parterre était d'une magnifique composition de lys, de magnolias, de roses, de pétunias de couleur vive. L'extérieur de la demeure était en pierre de taille grise en brique et en bois d'acacia. La maison s'élevait sur deux étages comme la première. Un élégant escalier au milieu du corridor fait de chêne menait jusqu'au dernier étage. Les quatre chambres étaient desservies par un élégant et spacieux couloir parqué d'acajou. La décoration avait été changée et rendue plus sobre et moderne, un peu comme chez les Pal, dans la petite maison où nous avons habité. Le

salon avait été quelque peu agrandi pour mieux accueillir la salle à manger. Mon père et ma mère étaient ravis de leur nouvelle acquisition.
Je sortis les rejoindre dès que je les eus aperçus par la baie vitrée du séjour. Je saluai mes parents et je partis.

— Vous êtes pile à l'heure. Où allons-nous, premièrement ? demandai-je enjouée.

Aronn proposa qu'on se rende en premier lieu à leur boutique pour acheter leur ensemble et qu'ensuite on se rende à ma boutique choisir ma tenue.

— Je ne veux surtout pas étouffer dans mes vêtements, souligna Aronn.

— Prends un blazer et un pantalon à pinces noires. Ça passera bien sur toi, lui proposa Ethan.

— Je ne savais pas que tu étais coach en image, le railla Aronn.

Ethan ne releva pas sa remarque.

— Je te vois bien avec un trois-pièces, dis-je à Ethan, qui s'en étonna.

— J'aurais l'air trop solennel !

— Comme si ce n'était pas déjà le cas, le rabroua Aronn.

— Ça te démangerait, Aronn, de lui dire quelque chose de bien, des fois ? lui demandai-je.

Il me regarda étonné et déconcerté, puis me répondit qu'effectivement oui et même plus. Je secouai la tête et n'ajoutai plus rien. Au moins, ils parvenaient à être ensemble avec moi. Ethan partit sur un trois-pièces noir et Aronn prit un costume simple. Comme convenu, nous partîmes ensuite à la recherche de ma tenue de cérémonie. Nous ne mîmes pas longtemps à la choisir. Je fis ensuite part à mes amis de mon envie de trouver une coiffure pour cette soirée auprès d'une professionnelle, mais Aronn me dit :

— Pourquoi faire, alors que je suis là ?

— Après la déclaration de Lona, le jour où nous avons joué au baseball, je ne préfère pas. Tu n'es pas très doué apparemment !

Il fit de grands yeux et grimaça en disant :

— Lona fait sa délicate. Viens par là.

Il me saisit par le bras et me fit asseoir sur un banc public. Il prit la masse de mes cheveux et en fit une figure élégante à l'aide de stylos et de crayons. Il était plutôt doué.

— Je ne savais pas que tu étais expert capillaire Davis ! dit Ethan d'un ton taquin.

Comme lui plus tôt, Aronn ne releva pas, mais je voyais bien une différence entre leurs deux discours. Aronn était incisif, Ethan était plus doux, voire amical, mais je ne dis rien de tout ce que j'avais remarqué. Toutefois, plus tard, je compris cette différence de ton...

La journée s'égrena ainsi sur un ton léger et plaisant malgré les quelques discordes entre les garçons. Ce jour-là, ils se montrèrent plus affectueux et attentionnés à mon égard qu'à l'accoutumée. Cela me surprit, mais je ne m'en plaignis pas !

— Je crois que j'ai tout ce qu'il me faut : les chaussures, la robe, le sac, les bijoux et l'étole.

En m'entendant énumérer mes articles, Aronn feignit d'être étourdi.

— Eh ! ce n’est pas comme si depuis qu'on se connaît on avait fait beaucoup les boutiques ensemble ! le repris-je.

— Heureusement ! Ça nous a pris trois heures, ton affaire !

Je fis la moue et je passai devant lui. Quelques mètres plus loin, je m'arrêtai devant une vitrine, où un immense bouquet de fleurs me plut. Aronn s'étonna de me voir entrer dans la boutique.

— Tu n'es pas sérieuse ! me cria-t-il au loin.

— Il me plait, je le veux. De toute façon, il faut que je change le bouquet dans ma chambre !

Aronn bougonna et Ethan le regardait souriant.

— Ce que tu peux être grincheux ! lui dit-il. Il n'est pas plaisant de sortir avec toi. Tam, tu devrais faire le tour du fleuriste !

— Si ce n'était pas Tam, sache bien, et tu le sais, que toi et moi on ne se retrouverait pas à respirer le même air ! Et ne l'encourage pas à prendre son temps !

Ethan grimaça faussement vexé. Je pris le bouquet qui m'intéressait, mais oh ! je n'avais plus de monnaie.

— Je n'ai plus de sous, je vais au distributeur et je reviens, informai-je la vendeuse et les garçons.

Mais Aronn, réfractaire à l'idée de passer plus de temps dans ce lieu, se proposa de payer.

— Je te rembourserai. On va chercher un distri...

— Surtout pas ! c'est cadeau ! Allez, on s'en va !

Il me saisit par le bras, prit le bouquet et nous fit sortir de là rapidement. Nous embarquâmes alors dans le bus.

— J'ai hâte d'y être. Tu me coifferas pour la cérémonie, Aronn ?

J'attendais avec enthousiasme sa réponse qui ne vint pas.

— Aronn ?

— Laisse, il se remet de ses émotions ! me dit Ethan.

— On ne t'a pas sonné ! le rabroua ce dernier.

Je ne prêtai pas attention à sa réaction, comme me l'avait conseillé Ethan, mais cela me troubla.

Aronn nous emmena dans un parc où nous prîmes place sur un banc afin de profiter de l'air frais, de cette fin d'après-midi, après tous ces émois si l'on considérait l'état d'Aronn.

— La journée est passée trop vite ! dis-je nostalgique.

— Parle pour toi, s'empressa de rajouter Aronn.
— Pourquoi tu détestes tant faire les boutiques ? lui demandai-je.
— Ce n'est pas faire les boutiques que je n'aime pas, c'est le temps qu'on y prend ! Tu as changé près de huit fois de tenue avant de te décider !
Je ris à sa remarque. Il bougonna quelque chose comme à son habitude et je lui collai un baiser sur la joue pour le consoler. Je n'avais jamais autant ri depuis longtemps durant cette journée et je n'avais jamais autant pleuré depuis longtemps...
Je pris plusieurs clichés au cours de cette journée, que je garde précieusement. Je m'étalai sur le banc afin de fixer le ciel. Je humai à nouveau l'air et je me sentis bien et en paix. Mes amis étaient là. Une cérémonie où nous nous amuserions se profilait et je ne m'inquiétais pas pour les examens. Leur présence me réchauffait le coeur à cette époque...
— C'est au moins la troisième fois que je contemple le ciel avec toi, Aronn, et la seconde avec toi, Ethan. C'est qu'il nous attire beaucoup, ce ciel ! Je me demande pourquoi.
— Peut-être parce que dans le ciel il n'y a pas de bruit de guerre, de coeur angoissé, d'esprit agité. Pas de soucis, tout à l'air si calme, dit Aronn, songeur.
— Ou peut-être est-ce parce que l'on s'attend à ce que le ciel s'ouvre tout à coup et qu'un roi sur son cheval blanc vienne nous sortir de la misère, ajouta Ethan.
J'écoutai leur proposition et je décelai qu'ils parlaient de leur vie qui, souvent, les avait menés à fuir. L'angoisse, l'agitation et les soucis de cette vie de fuite les épuisaient. Ils cherchaient le repos, mais ne le trouvaient pas. Alors, ils espéraient une main forte venue d'ailleurs, car ils avaient attendu après des hommes de plusieurs pays, sans succès. Leur discours me peinait et je m'interrogeais. Quel était donc ce secret si dur à avouer ?

Pourquoi les poursuivait-on ? Qu'est-ce que l'armée leur voulait ? J'entendais leur cri de détresse, mais j'étais impuissante. Je me souviens avoir fermé les yeux et avoir prié vers celui qui siège au ciel, en disant : « Je t'en prie, je voudrais tellement qu'ils soient libres. » Je crois que je fus exaucée bien avant que je fasse cette prière...

— Si on attend encore un peu, on pourra observer les étoiles ! leur dis-je, afin de dissiper l'ambiance morose qui s'était installée.

— Encore un peu, dis-tu ? La nuit ne sera bien présente qu'à 22 heures, et il est à peine 20 heures, m'interpella Ethan.

— Et je ne veux pas que tes parents s'inquiètent, appuya Aronn.

Vaincus, nous nous levâmes et nous amorçâmes notre marche en direction de l'arrêt de bus. En chemin, nous parlâmes beaucoup et nous évoquâmes ces souvenirs frais entre nous. Entre deux blagues d'Ethan, je leur glissai :

— Je vous aime tous les deux. Je suis heureuse d'avoir deux amis comme vous !

Un silence de plomb s'installa entre nous.

— Eh ! Je n'ai pas dit ça pour tuer l'ambiance, dis-je alerte.

— Ta déclaration d'amour était touchante, me dit Ethan sur un ton enjoué.

Je lui tirai la langue amicalement, puis il ferma les yeux et semblait dormir. Je me tournai vers Aronn qui fixait la route avec un regard lointain. L'ambiance de l'habitacle resta ainsi jusqu'à l'immobilisation du véhicule devant notre arrêt.

— Je ne me risquerai plus à vous dire que je vous aime, vu l'effet que ça fait chez vous ! leur dis-je, alors que nous étions sortis de voiture et que tous deux appuyés contre un arbre me fixaient, l'air grave. Vous êtes expert dans la déstabilisation des personnes !

Ethan ferma les yeux et Aronn fixa un autre endroit.

— Je sais ce qui vous tracasse. Ils reportèrent sur moi leur regard, cette fois-ci interrogateur. Je l'ai deviné. Là, ils écarquillèrent les yeux de stupeur. Ne vous inquiétez pas pour les examens, tout se passera bien, on les décrochera. On a suivi à la lettre notre plan de révisions, haut les coeurs ! Puis on a encore une semaine de révisions avant le début des examens !

Quand ils m'entendirent parler des épreuves du baccalauréat, leur hébétude se changea en dépit. Aronn avait baissé la tête et Ethan regardait du côté droit obstinément.

— Bon, ce n'est pas tout, mais je vais y aller. On se voit demain pour reprendre les révisions !

J'allai vers eux et leur accolai un baiser à chacun. Ethan fixait toujours l'horizon et Aronn gardait la tête baissée. Quand j'eus fini de donner à Aronn le sien et que j'allai m'éloigner de lui, il me retint par le bras.

— Tamara, on a quelque chose à te dire, dit-il tête baissée, amorphe. Puis, soudain, comme ayant retrouvé un regain d'énergie, il me fixa.

— Peut-être qu'on pourrait remettre ça à un autre jour, lui dit Ethan.

— Pour quoi faire ? La date approche !

Tout cela me sembla tout à coup très louche.

— L'enquête menée par nos familles n'a abouti à rien. Nous ne savons toujours pas qui était derrière Séléna, et l'on doute qu'elle ait agi seule, me confia Ethan.

— C'est donc de ça que vous vouliez me parler, dis-je d'un ton soulagé. Ne prenez pas ma réaction, ajoutai-je, comme si je ne comprenais pas la situation urgente que cela induit. J'affichai un air sérieux et je poursuivis. J'imagine que cela prendra plus de temps que prévu. Que comptez-vous faire ?

— Nos familles ne veulent courir aucun risque, me dit Ethan.
— Tu penses qu'ils vont me soupçonner encore ?
— Non, me répondit-il. C'est autre chose.
Je le regardai, intriguée.
— On part, Tamara, me dit doucement Aronn.
Je restais là à peser et à comprendre les mots qu'il venait de prononcer. J'étais estomaquée.
— Vous repartez en cavale, c'est ça ? demandai-je d'une voix à peine audible.
— C'est exact, me répondit Ethan.
J'osai lui demander pour quand, et il me répondit que leur départ se ferait après la cérémonie de remise des diplômes, qui aurait lieu dans trois mois, en août.
— Stupide affaire ! dis-je à cran. Ça nous laisse peu de temps pour profiter les uns des autres ! Quelle destination avez-vous choisie ?
— Ce n'est pas encore fait, me fit part Aronn.
— Quand ce sera fait, tenez-moi au courant, et puis qui sait ? Entre temps, vos investigations porteront leurs fruits et vous ne serez pas obligés de partir !
Ils n'affichèrent pas le même entrain que moi. J'étais mal à l'idée de perdre mes amis, mais je ne soupçonnais pas encore à quel niveau.
— Si vous me dites assez tôt où vous vous rendez, peut-être que je pourrais entreprendre mes études supérieures là-bas. Ce n'était pas dans mes voeux, mais bon… leur dis-je, en me pinçant l'arête du nez.
— Certainement pas ! Les tensions entre nos familles et toi ne vont pas s'envoler. C'était difficile ici alors que tu avais ta famille. Ça sera pire là-bas ! Et quelle idée de nous suivre ! Es-tu dépourvue de sens ? me rabroua sévèrement Aronn.

Je le regardai incrédule. Il reprit plus doucement :

— On arrête là, Tamara.

Je levai un sourcil en signe d'incompréhension.

— On arrête quoi ? lui demandai-je ; de se disputer ? bien que ce soit toi qui cries et pas moi. On arrête pour ce soir et on en reparlera demain, on arrête quoi au juste, Aronn ?

— Notre relation s'arrête là, dit-il incisif, appuyant chaque mot distinctement.

Je regardai Ethan qui ne prononça pas une parole. Ils étaient de mèche. Je fermai les yeux et je soufflai, reprenant mon sang-froid.

— On ne met pas fin à une relation amicale comme on met fin à un conte, Aronn. On s'arrête, on recommence, on s'arrête. Ce n'est pas un jeu !

— Ça ne l'est pas pour moi, crois-moi, mais ce n'est pas la peine d'aller plus loin ; je préfère y mettre fin tout de suite, afin que tu t'y fasses, car je te connais. La preuve : tu songeais déjà à nous rejoindre !

Je le regardai me dire cela d'un ton calme et serein, sans trouble sur son visage, sans tristesse, sans regret. Je pouvais en dire autant d'Ethan. Toutefois, son regard trahissait un sentiment troublant, de l'empathie. À ce moment-là, je me demandai si la journée que j'avais passée en leur compagnie, si gaie, avait réellement existé, mais en regardant les paquets dans ma main, il n'y avait aucun doute. Je comprenais maintenant leur silence pesant à l'approche de ma demeure. Mon « je vous aime » avait alourdi d'autant plus le poids qu'ils portaient.

— Laissez-moi deviner. C'est pour mon bien que vous faites ça ?

— Parfaitement, mais tu ne peux pas comprendre, car tu ne sais pas, dit Aronn à bout.

— Et je ne sais pas quoi, Aronn ? m'écriai-je d'un seul coup.

Et lui m'empoignant vivement et fermement par les avant-bras

me répondit sur le même ton.
— Les dangers, les angoisses et les tourments auxquels tu t'exposerais ! Se tournant vers Ethan, il lui dit : « Dis-lui, elle ne semble pas me croire ! »
— Il a raison, tu ne peux pas nous suivre. C'est mieux qu'on arrête là. Au début, je n'étais pas pour, mais les arguments de Davis l'ont emporté sur les miens. C'est plus sensé qu'on en finisse le plus vite possible. Plus on passera du temps ensemble, plus cela sera dur pour toi de nous laisser partir et tu pourrais commettre des choses folles sans le savoir.
— Dur pour moi, mais non pour vous ? Je vois, vous ne m'avez jamais considérée comme votre amie.
Aronn soupira fortement et s'appuya des deux mains sur le dossier du banc public, tête baissée.
— Tu ne comprends rien, comme d'habitude, dit-il las.
— Oui, je suis stupide et butée, soit ! Si c'est ainsi que tu me vois ! Mais je crois que l'on ne dit pas à quelqu'un « tu es mon amie », puis le jour d'après, « on arrête là » le plus simplement du monde comme si tout ce que vous avez vécu n'était rien ; juste du vent ! lui répliquai-je vivement.
Il me regarda pleurer par-dessus son épaule.
— Davis a manqué de tact dans sa façon de l'annoncer, reprit Ethan, mais au final ça revient au même. Ce n'est facile pour personne, crois-moi. Il fait le dur à cuire, mais ne te fie pas aux apparences.
— Je fais ce que j'ai à faire, dit Aronn. Avant toi, il y a eu des séparations ; après toi, il y en aura encore.
— Ça te coûterait un bras d'être plus doux ? le réprimanda Ethan fâché.
Ces mots me firent un effet de coup de massue si bien que mes jambes ne me portèrent plus et je m'accroupis sur l'herbe, tête baissée.

28

"Tu m'as trompée !"

Ethan et Aroun se disputaient suite à ce que m'avait annoncé ce dernier : « Après moi, il y aura d'autres séparations », comme si j'étais l'une de toutes ces « séparations » qu'il avait connues sans grande importance et différence. Non pas que je pensais que notre séparation devait être estimée au-dessus de toute autre séparation ; j'estimais simplement qu'elle ne méritait pas cela, surtout après ce qu'Éric m'avait confié, mais peut-être m'avait-il trompée, avais-je pensé à cet instant.

— Cette décision de quitter le pays, vous l'avez prise durant cette réunion à huis clos, quand Éric et Marilyne sont venus vous chercher ?

Ils stoppèrent leur dispute pour me regarder et je n'avais toujours pas relevé la tête.

— C'est exact, me dit Ethan.

Sa réponse ne fit que renforcer mon sentiment. Éric m'avait dupée. Je relevai la tête et aperçus au loin, du côté gauche, le bus arriver. Il était arrêté à un feu tricolore. Je me levai, puis partis déposer les paquets dans ma maison et dis à mes parents que je n'en avais pas pour longtemps. Je me rendis ensuite jusqu'à l'arrêt de bus en courant.

— Tamara, m'interpella Ethan, où vas-tu ?

Je ne répondis pas et pris le bus. Ethan me rapporta qu'Aronn soupçonna que je me rendis chez lui, car dit-il : « Ce bus mène jusque chez moi ! Elle fait vraiment n'importe quoi, suivons-la. »

Durant le trajet, j'avais l'impression que je faisais juste un stupide cauchemar, mais l'état dans lequel m'avaient plongé ses mots et leur décision était bien réelle.

Quand j'arrivai près de la demeure des Davis, j'ouvris le portail, je me précipitai sur la porte d'entrée et je me mis à la frapper en criant le nom d'Éric. La fratrie, petit à petit, s'agglutina autour de moi. Ce n'était pas prudent, je le savais, mais je voulais le voir. Il ouvrit la porte et me regarda stupéfait.

— Tu m'as trompée ! Tu t'es joué de moi. Pourquoi ?

Aronn et Ethan arrivèrent après et virent la scène avec horreur.

— Tamara, tu es folle ! Pourquoi t'es-tu rendue chez moi ? Ainsi, ne tiens-tu donc pas à la vie ? m'apostropha Aronn.

Je saisis Éric par les bras. Celui-ci me regardait étonné et déconcerté.

— Tu savais que vous risqueriez de quitter plus rapidement que prévu le pays et tu m'as dit tout cela. Pourquoi

Tout le monde se demandait de quoi je voulais parler.

— Rien n'était encore sûr. Cette décision a été prise de force devant l'urgence de la situation. Moi-même, je suis décontenancé de ce revirement de situation soudain, me dit-il.

— Et quand tu as su que ça se profilait, tu t'es bien gardé de me mettre au courant.

— J'estimais que c'était à Aronn de t'en aviser et je devine qu'il n'a pas dû le faire de la plus douce des manières, à voir ton état, me dit-il en jetant des regards de reproche à son frère.

— Tu m'as dit tous ces mots, pourquoi ? lui demandai-je en larmes.

Il fixait sur moi un regard désolé et peiné.

— Tout ce que je t'ai dit est l'entière vérité ! N'en doute pas !

Je savais qu'il disait vrai, mais mon coeur souffrait…

— Je ne vois pas en quoi il aurait dû te mettre au courant. C'est sympa qu'Aronn l'ait fait, intervint Ariane. On ne divulgue pas nos affaires entre les deux familles, alors encore moins à quelqu'un comme toi. Alors, ne viens pas jusqu'ici traiter mon frère de manipulateur !

Elle m'empoigna avec force par le bras et m'entraînant avec rage hors de la propriété elle me dit :

— Sors d'ici !

— Ariane, arrête ça tout de suite ! lui intima Éric.

— Non, Éric, elle doit comprendre. Je lui avais déjà dit que lorsque le temps serait venu, Aronn la quitterait sans regret. La famille avant tout. Elle le savait, donc pas la peine de venir faire sa scène ici.

Et elle me poussa de l'autre côté. Je m'étalai misérablement sur le sol et elle referma la porte. Je me retrouvai au pied d'Ethan, qui était resté à l'extérieur par sécurité, songeai-je. Il me ramassa au sol et je n'osai le regarder, car je ne m'étais jamais sentie aussi humiliée qu'en cet instant.

— Je lui en toucherai deux mots à Ariane, me dit-il.

Éric sortit à notre rencontre et me dit :

— Je suis navré que tout se déroule ainsi, crois-moi. Si je peux faire quelque chose, dis-le- moi.

Je ne lui répondis rien tout de suite. Ethan me tenait par les avant-bras, m'ayant relevée, et j'étais bien aise de faire dos à Éric.

— Tout ce que tu pouvais faire, tu l'as déjà fait, finis-je par lui répondre, et à l'intention d'Ethan, je lui dis : « Lâche-moi. »
— Je te raccompagne, me dit-il.
— Non merci.
— Ne refuse pas son aide, essaya de me convaincre Éric.
Rien n'y fait. Je partis seule. Une douleur me prit à la cheville droite, mais par orgueil sans doute je n'ai rien montré.
Je le regrettai, car le lundi des cours, elle avait doublé de volume et c'était pire de boiter devant Aronn entouré à nouveau de sa bande de copains riant aux éclats.

29

Cérémonie

Les révisions allaient bon train, mais cette fois-ci j'étais seule. Pourquoi étais-je si souvent seule ? C'était quand même inconcevable. Je me posais déjà la question à l'époque. C'était un trouble causé par une blessure longtemps enfouie.
Je ne supportais pas de le voir rire alors que j'étais triste. C'est comme si ce que je ressentais avait peu de valeur. Je me trompais une fois et même deux fois... La douleur vous fait parfois déraisonner, surtout quand vous êtes seul, entraîné par les eaux déchaînées.
Les épreuves du baccalauréat débutèrent et je n'eus pas le temps de m'attarder sur les récents événements, voulant plutôt me concentrer pour réussir. Quand elles furent terminées, je pus enfin souffler, sauf qu'en soufflant, il me revint à la mémoire ces douloureux instants. Je regrettai les examens. Je ne les revis pas jusqu'à la cérémonie...
Mes parents étaient fiers que nous ayons, ma soeur et moi, décroché notre diplôme, et tout en joie, ma mère s'occupait à préparer ma soeur, tandis que moi, comme d'habitude, je me

débrouillais seule. J'enfilai la robe que j'avais achetée ce jour-là, le jour où Aronn et Ethan ont mis fin au simple fait d'être ensemble. Une longue robe noire brodée avec sa doublure couleur corail. Je fis monter ma chevelure de la même manière que m'avait montrée Aronn et je l'agrémentai du peigne offert par Simon. J'étais sûre qu'il serait là ce soir, peut-être même avec sa femme. Je mis ma parure d'or, enfilai mes chaussures, pris mon sac, et je sortis de ma chambre. J'attendis au salon, et quand ma soeur Paige fut prête, elle me rejoignit avec mes parents et mon frère dans la pièce.

— Tu t'en es bien sortie, Tamara, me dit ma mère. Elle prit des clichés de Paige et moi, et nous nous mîmes en route.

Durant le trajet, mon coeur battait si fort dans ma poitrine à l'idée de les revoir, mais aussi de savoir qu'après cela ils quitteraient la France.

Nous entrâmes dans la salle et il n'y avait aucun signe d'eux. Ma soeur rejoignit ses amis et Matthieu la suivit. Je vis Annabelle au loin avec Stacy et les filles. Elle me regarda un bref instant avant de détourner ses yeux de ma personne. Je me dirigeai vers un coin de la salle où je fus rejointe par une fille de ma classe.

— As-tu ramené ce que je t'avais demandé ? s'enquit-elle auprès de moi.

Pendant que j'échangeais avec elle, j'entendis :

— Aronn, mon vieux, ramène-toi !

Je sursautai. Ainsi, il était là. La jeune fille avec qui je parlais se tourna et me dit :

— Je ne vais pas te retenir plus longtemps, afin que tu ailles rejoindre ton ami !

— Euh... eh bien ! je n'aurai pas besoin de le rejoindre... Nous ne sommes plus amis, lui avouai-je à regret.

Elle s'étonna, mais ne dit mot et me quitta. Quand elle partit, j'eus une vue sur toute la salle. Sa famille au complet était là en tenue de soirée, discutant gaiement avec les parents de ses camarades. Les voir échanger avec tant d'aisance, je n'en revenais pas. On aurait dit deux familles différentes ; Ariane riant aux éclats, Lona souriante, Jason à l'aise et plaisantant, Chris et Anna échangeant avec bonne humeur. Quant à Éric, son aisance et son sourire ne m'étonnaient pas.

— Tamara, ton ami et sa famille sont arrivés. Ne reste plus dans ton coin et va le rejoindre, m'interpella ma mère en venant vers moi.

Je ne lui avais rien dit de ce qui s'était passé, ni à mon père, d'ailleurs. Alors, pour esquiver sa demande, je la redirigeai vers un couple – parents d'une bonne amie de Paige à qui elle devait demander un service, et elle s'en alla, me laissant seule.

En allant vers le buffet, j'entendis :

— Ethan, on est ici ! cria un garçon.

Et je vis une bande de garçons partir à sa rencontre. Ainsi, ils étaient tous réunis dans cette même salle. Quelle drôle de situation ! Présents, mais impossible de les approcher, du moins selon mon coeur...

— Vous voilà, la famille Pal ! entendis-je ma mère s'exclamer.

Sa voix me fit sursauter et je m'angoissai en entendant à qui elle s'adressait.

— Tamara, la famille de ton ami est là. Viens donc les saluer ! me demanda ma mère.

Elle me mit dans une situation impossible à mes yeux. Il fallait que je me dégage de là. Je me tournai pour lui faire face et, elle, souriante, attendait que je la rejoigne. Je ne voulais pas l'inquiéter, mais avant de faire bonne figure, je lui dis que j'avais quelque chose de rapide à faire, et je sortis sans m'arrêter.

Je me suis allongée sur un banc, dans la cour, entre deux arbres, et mes yeux, inéluctablement, fixaient le ciel, mais cette fois-ci j'étais seule. J'avais le coeur brisé par cette situation.
Je n'étais pas là depuis cinq minutes qu'Annabelle me rejoignit. J'entendis ses pas s'approcher de moi.

— Tamara... m'interpella-t-elle d'une voix fluette.

— Qu'est-ce que tu veux ?

Au ton de ma voix, elle semblait désarçonnée. Toutefois, elle poursuivit en disant :

— Que se passe-t-il entre Aronn, Ethan et toi ? Depuis le retour des vacances, il semblerait qu'il y ait anguille sous roche.

— Il y a tout ce que tu as toujours voulu qu'il y ait : plus rien !

Elle marqua un silence avant de me dire :

— Je suis désolée, mais c'est une bonne chose, crois-moi.

— Et comment tu peux le savoir ? Tu sais quelque chose que j'ignore ? lui demandai-je en me levant brusquement pour la regarder.

Elle resta quelques instants à me fixer, puis elle fit quelques pas en arrière et finit par me tourner le dos pour se rendre dans l'enceinte du bâtiment où se déroulait la cérémonie. Je lui emboîtai le pas quelques instants après, pris une grande bouffée d'air frais et je pénétrai à mon tour dans la bâtisse.

— Ah ! te revoilà enfin, me réprimanda doucement ma mère.

Ethan avait rejoint sa famille et échangeait avec mes parents et mon frère.

— Je racontais avec ton père tes exploits à la famille Pal, dit-elle pour m'informer.

— Mes exploits ? Mais quels exploits ? demandai-je étonnée.

— Il semblerait, commença par me répondre Simon, qu'à l'âge de trois ans, tu as défendu deux poussins contre un matou féroce.

Tu lui as crié dessus. Ce qui l'a fait fuir. Alors, tu lui as couru après, attrapé par la peau du cou et tu l'as disputé en criant face à sa figure : « Méchante bête, ayête d'embêter mes poussins ! »
J'étais étonnée par le discours de Simon, ce à quoi ma mère me dit que j'étais trop jeune pour m'en souvenir.

— Mais ce que j'ai aimé, reprit Simon, c'est l'histoire de la couche-culotte.

Je levai un sourcil interrogateur.

— Quand tu étais petite, m'expliqua ma mère, lorsque l'on vous changeait, ta soeur et toi, et que l'une devait attendre que l'autre soit changée, toi tu te mettais à courir avec tes petites jambes bottelées, comme tu pouvais, à travers la pièce, en criant : « Ça grwatte maman, faut m'changer, faut m'changer ! »

Simon rit aux éclats.

— Tu n'étais franchement pas obligée de raconter tout ça, me plaignis-je à ma mère.

— Oh ! ça va, c'est comme s'il était de la famille, maintenant. C'est pas vrai ?

J'aurais voulu lui répondre oui, mais je ne pus le faire. Ma mère remarqua mon trouble et Grionne répondit à ma place :

— C'est tout comme, madame Black.

— Eh bien ! nous sommes ravis de vous avoir revue. J'imagine que vous avez d'autres personnes à saluer. On ne vous retient pas plus longtemps, dit mon père. Tamara, on te laisse avec ton ami, nous allons saluer les Bourgeon.

C'étaient les parents de Cayssie, l'amie d'enfance de ma soeur. Je les regardai s'éloigner et quand j'étais sûre qu'ils étaient trop occupés pour me prêter attention, j'allais m'écarter sans un mot quand Grionne me dit :

— Cela est inutile d'alerter tes parents par ton comportement.

— Par mon comportement ? Ce n'est pas moi qui ai pris la décision

de couper les ponts !
Grionne et la famille d'Ethan me regardèrent sans broncher. C'était gênant de me retrouver face à eux comme pour la famille d'Aronn, ce soir-là où Ariane m'avait jetée à la porte. J'avais l'impression qu'ils me jugeaient tous, hormis Simon et Ethan.

— Grandis un peu, Tamara, me rabroua Grionne. Tout n'est pas tout noir ou tout blanc, et tout n'est pas gris non plus ! Il y a un temps pour tout et c'est le temps de jouer avec finesse pour n'éveiller les soupçons de personne.

— Mais moi, je ne fais pas semblant, Grionne, lui répliquai-je.

— Qui te parle de faire semblant ? me dit doucement Ethan. Il me fit signe de la tête de le suivre en passant près de moi.

— Nous allons saluer les familles de tes camarades, l'informa Grionne. À tout de suite !
Ethan me conduisit près d'une des fenêtres de la salle ou nous étions tous rassemblés. Il regarda, dans un premier temps, d'un air triste, à travers la vitre, puis il porta son regard sur moi. Je l'observai, me demandant ce qu'il pouvait bien penser.

— Tu crois que l'on a cessé d'être amis ce jour-là, mais pour moi on n'a fait qu'avancer l'inévitable. Si ce n'avait pas été ce moment-là, ça aurait été aujourd'hui, me dit-il.

— Il n'y a donc rien à faire ?

— Je crains que non.
Je pesai le poids de ces mots. Il n'y avait rien à faire, même pas une seule petite chose pour qu'il ne reparte pas en cavale. Je me mis à haïr ce grand mal qui les poursuivait.

— Ne me demande pas de nous suivre, car je refuserais et tu en connais la raison.

— Puis-je savoir quel pays vous avez choisi ?
Il ne me dit rien dans l'immédiat, comme songeant à quelque chose,

mesurant le pour et le contre, puis il me répondit :

— Je crois qu'il ne vaut mieux pas, il ne faut pas que tu saches.

— Je vois... Je comprends... enfin, je crois. Puisque je n'ai pas le choix, fais juste une seule petite chose pour moi : évite, s'il te plait, de m'oublier trop rapidement lorsque tu seras entouré de tes nouveaux amis, dans ton université.

— C'est une certitude que j'y parviendrai. Comment oublier la jeune femme que j'ai défendue contre ma famille bec et ongles avec Aronn ? Tu es bien la première.

Je lui souris timidement. Il allait s'en aller et je ne pouvais pas le retenir.

— Sois forte, Tami-Tam, m'encouragea-t-il.

Ce à quoi je lui répondis :

— Je suis faible et je n'ai pas de force en moi, comment pourrais-je l'être ? Je m'efforce déjà de ne pas pleurer et c'est une tâche ardue.

Il me regardait, compatissant, quand je lui disais cela.

— À ton tour de me promettre une chose : promets-moi que tu regarderas des deux côtés d'une route avant de traverser et que perdue dans tes pensées, tu ne t'arrêteras pas en plein milieu de la chaussée. Promets-moi que tu feras attention à toi.

Je hochai la tête pour toute réponse. Il repensait à mon accident qui m'avait plongée durant quatre mois dans le coma et il craignait qu'après son départ cela m'arrive de nouveau.

— C'est parfait, me dit-il en me posant un baiser sur le front.

Le principal appela à se rendre sur les rangs pour la remise de nos diplômes. Ils appelèrent chaque élève par ordre alphabétique et chaque fois qu'un élève recevait son diplôme, mis dans une petite boite circulaire de vingt-sept centimètres de hauteur, il était applaudi par la foule de familles et d'élèves.

Je fus appelée la dernière, car j'avais été chargée par la principale adjointe de rédiger un discours. Je reçus mon diplôme des mains du principal, puis il dit à la foule assemblée que j'allais prononcer mon discours de fin d'études. Je pris les notes que j'avais écrites, de mon petit sac, et les dépliai sur le pupitre. Je regardai la foule qui avait ses yeux fixés sur moi. Cela fit battre mon coeur à une allure déraisonnée, mais ce qui me troublait le plus, c'est que j'avais les deux familles séparées par mon frère, ma mère et mon père juste en face de moi. Ma mère me souriait béate et mon père esquissait un sourire de fierté. Toute la salle s'était tue pour m'écouter, et je savais ce que j'avais à dire puisque tout était écrit sur un bout de papier, mais sur l'instant, c'est comme si les feuilles étaient restées blanches. Je regardai Ethan qui me souriait, j'osai jeter un rapide coup d'oeil à Aronn qui semblait serein, je serrai les feuilles entre mes mains et je commençai :

— « Ce n'est pas un exercice facile que de m'adresser à vous ce soir. Si vous pouviez entendre mon coeur, vous seriez surpris de l'allure à laquelle il bat. » Je marquai une pause et je repris. « Le lycée, une nouvelle fois, et pour la dernière fois, a été comme une vaste demeure pour nous dans laquelle on retrouvait notre famille, qui constituait nos classes, et dans laquelle tous les corps de métiers du lycée jouaient le rôle de parent, tuteur, soeur ou frère aîné. Bien que nous ne fussions pas mécontents non plus de quitter l'enceinte de l'établissement, courant parfois pour rejoindre la sortie (*il y eut des rires*), je sais pourtant qu'on en gardera un souvenir nostalgique, surtout à cause de tous ceux qu'on y a rencontrés. Aujourd'hui, on nous dit qu'il nous faut avancer. Même si ceux qu'on a connus s'en vont, un temps nouveau se profile. L'université. Notre péril ne touche pas vraiment à sa fin comme on nous le fait croire (*la foule rit à nouveau*) ! Malgré tout cela, je voudrais vous souhaiter la réussite dans vos projets ! Alors peut-être que pour certains on se reverra (je dis cela en regardant Annabelle). Je vous dis à très bientôt, profitez de la fin de ces vacances pour faire le plein d'énergie !» Je marquai encore une pause, puis je continuai. « Quant à ceux que je ne verrai plus, je vous souhaite de trouver la paix, le bonheur et tout ce que vous désirez trouver à l'endroit où vous vous rendez. Oui, puissiez-vous trouver ce que vous cherchez. J'ai appris que quand on cherchait d'un coeur sincère, on finissait toujours par trouver. Je vous dis au revoir et prenez soin de vous.»

À la fin de mon discours, je ramassai les feuilles que je rangeai à nouveau dans mon petit sac. Je partis reprendre ma place, et jusqu'à ce que je m'asseye, aucun bruit ne se fit entendre. Puis la foule applaudit, mais moi j'étais déjà loin.

Le lycée prit quelques clichés de toute la promo, puis on nous laissa quartier libre pour trois heures avant de clore la cérémonie. Quelques camarades sont venus me voir pour échanger sur mon discours. Je leur avouai que je n'avais pas dit ce qui était écrit sur ma feuille. En effet, il me semblait que cela n'était plus d'actualité. Je savais qu'ils avaient compris que je m'adressais à eux lorsque j'ai parlé de ceux que je ne reverrai plus, car il était certain pour moi, vu leur antécédent, qu'on ne se rencontrerait plus à nouveau même s'ils devaient revenir en France dans dix ans . C'est pourquoi j'avais demandé à Ethan de m'oublier le moins vite possible, et il me dit que cela n'arriverait sans doute pas, qu'il ne m'oublierait pas.

Je riais aux plaisanteries de mes camarades, mais mon coeur n'était pas à la fête.

— Tamara, m'interpella ma mère, il est temps de rentrer, le lycée va fermer ses portes.

Je regardai ma montre. Les trois heures s'étaient bel et bien écoulées. Je cherchais, presque affolée, Ethan et Aronn du regard. Je les vis échangeant encore avec leurs camarades. Je me sentis soulagée, car cet endroit était le dernier lieu où l'on s'était tenus tous les trois ensemble. Même si je ne leur ai que peu parlé, les savoir à proximité me satisfaisait. Mais c'était bientôt fini.

— On va vous demander de vous diriger vers la sortie, s'il vous plait, et pas tous en même temps, déclara le principal.

La foule se mit en marche, et avec ma famille, les Pal et les Davis, nous fûmes l'un des derniers groupes à sortir. Sur le parking, chacun montait en voiture. On se faisait des accolades, certains pleuraient, d'autres riaient ensemble une dernière minute. Mais une chose finissait quand même par arriver : leur séparation. Voir les voitures s'éloigner et éloigner deux amis, deux camarades qui s'appréciaient, me chagrinait. Je savais que je ressentais cela par rapport à moi, car la plupart allaient se revoir, même dans six mois s'il le fallait, mais ils se reverraient, alors que moi...

— Tamara.

C'était la voix d'Aronn. Je me tournai vivement pour lui faire face.

Ethan et lui, debout l'un à côté de l'autre, m'attendaient. Non loin derrière eux, leur famille patientait. Je les rejoignis à pas lents.

— Vous deux côte à côte sans vous chamailler, ouah ! c'est un exploit ! C'est mon cadeau d'adieu ? m'enquis-je tête baissée, avec une faible voix que je voulais enthousiaste.

— On va dire ça, me répondit doucement Aronn. On n’est plus à ça prêt. Je voulais te dire au revoir. Prends soin de toi et ne reste pas seule.

— Merci, lui répondis-je d'une voix frêle. De même pour toi.
— Quant à moi, je te dis de ne pas oublier ma promesse, et au revoir, me dit à son tour Ethan.
Je lui souris faiblement et lui dis que je ne l'avais point oublié. Ils m'embrassèrent sur le front et allaient partir, quand ne me retenant plus je pris Aronn subitement dans mes bras. Je le serrais aussi fort que je pouvais, enfouissant mon visage dans sa poitrine et pleurant en silence, secoué par des spasmes. Il ne répondit pas tout de suite à mon étreinte, puis il m'accueillit de ses bras, et attendit quelques minutes que je me calme, pour briser l'accolade. Je pris aussi rapidement Ethan dans mes bras, mais celui-ci répondit tout de suite à mon effusion, et cela dura légèrement plus longtemps. Il brisa l'étreinte à son tour, car je n'étais pas prête à le faire. Ils me dirent au revoir et partirent en direction de leur famille. Mais avant qu'ils ne puissent être hors de portée de voix, je leur dis :
— Je vous souhaite de trouver la paix, les garçons. Trouvez-la, pourchassez-la, afin que vous soyez heureux, que vous n'ayez plus à fuir et que vous viviez, quel que soit l'endroit où vous vous trouvez.
J'ignore l'impact que ces mots eurent sur eux, mais ils allaient la trouver, de la façon dont on ne s'y attendait pas tous les trois. Leurs voitures démarrèrent. Elles sortirent de l'enceinte du lycée, tour à tour, et je restai plantée là à les regarder s'éloigner et disparaître à l'horizon.
C'était fini, ils avaient disparu et je ne les reverrai plus jamais, me dis-je. Cette pensée me brisa le coeur et je pleurai toute la nuit, ce jour-là. Alors, sans doute, il était préférable que je ne sache pas, comme me l'avait dit Ethan, jour pour jour, qu'ils devaient quitter la France, pour peut-être ne plus y revenir. À moins que...

30
Trois années

J'ai passé trois années, après qu'ils m'eurent quittée, à avancer et à continuer ma course. Après leur départ, le mois de septembre me parut long. Quand, enfin, au début du mois d'octobre, j'intégrai mon université, j'étais soulagée, parce que l'ambiance à la maison était devenue pesante. Ma mère me questionnait beaucoup à propos d'eux jusqu'à ce que je sois obligée de lui dire qu'ils étaient partis vivre à l'étranger. Ma soeur en était affectée, mais elle s'en remit plus vite que moi, du moins de mon point de vue.
J'intégrai avec Paige une nouvelle structure universitaire établie comme test dans notre région, proposant des modules d'études innovants. Le jour où nous devions prendre possession de nos chambres, ma mère prit de nombreux clichés de ma soeur Paige. C'est que nous quittions, avait-elle dit, pour la première fois, le nid familial et qu'elle en voulait des souvenirs afin de se rendre compte combien ses filles avaient grandi. Je ne savais pas qu'elle en prit discrètement autant de moi...
Nous roulâmes bien une heure et demie avant d'arriver devant l'enceinte. Je descendis assez rapidement de voiture, j'ouvris le

coffre et commençai à prendre un de mes cartons, pendant que maman mitraillait à nouveau Paige de photos, puis je me mis en marche pour me rendre aux dortoirs, quand la voix de mon père me stoppa :

— Tamara, où vas-tu ?

— Je vais prendre possession de ma chambre au plus vite.

Il s'avança vers moi et me regarda.

— Tiens.

Il me tendit une petite boîte rectangulaire recouverte d'un tissu de velours et d'un ruban bleu.

— Merci, dis-je en lui donnant un baiser sur la joue.

— Tamara, tu veux bien prendre une photo avec moi ?

— Hum, si tu veux.

J'ai trouvé cela bizarre. Mon père fit signe à ma mère de nous prendre en photo, ce qu'elle fit. Je souris timidement. Une fois la photo prise, je récupérai mon carton et me mis en route.

— Tamara, tu as encore deux minutes à me consacrer ? me demanda de nouveau mon père, d'une voix douce.

— Oui, bien sûr.

Il prit un air sérieux.

— Écoute, je sais que tu ne veux pas trop t'imposer, mais si tu as besoin de quoi que ce soit, n'hésite pas à appeler.

Pas trop m'imposer ? pensai-je soucieuse. Était-ce l'image que je renvoyais à mes parents ? Je pris deux secondes de réflexion avant de lui répondre :

— Très bien, je ferai ça.

Je ne lui exposai pas ce que sa déclaration m'avait fait et je partis sans oublier d'embrasser ma mère et mon frère.

Après que je fusse passée du côté du secrétariat puis de l'administration, on me confia les clés de ma chambre. Je n'eus pas à chercher longtemps parmi les couloirs interminables des dortoirs.

Chambre 15, deuxième étage, près de la cage d'escalier. Je glissai la clé dans la fente de la serrure et au même instant on l'ouvrit. Je tombai nez à nez avec le visage d'une jeune femme aux cheveux bruns, bouclés, tombant en cascade sur son visage rond. Elle avait un petit nez retroussé, des yeux de biche couleur noisette. Elle était de petite taille et avait la peau pareille à la couleur de la cannelle.

— Salut ! dit-elle.

— Euh… salut.

— Je suppose qu'on va devoir partager cette chambre tout au long de l'année, me dit-elle.

— Je crois, oui. Dis ?

— Quoi ?

— Est-ce que je peux rentrer ?

Elle parut gênée et se hâta de me laisser passer.

— Oui, pardon, désolée, vas-y, je t'en prie, dit-elle confuse.

Je laissai tomber mon fardeau sur le sol et me jetai littéralement sur le premier lit près de la fenêtre.

— J'espère que ce n'était pas le tien ? lui demandai-je, soucieuse.

— Euh non, je n'avais pas encore choisi.

— Tant mieux, je suis claquée.

— Dis-moi, qu'est-ce que c'est que cette boîte ?

Je suivis son regard au sol où la boîte que m'avait donnée mon père gisait. Je me levai, la ramassai et la tins délicatement entre mes mains, l'observant d'un air triste.

— Bon, je te laisse. Avant que tu n'arrives, j'allais m'en aller.

— OK, pas de souci.

Seule, j'ai ouvert le paquet. À l'intérieur se trouvait un pendentif de forme ovale en argent, gravé de motifs floraux, monté sur une chaîne également en argent. À l'intérieur, une photo de famille sur la face droite, et sur la face gauche une photo d'Ethan, Aronn et moi. Je refermai péniblement le pendentif.

Je le passai autour de mon cou et il ne me quittait pas où que j'aille. Les cours me passionnaient et je remarquai avec grand plaisir que je m'épanouissais dans ce nouvel environnement. Ma soeur et moi, durant les cours, nous nous voyions que très peu. Je passais le plus clair de mon temps avec ma colocataire dont le prénom était Élisa. Notre relation évolua au fil des mois pour aboutir à une amitié simple et solide. Par son biais, je connus Joyce et Rose.

Joyce, vive et pétillante, était un petit brin de fille dynamique et toujours prête à essayer des nouveautés. De type asiatique, au teint de porcelaine, elle avait les cheveux raides, bruns et colorés aux pointes, les traits du visage ronds et de jolis yeux marron.

Rose, joviale et délicate, avait un faible pour les bonnes manières issues de l'éducation des jeune filles bien nées des années 1900. Elle avait un visage ovale avec de grands yeux de biche, de courts cheveux qu'elle avait colorés d'une teinte chocolat. Elle avait bonne mine. Élancée et toujours bien mise, elle adoptait une démarche royale. Sa peau couleur ébène était sans défaut grâce aux soins multiples qu'elle lui apportait.

Je me plaisais parmi elles. On peut dire qu'ensemble nous avions bâti une relation basée sur des fondements solides. Toutefois, nous ne fûmes au complet que lorsque Jérémie et Léon nous rejoignirent. C'est Joyce qui, durant une pause déjeuner, nous présenta son camarade avec lequel elle partageait ses cours de sciences politiques et qui était devenu son binôme, le temps d'un sujet commun. Lui-même nous présenta Léon, son colocataire.

Jérémie était un jeune homme sportif, très intéressé par la politique et très cultivé. Il était grand, avait une carrure imposante

et une peau de la couleur du chocolat. Il avait un visage aux traits carrés, avec des yeux noirs et profonds qui lui donnaient un doux regard.
Léon était un passionné d'informatique, aussi sportif et aimable que Jérémie. Il avait de grands yeux bleus expressifs, les traits du visage durs, une chevelure châtain et le teint clair.
On formait à nous six une bonne et heureuse bande d'amis, sans histoire, durant trois ans... Mais l'année suivante fut une des plus horribles que je vécus.

— Franchement, j'ai aimé ! Tu aurais dû voir Jérémie faire son discours. Il est doué, dit Élisa.

— Ouais, je sais, se vanta ce dernier.

On était tous là, autour de la table du restaurant qu'Élisa avait choisie.

— On commande. J'ai la dalle, dit Élisa.

— Surveille ton langage, je n'aime pas ces mots ; tu le sais ! rouspéta Rose.

Nous fêtions l'anniversaire de ma colocataire. C'était sa journée et elle nous avait concocté des moments plaisants, avait-elle dit, pour l'occasion. Tout semblait se profiler à merveille. Rien pour nous nuire...
Deux jours avant *Le jour* durant lesquels il me sembla que ma vie m'échappait, mes amis et moi étions partis en week-end camper. C'était une idée de Jérémie et Joyce. Nous fîmes de la randonnée jusqu'à arrivée sur le sommet d'une haute colline du haut de laquelle nous apercevions, d'une vue dégagée, la vallée en contrebas et le coucher du soleil. On voyait nos deux amis plus proches. Jérémie s'improvisa à nous montrer comment monter une tente, assisté par Joyce. Une fois qu'elles furent toutes mises sur pied, nous contemplâmes le paysage sauvage sous les traits enflammés du soleil couchant.

— Marshmallow grillé, claironna Élisa en nous tendant un paquet. Nous piochâmes tous et nous les mîmes au feu.

— Ce week-end est passé trop vite, se lamenta Joyce.

— Je trouve aussi. Il n'y aurait pas un bouton-stop pour arrêter le temps, appuya Jérémie.

— Vous êtes si... complice tous les deux, fit remarquer Rose d'une voix délicate.

Joyce rougit et ne dit mot. Jérémie nous sourit sans rien ajouter aussi.

— Laisse-les donc, lui dit Léon, ils nous mettront au courant quand ils le voudront.

— Au courant de quoi ? se pressa de demander Joyce.

— Jo, je crois qu'ils ont compris. D'ailleurs, il faut vraiment être aveugle pour ne rien voir, lui dit Jérémie.

Joyce marmonna quelque chose dans sa barbe, gênée.

— Tu la surnommes Jo, s'écria Élisa. Oh ! c'est trop mignon ! Mes amis sont amoureux, c'est trop beau, dit-elle, en leur donnant l'accolade. Elle les serra dans ses bras et leur demanda : « Vous vous mariez quand ? »

— On n'en est pas encore là, dit Joyce. On s'est réservé l'un pour l'autre. Nous sommes fiancés et nous nous marierons à la fin de nos études.

Élisa lança un petit cri de joie avant de les prendre à nouveau dans ses bras. Nous poussâmes des cris de réjouissance à l'entente de cette bonne nouvelle.

Notre dîner avalé, nous nous allongeâmes sous la voûte céleste étoilée afin de la contempler. Cette activité me ramena quatre ans en arrière auprès d'Ethan et d'Aronn. J'avais cet ancien souvenir dans le coeur dont il me semblait être la seule à connaître. Et cela me pesait. Je les avais bien mis au courant que j'avais été amie avec deux personnes formidables, mais que nous avions dû nous perdre de vue, car ils étaient partis à l'étranger, sans rien leur préciser de plus. Au milieu d'eux, mon coeur était à la fois nostalgique et heureux.

— Les étoiles sont si nombreuses. Impossible de les compter, dit Rose, songeuse.

— J'espère que des moments comme celui-ci seront aussi nombreux que les étoiles, nous confia Joyce.

Nous nous tenions tous par la main sans envie de nous lâcher, de peur qu'en le faisant cet instant disparaisse comme une feuille portée au loin par le vent, comme la vapeur d'un souffle. Ou étais-je la seule à penser comme ça ?

Trois années à me balancer entre présent et passé, à pencher d'un côté et de l'autre. Ballottée et déséquilibrée. Ce comportement soulignait un grand vide en moi, un manque que je ne soupçonnais pas et une peur cachée. Ma mère et mon père biologique, ma famille d'adoption, mon amie Annabelle, mes amis Aronn et Ethan, quel point commun entre eux tous ? Le sentiment d'abandon que leur passage dans ma vie laissait sur ma conscience. C'est du moins ce que je croyais qu'ils avaient fait avant de m'apercevoir de mon erreur.

Toutefois, avais-je peur à ce moment-là en contemplant les étoiles et en tenant mes amis par la main qu'il advienne la même chose avec eux ?

Même si j'allais être séparée d'un grand nombre d'entre eux, ce n'était ni de mon gré, pour sûr, ni du leur...

31

Basculer

J'avais fait la rencontre, au début de ces quatre années, d'un homme charmant et de sa femme tout aussi charmante. Voici comment cela se produisit :

Alors qu'un jour j'attendais sous la pluie et dans le froid, perdue dans mes pensées, le bus qui devait me ramener à ma résidence universitaire, il vint vers moi en sortant de sa boutique d'antiquités. C'était quelque temps après avoir emménagé. Les Pal et les Davis étaient partis, il y avait de cela deux mois, et je n'avais pas encore ce lien d'amitié qui me liait à Élisa, alors encore moins à Joyce, Rose, Jérémie et Léon. Je m'étais retrouvée là, car j'avais eu besoin de prendre l'air, loin d'être remise de la séparation brutale d'avec Aronn et Ethan. J'étais moi-même stupéfaite que cela m'affecte autant. J'étais agacée et en colère contre moi. Je voulais que cela change ! C'est alors qu'il tendit au-dessus de moi son parapluie et me dit :

— Bonjour, Mademoiselle. Je lui fis face. Désolé de vous déranger, mais je n'ai pu m'empêcher de remarquer que vous aviez sûrement besoin d'un parapluie. À force de rester comme ça sous l'averse, vous allez tomber malade.

C'était un homme d'une cinquantaine d'années, assez grand et fort. Il avait le visage doux. Ses lunettes qui lui tombaient sur le nez lui donnaient l'air d'une personne de savoir. Il avait les cheveux blancs, la peau rosée, des yeux d'un bleu intense où brillait la sagesse.

— Alors je me suis dit que par ce temps, continua-t-il, il vous serait plus agréable d'attendre dans ma boutique. Il me pointa son magasin du doigt. Vous voyez, je ne suis pas loin de l'arrêt de bus. Vous aurez le temps de le voir et de venir le prendre.

J'acceptai son invitation. Par la suite, je revins souvent dans sa boutique d'antiquités, dans le cadre de mes études d'archéologie, mais aussi et surtout pour les voir tous les deux. Ce jour-là, quand il me présenta sa femme, je tombais des nues. C'était une jeune femme d'une vingtaine d'années, aux longs cheveux rouges raides, à la peau laiteuse, aux lèvres d'un rose glacé, aux yeux de renard fin, d'un vert profond. Elle était grande et élégante, d'une grande beauté. L'air étrange et sympathique à la fois. C'est sa douceur qui ensuite me stupéfia le plus. Je n'avais jamais connu quelqu'un d'aussi doux qu'elle, et son mari était lui aussi très doux. Un couple agréable.

Le jour où ma vie chavira, j'étais à leur boutique, travaillant un sujet que je devais rendre dans un mois. Je fouillai parmi les objets et bouquins de cette charmante petite boutique en bois ancien. Antoine – car c'était là le nom de l'antiquaire – vint comme de coutume m'apporter de quoi me rassasier et me désaltérer.

— Tiens, ma petite Tamara ! me dit-il tout joyeux. Sur quoi travailles-tu cette fois-ci ?

— On m'a demandé de faire un sujet sur comment s'organisait la vie paysanne du dix-septième siècle, à partir d'objets sélectionnés ! Aurais-tu des bouquins expliquant ou parlant de cette période ?

Il me répondit par la positive et m'apporta un bon nombre de documents. Liona, qui était sa femme, vint nous rejoindre ensuite, comme souvent. Elle s'enquit de ma santé et me proposa son aide. J'acceptai volontiers, ayant découvert au fil des années qu'elle avait une grande culture générale. Je m'acquittais de cette tâche avec l'aide de Liona, quand mon téléphone sonna. Je m'excusai auprès d'elle et m'éloignai pour répondre. C'était Léon au bout du fil, qui semblait mal en point.

— Tamara... dit-il haletant, il s'est passé quelque chose de grave. Il faut que tu viennes vite...

— Très bien... mais... mais où es-tu Léon ? lui demandai-je saisie de crainte.

— Au nouveau centre hospitalier... des Lilas.

Que faisait-il là-bas ? Le ton qu'il avait employé me mit en alerte.

— Liona, je dois te laisser. C'était mon ami ; quelque chose de grave est arrivé : il est à l'hôpital et il a besoin de moi.

Elle se leva à l'écoute de mon annonce et fixa sur moi un regard compatissant. Elle me proposa de me déposer en voiture, ce que je n'aie pas refusé. Le temps de rassembler mes affaires, nous étions en route, Antoine gardant la boutique. Une fois sur place, je me dépêchai de me rendre à l'accueil. Il y avait une vraie effervescence au sein des urgences de ce nouveau centre de soins. Une infirmière m'indiqua le chemin que je pris en compagnie de Liona. En arrivant devant la porte de la chambre, je vis Rose et Élisa à son chevet.

— Que se passe-t-il ? C'est une telle cacophonie au sein de cet hôpital ! dis-je alerte.

Rose et Élisa me regardèrent d'un air terriblement triste, des larmes de crocodile s'écoulant de leurs yeux. Élisa courut vers moi et se réfugia dans mes bras en pleurant. Je ne comprenais rien.

Je regardai Léon allongé sur son lit d'hôpital avec une minerve et un bras plâtré. Mes yeux se promenèrent d'un visage à l'autre, essayant de comprendre. Je serrai Élisa dans mes bras et essayai de la réconforter, mais je ne savais de quoi.

— Léon, dis-moi ce qui se passe, lui demandai-je.

— Il y a eu un accident, un terrible accident.

— Un accident, c'est un immense euphémisme ; c'est d'une attaque à la bombe dont tu parles ? s'écria tout à coup Rose.

Bombe ? Quoi ? Ici, à Lyon, comment est-ce possible ? Ce sont les questions qui traversèrent mon esprit en un éclair en entendant les propos de Rose.

— Tu sais que Joyce et moi, on devait se rendre, après notre camping, à ce fameux festival dont je lui avais parlé. Je hochai la tête. Nous étions arrivées près de la bouche de métro. Tu connais Joyce ? Toujours enthousiaste, vivace et énergique ! Elle m'avait devancée dans la bouche de métro et elle me sommait de me dépêcher, car notre train arrivait à quai. Elle l'entendait. Moi, je m'étais penchée pour faire mon lacet, après quoi je voulais récupérer un de ces fameux *Petit Journal* qui se trouvait à l'entrée des bouches. Mais avant que je ne pusse en attraper un, après que j'eus fini de me lacer, un bruit terrible se fit entendre suivi d'une déferlante de débris. J'en reçus un qui me sonna et je vins me cogner fortement contre un lampadaire public avant de tituber sur la chaussée, et m'effondrai étourdie. Quand mon trouble s'estompa et que je pus distinguer plus clairement ce qu'il y avait autour de moi, je vis que mon cou n'était qu'à quelques centimètres d'un pneu.

Son récit me stupéfia, son aveu me bouleversa.

— Si toi tu es là, où est Joyce, demandai-je paniquée, redoutant la réponse.

Ils se turent durant un moment. Rose et Élisa continuaient à pleurer, tandis que Léon semblait loin et souffrant.

— Il cherche encore d'éventuels survivants sous les décombres de la gare, finit par dire péniblement Léon.

Joyce disparue ! Ce fut un choc et je comprenais mieux l'état des filles. Je lui demandai quand s'étaient produits ces événements. Il me répondit que cela faisait, il lui semblait bien, quatre heures qu'il était à l'hôpital, donc peut-être six ou sept heures que cela s'était produit. Liona prit Rose dans ses bras et se chargea de la réconforter. Bien que celle-ci ne la connaissait pas, elle se laissa faire, ayant besoin de tendresse dans cette terrible situation.

— Et Jérémie, où est-il ? demandai-je après quelques minutes durant lesquels je fis vagabonder mon esprit en songeant à Joyce.

— Il n'est au courant de rien, me dit Élisa. J'appréhende le moment où l'on va devoir le lui dire. Il est resté étudier dans sa chambre, coupé de tout. Tu connais comment il est quand il décide de réviser pour les partiels.

— Après tout, on ne sait pas où est Joyce, donc ce n'est pas la peine de le mettre en alerte pour rien, se précipita de rajouter Rose. Il se peut qu'elle soit dans un autre hôpital, on ne peut pas être fixé.

— Avez-vous demandé à être prévenus quand on aura retrouvé votre amie ? demanda d'une voix très douce Liona.

Ils répondirent par la négative. Elle se proposa donc de le faire pour nous, mais Rose ne la laissa point aller, l'agrippant. Léon arrêta donc une infirmière pour lui en faire la demande.

C'était un vrai cauchemar ! La vue de mon ami Léon allongé,

mal en point sur ce lit d'hôpital, la disparition de ma confidente Joyce et ce chaos autour de nous !
Quand les heures de visite furent achevées, nous demandâmes à rester dormir. Ce qu'on ne nous refusa pas, voyant l'état de Rose et d'Élisa. On nous attribua donc une chambre où les filles et moi pouvions dormir. Tous trois, Léon, Élisa et Rose parvinrent à s'endormir sur les coups de deux heures du matin. J'étais restée, pour ma part, éveillée avec Liona.

— Tu devrais aller dormir toi aussi. Moi, je pars vous préparer de quoi manger. Je te conseille d'appeler ton ami afin qu'il ne se fasse pas de soucis, ne vous voyant pas venir, m'exhorta Liona.

— Pour lui dire quoi ? « Léon est à l'hôpital, blessé, et Joyce est portée disparue, tout ça parce qu'il y a eu une attaque à la bombe » ? Je ne me sens pas capable de le faire, je dois te l'avouer.

Liona me regarda et n'ajouta rien à ma réplique.

— Je suis désolée, je sais que tu essaies de m'aider... mais je me sens dépassée.

— Veux-tu pleurer ? me demanda-t-elle le plus simplement du monde, me couvant de douceur avec ses yeux.

Je la regardai ébahie, car j'étais saisie par sa simplicité. Il semblait que de sa bouche il n'avait jamais été aussi simple de montrer ses faiblesses et ses limites. Je grimaçai et m'effondrai en larmes dans ses bras.

Le lendemain, je fus réveillée par la sonnerie de mon téléphone portable. J'étais sur les genoux de Liona qui était endormie. C'était Jérémie à l'autre bout du fil :

— Où êtes-vous ? Vous avez découché. Pourquoi ?

J'étais tétanisée. Que lui dire ? Je ne parvenais qu'à émettre des sons rauques. Ce qui l'inquiéta d'autant plus. Liona posa délicatement une main sur mon épaule, je me retournai pour la re-

garder et elle me sourit.
— Je m'en occupe si tu veux, me proposa-t-elle d'une voix suave.
Je hochai la tête et lui cédai le téléphone.
— Rendors-toi, me conseilla-t-elle.
Je fis ce qu'elle me dit et elle s'éloigna. Elle revint un instant plus tard et je me levai en sursaut.
— Que t'a-t-il dit ?
— Ne t'en fais pas, il arrive.
J'écarquillai les yeux, bouleversée.
— Tu as peur ? me demanda-t-elle.
— C'est que je me demande ce que je vais pouvoir lui dire. Joyce et lui sont amoureux, donc tu comprends...
— Raison de plus pour s'en tenir à la vérité, me dit-elle avec tendresse.
— Ça va lui arracher le coeur ! dis-je surprise par sa réponse.
— Les blessures d'un ami prouvent sa fidélité, mais les baisers d'un ennemi sont trompeurs. Je sais que c'est dur d'annoncer une telle chose à ton ami, sachant ce que cela lui fera et ce que cela te fait à toi-même, mais reste son amie et il trouvera en toi quelqu'un de confiance sur qui compter. Car la vérité qui blesse vaut mieux que le mensonge qui arrange. Donc, sache que c'est par la justice que s'affermit tout lien, me dit-elle avec une grande douceur.
Ces mots eurent une résonnance profonde en moi. Je ne pensais pas qu'être l'amie de quelqu'un pouvait engendrer de telles responsabilités. Si je voulais être son amie, comme je le prétendais, et non son ennemie, je devais lui dire la vérité, mais j'appréhendais. À chaque minute qui passait, je sentais mon coeur grossir, prêt à exploser. Quand il franchit enfin à pas précipités le couloir de l'hôpital, je pensais mourir tant ma respiration était saccadée.

— Tamara ! dit-il en me prenant dans ses bras. Je suis content que tu n'aies rien ! Où sont les autres ? me demanda-t-il.

— Léon est dans cette chambre et les filles dans celle d'en face, lui dis-je.

Il regarda par la vitre à l'intérieur de la chambre de Léon et des filles.

— Et où est Joyce ?

Nous y voilà, me dis-je. Il se tourna vers moi, le regard interrogateur. Je devais faire ce que j'avais à faire : être son amie, tout simplement... Mais à ce moment-là, cette chose qui durant maintenant presque quatre ans m'avait toujours paru facile devint tout d'un coup plus dure que de gravir une montagne et plus pesante qu'une tonne de plomb. Je voulais lui répondre, mais mes lèvres tremblaient et mes yeux se mouillaient des premières larmes qui voulaient tomber, cependant que je retenais. Je désirais être forte, mais je ne l'étais pas. Lui cacher la vérité me semblait à ce moment-là plus simple, car ainsi j'évitais toutes ses pensées horribles que j'avais imaginées à son sujet quand il entendrait dire que Joyce avait disparu et qu'on ne savait pas où elle était. Peut-être était-elle morte ? J'ouvris la bouche pour le rassurer, lui faire entendre ce qu'il voulait entendre, mais je songeai aux mots de Liona. Alors, voulant rester son amie, je lui dis :

— Asseyons-nous.

Je lui fis prendre place sur un siège et je pris ses mains entre les miennes. Je les caressai lentement, fixant mon regard sur elles. Je pris ensuite une grande inspiration, levai mes yeux vers lui et les rivai aux siens qui me regardaient d'un air inquiet et interrogateur.

—Je crois qu'il n'y a pas de manière parfaite d'annoncer une telle chose. Et si cette manière existe, je ne la connais pas. Mais je ne veux rien te cacher, car tu es mon ami. Il y a eu un terrible événement hier, dans l'après-midi. Tu n'as sans doute pas dû en entendre parler, car Élisa m'a dit que tu étais resté réviser pour les partiels et nous savons à quel point tu es consciencieux, te coupant de tout. Tu n'as donc pas suivi les infos. Alors... sache qu'il y a eu une attaque... à la bombe, sur le métro qu'on fréquente.

— Tu plaisantes ? gémit-il. Comment, pourquoi ?

— Je ne sais pas pourquoi ni comment, mais ça a déclenché un tel chaos que tu peux voir les répercussions engendrées. Léon s'est retrouvé ici, alité.

— Et Joyce ? Elle est dans une autre chambre, je présume.

Je pinçai mes lèvres pour retenir mes larmes. Voyant cela, il s'alarma.

— Quoi, Tam, dis-moi ce qui se passe avec Jo. Où est-elle ? me demanda-t-il en m'empoignant par les épaules. Ne me dis pas qu'elle...

— Non, non, c'est juste qu'on ne sait pas où elle est. Elle est portée disparue, Jérémie... Je suis désolée, tellement désolée... mais... mais...

Je le regardai se défaire devant moi. Il se détourna lentement, consterné par la nouvelle que je lui annonçais. Je le saisis par les avant-bras et je cherchai son regard sans parvenir à le capter, en lui disant :

— Mais... on va la rechercher ensemble et on la retrouvera. J'appellerai les hôpitaux de la région. Il se peut qu'elle ait été emmenée ailleurs. On va...

Il leva sa main pour me faire signe d'arrêter de parler, fixant hagard le sol. Je pleurai en silence. Liona était restée là, à l'écart ; je cherchai son appui et elle me sourit.

— Comment va Léon ? me demanda-t-il.

Sa voix me surprit et je répondis gauchement d'une voix aigüe :

— Il a été blessé, il porte une minerve et a un bras sous le plâtre, mais ça va.

— Il était avec elle. S'il s'en est sorti, elle aussi, non ?

— C'est que... euh... tu connais Joyce : elle a toujours été si énergique, elle a devancé Léon dans la bouche de métro, qui était resté en arrière pour lacer sa chaussure, et quand il a voulu la rejoindre en attrapant au passage un Petit Journal, c'est là que ça a explosé.

Jérémie me regardait incrédule. Puis, sans un mot, il se leva et partit en direction de la sortie. Je l'appelai pour le retenir, mais il ne m'écouta pas.

— J'ai peur qu'il fasse une bêtise, Liona.

— Ne t'en fais pas, je vais le suivre.

Et elle partit.

J'étais seule dans ce couloir, déboussolée. Ce fut horrible pour moi de lui avouer que la femme qu'il aimait avait disparu, ce fut vraiment horrible... Toutefois, le conseil de Liona porta ses fruits et je pus en constater les effets rapidement et même encore des années après.

32

Au manoir

Joyce fut retrouvée dans un autre centre hospitalier quelques heures après que Jérémie m'eût quittée si brusquement. Comme je le lui avais dit, après son départ je me mis à téléphoner à toutes les cliniques et hôpitaux du secteur. J'eus gain de cause, mais les nouvelles furent funestes. Joyce nous avait quittés...

À cette nouvelle, Élisa et Rose tombèrent dans une sorte de léthargie. Léon s'enferma dans sa culpabilité et Jérémie dans une profonde tristesse et une grande douleur. Quant à moi, il me semblait que je devais tous les porter sur mes épaules. Ce qui pesait très lourd. Entre les fréquentes disputes de Jérémie et Léon du fait que celui-là tenait celui-ci pour responsable de la mort de Joyce parce qu'il les avait suppliés de rester réviser avec lui trois jours avant l'accident, avant que nous ne partions au camping ; mais Léon avait insisté pour emmener Joyce, sachant qu'elle aimerait ce festival. Il acceptait ces accusations, s'enfermait et se punissait constamment. De l'autre, avec Rose qui mangeait peu et dormait peu, je devais souvent l'accompagner

à l'infirmerie à l'instar d'Élisa qui avait des insomnies répétées et de violents cauchemars.
L'ambiance était au plus bas et l'atmosphère entre nous pesante et étouffante. De plus, je devais gérer ma propre peine d'avoir perdu une amie chère. Cela faisait beaucoup !
L'enterrement de Joyce eut lieu cinq jours après, uniquement avec les proches et quelques amis. C'était fort douloureux et pénible de voir sa mère pleurer à chaudes larmes, soutenue par son mari tout aussi affecté. Jérémie se tenait à leur côté, peiné, cherchant à les épauler. C'était un tableau troublant où des coeurs affectés essayaient de consoler un autre coeur affecté. Rose et Élisa étaient venues accompagnées de leurs parents. Moi, je ne voulais pas associer les miens à tout ce cortège de pleurs, de blessures et de déchirures, tout comme Léon qui restait seul à l'écart, le regard sombre et dur. Je soupirai à ce triste constat. Je vins vers lui en lui souriant timidement et il ne me le rendit pas, mais je savais que c'étaient les pensées accablantes de sa conscience qui l'en empêchaient. Je lui tendis mes bras et il vint s'y loger quand je fus à sa hauteur. Au moment où je voulais me défaire de notre étreinte, il me retint :
— Attends…
— Léon, ce n'est pas de ta faute. Comment aurais-tu pu connaître ce qui allait se produire ? C'est bien une preuve que tu ne savais rien, car si tu avais su, tu n'y serais pas allé et tu aurais prévenu les autorités compétentes. Mais tu ne savais pas... comme tous les autres, d'ailleurs.
— Et pourtant mon coeur me dit que j'aurais dû agir autrement, que si j'avais écouté Jérémie, Joyce serait encore en vie.
Je déclarai donc plus vivement :
— On aurait pu te perdre aussi ce jour-là. Ton bras plâtré, ta minerve et tes bleus me le rappellent sans cesse.

Il défit notre accolade et me regarda intensément dans les yeux, et je pouvais voir que j'avais réussi à parler à son coeur.

— J'ai déjà perdu une amie de manière physique et définitive ; je ne veux pas te perdre en ce que tu perdrais toi-même ton esprit dans des pensées coupables qui n'en valent pas la peine.

Il me sourit et m'embrassa sur le front. J'entendis les pas de Jérémie venir vers nous, foulant l'herbe verte mouillée par la rosée du matin. Quand je me tournai pour l'accueillir, il braquait sur Léon un regard sévère, mâchoire serrée. J'allais ouvrir la bouche pour lui demander de ne pas se disputer pour la énième fois avec Léon, quand il dit :

— Tu attends quoi pour aller présenter tes excuses à la famille de Joyce ? Sa mère est inconsolable, ce qui est normal.

— Vu que tu étais avec eux, je n'ai pas osé vous déranger.

— Comme d'un fait expert, il a fallu que ce soit elle qui entre la première, dit Jérémie avec amertume, les lèvres pincées.

— Jém ! le repris-je vivement, comment peux-tu dire une chose pareille ?

Il porta enfin sur moi son regard – un regard brutal et amer –, mais je savais que cette brutalité et cette amertume n'étaient pas dirigées contre moi. Léon posa sa main valide sur mes épaules, pour m'apaiser et dit :

— Ça va, Tam, je mets ça sur le compte de l'émotion ; on est tous à cran.

— De l'émotion ! reprit avec vivacité Jérémie. C'est la vérité, tu as envoyé à la mort la femme que j'aime !

— Ce n'est pas de sa faute, Jérémie, le blâmai-je sévèrement, et tu le sais parfaitement !

— Cesse de le protéger, ce n'est plus un enfant ! me déclara-t-il avec force.

— J'aurais aimé pouvoir éviter tout ce qui s'est passé, crois-moi, lui avoua Léon. Tu ne crois pas que je m'en veux à mort

chaque jour qui passe ? Mais ça changerait quoi au final ? Pas grand-chose. Elle est partie et je n'y peux rien.
Quand Jérémie entendit « elle est partie et je n'y peux rien », il agrippa violemment Léon par le col de son complet veston et ramena son visage tout près du sien.

— Elle est partie et tu n'y peux rien, tu te moques de moi ? Tu crois que je ne le sais pas qu'elle est partie ? Chaque jour, je sens dans mon coeur, par le souvenir, le vide qu'elle a laissé en moi. Tu ne peux pas t'en vouloir plus que je ne m'en veux et plus que je ne t'en veux, crois- moi ! Qui prendra la place qu'elle a laissée dans mon esprit, dans mon âme et dans mon coeur, maintenant ? Hein ? Je te pose la question. Personne ! Et c'est clair que tu n'y peux rien !
Jérémie regardait Léon d'un air farouche, et ce dernier soutenait son regard non par défi, mais par respect, m'a-t-il dit un jour, alors qu'on évoquait ce souvenir lointain... Je pris peur quand Jém le saisit par son encolure. Je lui demandai expressément de le lâcher, mais il ne tint pas compte de mes supplications.

— Maintenant, je veux que tu t'en ailles ! intima Jérémie à Léon.

— Hein ? dis-je estomaquée, tu ne peux pas lui demander ça, Jém, enfin !
Léon commençait déjà à partir. Je voulus le retenir, mais n'y parvins pas. Quand je m'apprêtai à raisonner Jérémie, celui-ci s'en retournait déjà vers les parents de Joyce. Élisa et Rose avaient assisté à la scène au loin, mais n'avaient osé intervenir, trop épuisées et en émoi, pour supporter quoi que ce soit d'autre. Je jetai tantôt un oeil vers Léon qui s'éloignait, tantôt un oeil sur Jérémie qui s'en allait aussi. Je me retrouvai seule au milieu de mes deux amis qui ne semblaient plus l'être l'un

pour l'autre. Je regardai les filles et je pensai que la situation m'échappait. Tout semblait s'écrouler ! Je perdais mes amis, le groupe uni que l'on formait petit à petit...

Il y eut quatre jours de deuil déclarés à mon université durant lesquels celle-ci serait fermée, permettant aux étudiants de se retrouver en famille pour surmonter le choc, car nombre de nos camarades étaient tombés durant cet attentat. Mes parents furent peinés pour moi, mais ma mère me reprocha d'avoir voulu surmonter tout cela seule parce que je n'avais pas désiré leur présence lors des funérailles de mon amie. Je ne sus pas lui expliquer que c'était pour les épargner que j'avais agi ainsi. Chaque fois que ma mère me réprimandait, je m'enfermais dans un mutisme, comme traumatisée par son comportement, avec l'idée de l'avoir à nouveau déçue...

Je me tenais sur le rebord de ma fenêtre, assise, les genoux repliés sur ma poitrine, la peluche de mon enfance coincée entre eux, regardant l'extérieur, morose, quand ma soeur fit son entrée dans ma chambre.

— Tu n'entends pas ? Je frappe et t'appelle depuis un moment.

— Désolée, je réfléchissais.

Elle me tendit une feuille que je lui pris des mains. Je découvris sur elle, en photo, le manoir des Davis, avec en titre : « *Manoir en pierre, moderne, à vendre* ».

— Tu savais qu'ils l'avaient mis en vente ? m'interrogea Paige.

Je secouai la tête.

— Peut-être que ça serait l'occasion de les revoir, non ? S'ils le vendent, il faut bien qu'ils le fassent visiter.

— Ça m'étonnerait. Peut-être qu'ils ont chargé une agence de le faire pour eux, lui dis-je en grimaçant, peinée.

— Pourquoi sont-ils partis ? me demanda-t-elle.

— Je ne peux pas te le dire.

— Pourquoi ? s'emporta-t-elle.

— Parce que j'ai juré.

— Quoi ? C'est un secret d'État la raison pour laquelle ils sont partis ?

Je ne pouvais répondre que dans mon coeur, disant « oui, ça s'en rapproche ».

Je regardai l'annonce que Paige avait imprimée en repensant à tout cela. Elle sortit ensuite de ma chambre, et vingt minutes plus tard j'étais dans la voiture que ma soeur et moi avions achetée, en chemin, pour le manoir des Davis.

J'arrêtai mon véhicule non loin du portail. En effet, une pancarte provisoire en carton dur, à l'effigie de l'agence qu'ils avaient choisie, trônait sur elle. Je descendis de l'auto et me plaçai devant les portes, regardant au loin la demeure. Je restai là à la contempler, me rappelant mes souvenirs, au moment où une femme s'approcha de moi. Elle me tendit la main en me souriant :

— Olivia Junot, enchantée, je suis chargée de la visite et de la vente de cette propriété, pour l'agence Othel !

C'était une femme de taille moyenne, menue, élégamment habillée. Elle avait un visage ovale, portait des lunettes de vue noires sur ses yeux d'un marron profond. Sa chevelure d'une couleur vénitienne était montée en un chignon impeccable sur sa tête.

— Vous désirez visiter la propriété, peut-être ? J'ai un rendez-vous pour 14 h, m'informa-t-elle en regardant sa montre, mais j'ai largement le temps de vous faire faire le tour de la résidence avant qu'il n'arrive. Je suis toujours très en avance.

— C'est que je n'étais pas venue pour ça, lui dis-je.

— Moi non plus je ne vous attendais pas, mais puisque vous êtes là et que je vous vois l'observer avec envie, pourquoi refuser de la visiter ?

Le ton qu'elle employa et la déclaration qu'elle me fit, tout enjouée, finit par me convaincre. Après tout, c'est elle-même qui me le proposait et cela me permettrait de revoir les choses de plus près.
Elle me fit entrer dans la demeure et me vanta ses mérites. Le jardin vaste, l'exposition sud de la bâtisse, son aspect architectural, l'entretien de la maison et ses pièces spacieuses. Quand nous passâmes devant le grand salon, je m'y arrêtai bien plus longuement. Ce qui l'étonna.

— Mademoiselle, vous n'êtes plus avec moi. J'ai déjà fait quatre pas en avant que vous n’en êtes restée au même point.

— Je sais, lui répondis-je songeuse. C'est que...

— C'est que quoi ?

— La raison pour laquelle je regardais la demeure, c'est que j'y étais déjà venue parce que je connaissais les propriétaires.

— Vous connaissiez les Davis ? me demanda-t-elle étonnée.

— Oui.

Quand je voulus la rejoindre en me tournant vers elle, je la vis tout près de moi et elle me dit :

— Tout vient à point à qui sait attendre.

Et elle me frappa. Je tombai, perdant connaissance.

33
Alliée ?

— Elle est venue d'elle-même ?
— Oui, Mon Général.
— Très bien. Prenez congé, Sergent. J'ai besoin d'être seul avec cette fille. Dites aux gardes de n'intervenir sous aucun prétexte, sauf si j'en donne l'ordre.
— Bien, Mon Général.
La discussion qu'entretenaient ces personnes m'emplissait la tête. Le moindre bruit résonnait au centuple dans mon crâne. J'ouvris les yeux péniblement, sonnée et déboussolée. J'étais allongée dans un lit et ligotée à l'aide de sangles en cuir marron. Une misérable ampoule flottait au-dessus de ma tête. L'endroit où j'étais sentait le renfermé, le vomi et l'urine. L'air était nauséabond et humide.
— Où... où suis-je ? demandai-je avec peine.
— Pas dans un endroit très sûr, je le crains, me répondit l'homme.
— Qui êtes-vous ?
— Que de questions ! se plaignit-il.

— Que me voulez-vous ?

— Taisez-vous donc, siffla-t-il. Ici, c'est moi qui pose les questions. Est-ce bien clair, jeune fille ?

Quand je pus distinguer correctement ce qui était autour de moi, je vis le visage de l'homme aigri, ayant la soixantaine, de taille moyenne, costaud, ridé au front, joues creuses, mâchoire serrée, yeux perçants d'un gris mordant, bouche pincée et méprisante ; attitude bestiale et pédante, portant l'uniforme de l'armée de terre... ou de l'air, je ne savais pas. Il sirota ensuite tranquillement une tasse de café. Comment pouvait-il ne pas vomir à cause de cette odeur putride qui régnait dans la pièce ?

— La longueur et l'issue de cet interrogatoire ne dépend que de toi ! me dit-il d'un ton formel.

Je pris peur. Un homme à l'air peu sympathique, portant l'uniforme de l'armée allait me soumettre à un interrogatoire alors que j'étais sanglée sur un lit peu confortable ! Au secours ! criai-je au fond de moi. J'écarquillai les yeux d'effroi, ce qui le fit sourire.

— Comme je te l'ai dit, tout dépend de toi. Si tu coopères, tu n'as rien à craindre. Par contre...

Il me regarda d'un air mesquin en laissant en suspens le reste de sa phrase.

— Je vous en prie, laissez-moi retrouver ma famille ! l'implorai-je.

— Avant ça, tu vas me dire où se trouvent tes amis.

— Qui donc ? Élisa, Rose, Léon et Jérémie ? Si vous cherchez Joyce, elle n'est plus parmi nous.

Il me regarda d'un air sévère et je déglutis.

— Où sont les Davis et les Pal ?

À l'entente de leur nom, ce fut comme un électrochoc. C'était donc pour eux que je me retrouvais là quatre ans après !

— Je... je ne sais pas.
Il secoua la tête d'un air faussement peiné.
— Tu as donc choisi de faire durer l'interrogatoire.
— Je vous assure que c'est vrai, je ne sais pas. Ils peuvent être n'importe où.
Il se leva et me frappa. Là, je songeai à ce que m'avait fait subir Séléna quatre ans plus tôt. Il me reposa la question plus sévèrement, mais là je n'osai répondre, tétanisée. Comment pouvait-il me faire une chose pareille, à moi, une simple fille qui s'était liée d'amitié avec deux garçons qu'elle avait beaucoup aimés ? Était-ce un crime pour qu'il me frappe ainsi ? J'avais devant moi ceux que les Davis et les Pal fuyaient et je comprenais à ce moment précis leur crainte. Il me frappa plusieurs fois, mais je ne pus lui donner de réponse satisfaisante, sachant que je ne connaissais rien de l'endroit où ils avaient trouvé refuge. Et j'en fus bien aise, car cela m'aurait brisée que de les livrer entre leurs mains. Mais je souffris beaucoup entre les mains du général et je pensai que j'allais disparaître sans laisser de trace.
— Cela commence à être fatigant de te frapper et tu ne veux toujours rien dire. Très bien, je t'enfermerai et donnerai l'ordre de ne te donner ni à manger ni à boire durant trois jours. Après quoi, quelque chose me dit que tu seras plus bavarde.
Des larmes perlèrent sur mes joues quand il me dit cela. Peu après, la porte qui devait rester close jusqu'à l'ordre du général s'ouvrit. Une femme au teint pâle et à la chevelure noire de jais apparut. Elle portait un extravagant chapeau noir et des lunettes de soleil. Elle les enleva et s'approcha de moi. Après m'avoir observée d'un oeil critique, elle me sourit.
— Général, détachez-la ! lui ordonna-t-elle.
Il s'exécuta sans broncher. Ce qui me surprit. Car cette femme

n'avait pas d'uniforme de l'armée, mais portait un ensemble. Une veste et une jupe noire très élégantes. Une fois libérée de mes liens, je ne parvins pas à me mettre aisément sur mon séant. Alors, elle ordonna qu'on me portât et on obtempéra.
Elle prit les devants du cortège et nous conduisit parmi les dédales de l'endroit où je me trouvais. Nous prîmes un ascenseur qui nous emmena jusqu'au vingt-quatrième étage. Elle nous fit emprunter un couloir et nous arrivâmes devant une grande porte en acajou poli. Elle donnait sur une immense salle aux murs blancs avec baie vitrée. Une table en verre considérable trônait au milieu d'elle, entourée d'une vingtaine de chaises en cuir noir. Elle était décorée de plusieurs tableaux et de bibliothèques qui longeaient ses murs. La femme prit place sur un siège et ordonna qu'on me fasse asseoir en face d'elle. Croisant ses doigts, elle les plaça sous son menton et me contempla.

— Comme c'est regrettable ce qu'il vous arrive ! me dit-elle ensuite. Il est sûr, pourtant, que vous ne savez rien. N'est-ce pas, Général ?

— Oui, madame.

Devant elle, le général paraissait bien plus docile.

— Général, soignez ses plaies !

Et il s'exécuta avec le plus grand soin. Celui qui m'avait fait ces blessures les soignait à présent. Quand il eut fini, la femme me demanda :

— Que voulez-vous Tamara ?

Cela ne me surprit pas quand elle prononça mon nom comme si elle me connaissait. Après ce que j'avais vécu, cela me semblait peu de chose.

— Je voudrais rentrer chez moi, s'il vous plait, demandai-je humblement.

— Ce qui est normal. Elle me sourit et ajouta : « J'imagine que vous ne savez pas ce que vous direz à vos parents au sujet de votre état », me demanda-t-elle en désignant mon visage, en faisant le tour du sien avec son doigt. Je pensai à ce moment-là à Liona et à son conseil : dire la vérité. Mais avant que je réponde, la femme me dit :

— Ne vous inquiétez pas, je m'en charge ! Toutefois, avant de vous laisser repartir...

Je fis échapper par mégarde un son rauque de protestation. M'en apercevant, je pris peur.

— N'ayez crainte, personne ne vous touchera, me rassura la femme. Je veux juste que vous sachiez pourquoi le général que voilà a été si sévère.

Je la regardai sans rien répondre, la laissant parler, afin que tout cela se termine au plus vite.

— Comprenez tout d'abord que je suis votre alliée.

Elle me fit un large sourire en me disant ses mots. Un beau et séduisant sourire. Un de ceux qui vous mettent en confiance.

— Maintenant, je voudrais vous montrer une chose.

En disant cela, elle appuya sur un bouton. Une machine se mit en route et projeta le visage des Pal et des Davis sur le mur blanc de la pièce.

— Cela fait maintenant plusieurs années que nous recherchons activement ces individus, car ils sont dangereux, et nous devons, pour la sécurité de tous, les mettre hors d'état de nuire. Il en va de la sûreté de tout citoyen du monde, Tamara. Et vous êtes bien la seule qui, les ayant côtoyés, soyez encore en vie, même s'ils ont essayé de rattraper leur erreur récemment, dit-elle en jouant sur les mots pour piquer ma curiosité.

Je fronçai les sourcils, mais ne demandai rien. Pourtant, ma grimace passa auprès d'elle comme une question muette, et la femme me répondit :

— L'attentat qui a coûté la vie à votre amie, il y a une semaine, a été orchestré par eux et vous visait, me déclara-t-elle formelle.
J'avais peine à le croire et j'accusais le coup.
— Je sais que c'est une chose terrible que d'apprendre cela de cette façon, mais nous ne pouvons tolérer plus longtemps que ces hommes et ces femmes demeurent en liberté. C'est pourquoi il a été décidé de vous faire avouer, et ce, sans vous faire de mal, normalement – elle dit cela en jetant un regard réprobateur en direction du général – où vos amis pouvaient être. Bien qu'on ne puisse considérer ces personnes comme vos amis, ce sont des meurtriers.
Ce qu'elle m'avouait ne correspondait pas à ce que j'avais pu voir d'eux, du moins d'Ethan et d'Aronn en particulier. C'est que leur famille avait tenté de me supprimer, mais elle s'était ensuite détournée de ce but sur simple témoignage de Simon pour les Pal et la ferme décision d'Éric pour les Davis. C'était à ne plus rien y comprendre si j'accordais du crédit à ce qu'elle me disait.
— Je comprends, reprit-elle, que vous avez peine à le croire. Vous avez vécu parmi eux et ils vous ont montré un visage différent de celui que je vous dépeins. Mais, rappelez-vous, il est certain qu'ils ne se sont pas montrés toujours tendres avec vous, non ? Je connais mes hommes ; cela fait des années que je travaille sur eux, et c'est bien parce qu'ils sont futés qu'ils arrivent à nous fuir et à se fondre si facilement au milieu des autres.
À sa déclaration, je songeai au jour de la cérémonie durant lequel je pus voir un autre visage d'eux que celui que je leur connaissais : Ariane, joviale, par exemple, entourée de ceux qu'elle surnommait si bien « vermine ». C'était étrange pour moi, mais je me disais qu'elle devait bien faire cela pour

ne pas attirer l'attention. Être comme tout le monde. Je fixais mes mains et elle devait croire qu'elle avait une touche.

— Ils sont dangereux, Tamara, me dit-elle d'une voix douce. Elle vint placer sa main sous mon menton et releva mon visage pour croiser mon regard. Maintenant, vous n'avez plus rien à craindre d'eux avec moi, mais pour cela il vous faut collaborer avec nous avant qu'ils ne récidivent. Je suis votre alliée dans cette histoire, je vous protégerai de ceux qui vous veulent du mal.

Elle me souriait chaleureusement comme compatissant à ma douleur, mais quand je lui dis tout simplement : « Je voudrais, maintenant, si vous avez fini, rentrer chez moi, s'il vous plait », je vis de façon brève, comme un éclair, son visage s'assombrir et devenir sévère. Puis elle me sourit à nouveau.

— Je comprends, vous avez besoin de vous reposer.

Elle m'accompagna en voiture jusque chez moi et elle vint expliquer à mes parents, comme prévu, ce qui s'était passé pendant que je me remettais de mes émois dans ma chambre.

Je la vis repartir quelque instant plus tard de mon domicile. Elle leva néanmoins la tête en direction de ma chambre. Elle portait son extravagant chapeau et ses lunettes, ce qui m'empêchait de bien distinguer l'expression de son visage.

Je ne connus pas son nom ce jour-là. Elle avait dit qu'elle était mon alliée face à ceux qu'elle qualifiait de dangereux. J'étais dubitative. Si j'avais oublié, durant ces quatre années, la douceur d'Ethan et la prévenance d'Aronn… ; si j'avais oublié leur soin, leur affection envers moi et leur famille, l'amour fraternel qui régnait entre eux, leurs sourires, la joie qu'ils avaient d'être ensemble et eux deux avec moi… ; si j'avais omis le fait qu'ils avaient défendu ma vie contre ceux qui leur étaient chers... elle m'aurait eue...

34
Chaleur

Les jours de deuil passés, je retrouvai mes amis à l'université. J'espérais que les tensions qu'il y avait eu avant ces quelques jours de répit disparaissent, mais ce ne fut pas le cas. Ces quatre jours n'avaient pas réussi à calmer Jérémie au sujet de Léon. J'en fus peinée, mais ne le montrai pas. Quand ils me virent, ils me dévisagèrent tous, intrigués. Nous étions assemblés dans une salle de repos aménagée du campus.

— Que t'est-il arrivé à la figure ? me questionna Jérémie.

Je touchai mon visage. L'air de rien, je lui répondis :

— Oh ! C'est un homme qui m'a frappée.

Ils furent tous étonnés et outrés de ma déclaration.

— Qui est ce goujat, que je lui apprenne à se tenir ? me demanda Jém.

— Ah ! euh… tu sais, je ne risque pas de le revoir !

J'espérais vivement que cela soit vrai.

— Oh ! viens par-là, ma chérie, que je t'embrasse ! dit Rose avec compassion.

Elle me prit dans ses bras et je me laissai faire. Élisa et Jérémie se joignirent à nous. Léon, quant à lui, se contenta de m'ébouriffer un peu les cheveux. Ces accolades collectives m'avaient manqué, mais je sentais le vide que Joyce avait laissé. Quand ils se défirent de moi, ce fut à regret. Rose me sourit, puis regardant le reste de la bande, elle déclara :

— Durant ces quatre jours de deuil que l'université a bien voulu nous accorder, j'ai eu tout le temps de réfléchir, soutenue par ma famille. Je repensais à tous ces souvenirs qu'on avait avec Joyce, et pas dans un seul elle restait à s'apitoyer du sort.

— Tu as raison, la soutint Élisa. D'ailleurs, c'est elle qui m'a revigorée et reboostée quand j'ai perdu ma grand-mère il y a deux ans ; avec vous, bien sûr, mais je me souviens de son entrain. Comme elle était vive et dynamique !

— Je me souviens, oui, continua Rose. C'est pourquoi j'ai demandé à mes parents de me laisser la maison, le temps d'une soirée, afin que l'on se retrouve et que l'on passe un bon moment. J'inviterai ceux qui étaient les plus proches de Joyce après nous et quelques connaissances. Donc, si vous connaissez du monde, n'hésitez pas. Mes parents sont d'accord et la propriété est grande !

— Faire la fête ! s'outragea Jérémie.

— C'est surtout prendre un nouveau départ. Si Joyce était là, ça la mettrait mal de nous voir dans cet état, défendit Rose.

— Cela ne fait même pas deux semaines qu'elle nous a quittés et tu parles déjà de se mettre d'entrain !

— Jérémie, commença Rose, complaisante, je sais que...

— Non, Rose, ça m'étonne de toi, vraiment !

— Que veux-tu ? Que nous restions abattus et léthargiques tout un mois ? N'as-tu pas vu notre état avec Rose ? On faisait peine à voir. On ne fait pas seulement cela pour nous, mais aussi pour nos familles. Le fait qu'on accomplisse cela est un

hommage à Joyce ; agir comme elle aurait agi, appuya Élisa.
Cela semblait faire effet, car Jérémie n'ajouta rien et semblait réfléchir.

— Faites ce que vous voulez, finit-il par dire. Je ne suis pas sûr pour ma part d'y participer.

— Jém, tenta de concilier Élisa, c'est avec toute l'équipe qu'elle se serait réjouie et surtout avec toi. On ne peut pas faire ça sans toi.

— Eh bien ! vous allez devoir !

Jérémie se leva et nous embrassa toutes les trois sur le front, à la volée, mais il ne daigna même pas regarder Léon. Durant toute notre conversation, ils n'avaient pas échangé un seul mot. Eux qui avaient toujours une blague pour faire rire l'autre. Tout cela semblait terminé.

— Bon, je vais m'atteler aux faire-part. Vous avez du monde à inviter ? nous demanda Rose.

— J'en ai même beaucoup, annonça Élisa.

— Moi, juste Grégory, Clément et Denise, informa Léon.

C'étaient ses camarades avec lesquels il s'entendait le mieux dans sa branche d'astronomie.

— Moi, je n'ai personne si ce n'est ma soeur Paige et son amie d'enfance.

— D'accord. Eh bien ! Élisa et moi allons vous laisser. Comme elle a le plus d'invités, elle pourra m'aider en faisant ses invitations. On se voit ce soir ! proposa Rose en se levant pour quitter la pièce.

Nous hochâmes la tête et elles partirent.

Léon regardait avec insistance les bleus sur mon visage.

— Tu crois que tu pourrais reconnaître le type qui t'a fait cela si tu le croisais ?

Sa question était si spontanée qu'elle me surprit. Je levai un sourcil et lui répondis avec flegme :

— Tu en es encore là ? Ce n'est rien, je l'ai dit, je ne pense pas le revoir.
Je croyais avoir été persuasive, mais il n'en fut rien, car il se montra plus insistant.

— Ce n'est rien, dis-tu ? Tu as trois gros hématomes sur le visage. Pour moi c'est beaucoup, au contraire. Ça me fait mal rien que de les regarder.

— Cesse de les regarder, lui dis-je doucement, voulant mettre fin à l'échange, afin que cela n'aille pas plus loin et que je ne puisse lui répondre. Car je voulais lui épargner les détails et surtout ne rien dire au sujet des Davis et des Pal. Mais il ne l'entendait pas de cette oreille.

— Et il voulait quoi pour qu'il finisse par te frapper de la sorte ?

— Eh bien, il croyait que je détenais quelque chose qu'il voulait, mais il s'est avéré que ce n'était pas le cas.

— Quelqu'un qui s'en prend à toi gratuitement, ça ne me plait pas !

— Moi non plus, dis-je en pensant à haute voix. M'en rendant compte, je me repris et ajoutai : « C'est vrai, le monde n'est plus du tout sûr ! »
Je lui fis un sourire crispé. Il me regarda comme sondant mon attitude, puis me rendit mon sourire comme résigné.

— Très bien, je vais entrer dans ton jeu et ne pas voir que tu essaies de me duper puisque tu en as décidé ainsi.

— Je n'essaie pas de te duper, mais de... Je ne finis pas ma phrase.
Après un moment, je lui dis épuisée :

— Je m'en vais continuer mon travail pour la thèse qu'on m'a demandé de faire.
Je me levai et passai à côté de lui pour quitter la salle de repos, mais il me retint en disant :

— Et mon bisou ?
Je revins sur mes pas et lui donnai un baiser sur la joue, avant de m'en aller.
Comme à mon habitude depuis maintenant quatre ans, je me rendis à leur boutique. Je m'y sentais bien, et la compagnie d'Antoine et de sa femme était des plus agréables. Je vins donc vers eux plus par recherche de réconfort que par souci de travail. Je partis m'installer à une des tables mises à disposition dans la boutique, attendant qu'Antoine finisse avec ses clients.
Sa main se posa sur mes épaules et il m'accueillit avec un chaleureux sourire, mais en voyant mon visage, il le perdit très vite. C'est vrai que mes bleus étaient frappants, mais ils n'étaient pas à la hauteur de ceux que Séléna m'avait infligés. Le général était moins violent qu'elle. Pareil à mes amis, il s'enquit de ce qui s'était passé, et comme pour eux, j'essayai de le rassurer.
— Si tu as besoin de quoi que ce soit, me dit-il, n'hésite surtout pas.
Je lui souris et lui me tapota l'épaule avant de repartir vers d'autres clients. Je repris mon travail. Quelques minutes après, c'est la main de Liona qui se posa derrière mon dos. Elle me sourit et je le lui rendis.
— Tu ne me questionnes pas au sujet de mon visage ? lui demandai-je.
— Non, je pense qu'Antoine l'a déjà fait. Je lui demanderai plus tard.
J'en fus soulagée. Liona était perspicace et très attentionnée tout comme son mari. Elle me proposa de quoi me rafraîchir et me restaurer, mais je refusai. J'aurais plutôt voulu lui parler de ce qui me tracassait, car je sentais que je reverrais cette femme et peut-être même ce général, et je n'en avais aucune envie.

Elle me mettait mal à l'aise, mais je ne pouvais pas faire entrer dans une dangereuse histoire la douce Liona et son aimable mari. Je devais me débrouiller seule, comme souvent, pensai-je. Contrariée et n'ayant pas trouvé ce que j'étais venue chercher, car je ne pouvais leur avouer ce que je fuyais, je m'en allai le coeur toujours aussi lourd.

— Si tu as besoin de quoi que ce soit, n'hésite pas à venir nous voir, me dit Liona, à l'écho de son mari, avant que je ne franchisse le seuil de leur boutique qui était aussi leur demeure.

Je lui fis un sourire timide avant de tourner les talons.

Quand j'arrivai à ma résidence universitaire, à la salle d'étude, quelle ne fut pas ma surprise de voir Rose et Élisa replonger dans l'un de leur perpétuel « conflit » et Léon avachi sur le pouf, lisant un magazine, ne voulant pas être mêlé à leur histoire.

— Cette présentation ne va pas, Élisa, c'est trop fouillis ! se plaignit Rose.

— Laisse faire, je n'ai pas fini ; ils vont aimer.

— Pas la peine que tu finisses pour que je sache que cela n'ira pas. Dis-lui, toi, Léon ! le sollicita Rose, cherchant de l'aide auprès de lui.

— Je ne veux pas être mêlé à vos affaires et préférer l'une à l'autre.

Rose lui tira la langue, espiègle. Élisa fit un sourire de victoire à Rose, qui lui tira la langue aussi.

— Toi qui aimes les bonnes manières, tu ne sais pas que c'est mal élevé de tirer la langue, la reprit Élisa.

Elles se tirèrent la langue mutuellement.

— Tu ne connais pas la règle du deux tiers/un tiers, reprit Rose ? Ta composition ne va pas !

— Oh ! Ne me sors pas tes cours de photographe professionnelle, supplia Élisa.
Rose suivait un cursus pour devenir photographe professionnelle. En me voyant, ses yeux s'illuminèrent et elle vint vers moi rapidement, m'agrippa par le bras et me dit :
— Toi qui fais des études d'archéologie et d'histoire de l'art, explique-lui qu'il faut respecter certaines règles pour avoir quelque chose de beau !
— Toi et tes règles ! gémit Élisa.
— Si elles sont là, ce n'est pas pour rien, défendit Rose.
— Elle n'a pas tort, finis-je par déclarer à ma colocataire et amie.
Celle-ci, ébahie de ce que je soutenais le propos de Rose, fit semblant d'être outrée. Fière de sa victoire, elle demanda à Élisa de se pousser ; cette dernière ne résista pas. Mon coeur fut soulagé en voyant cette scène. J'aurais presque cru que tout ce que j'avais vécu quelques jours plus tôt n'était qu'un horrible cauchemar si l'absence de Jérémie et surtout celle de Joyce n'était pas aussi flagrante.

— Tu devrais le mettre plus au centre ; encore à gauche, oui, voilà, ne bouge plus, dit Élisa à Léon.
Ils étaient occupés à accrocher un énorme cadre d'un tableau représentant une femme dans son jardin. Quant à moi, je m'occupai avec Rose de la disposition des convives sur les tables en mettant leur nom devant chaque couvert. En faisant cela, je pensais à Jérémie qui s'était montré étranger à tout ce projet jusqu'à aujourd'hui. Durant les deux semaines qu'il nous avait fallu pour l'organiser, je ne l'avais vu que deux fois et toujours à la volée. Il nous évitait à cause de Léon. Je n'aimais pas cela, car j'avais l'impression de retrouver le conflit qui liait Aronn à Ethan. Toutefois, j'espérais sa venue pour la soirée.

Nous avions beaucoup travaillé pour que tout soit parfait. Nous n'étions plus qu'à quelques heures de son ouverture. Cet événement devait marquer un nouveau départ durant lequel nous nous remémorions les souvenirs de nos camarades disparus ; non pas pour pleurer et replonger dans ces sentiments qui nous avaient dépouillés de nos sourires et de nos forces, mais pour avancer en gardant d'eux les meilleurs moments, défendit Rose. Nous étions tous pour cette idée qui, à l'époque, nous avait paru la plus efficace, car qui nous rendrait notre engouement, notre joie de vivre, notre avenir si ce n'était nous-mêmes qui, résolus à ne pas sombrer, voulions rire à nouveau et vivre ? Je croyais que c'était le seul chemin vers un avenir meilleur, que nous ne pouvions compter que sur nous... Oui, c'est ce que je croyais... Je me trompais et aujourd'hui j'en suis bien aise !

— Super ! On est dans les temps, les amis. Maintenant, filez vous changer ; j'ai disposé vos tenues dans vos chambres, nous informa Rose.

Je montai toute joyeuse à l'idée de cette cérémonie prometteuse. De surcroît, je n'avais plus revu cette femme depuis la dernière fois, et aucun accident ni aucune mauvaise nouvelle n'étaient venus obscurcir mon univers. C'était pour moi un gage de bon présage pour les jours, voire les mois à venir. J'enfilai la toilette que m'avait choisie Rose, avec goût. Elle était composée d'une longue robe noire avec manches, taillée droite et brillant de mille feux, accompagnée de son étole en mousseline. Pour ma chevelure, je l'agrémentai du peigne que m'avait offert Simon. J'étais fin prête ! Je descendis rejoindre les autres. Ils étaient tous les trois très élégants. Rose nous rassembla pour nous briffer une dernière fois :

— Donc, nous allons laisser rentrer les invités dans vingt-cinq minutes, alors dernier briefing. L'ordre du jour est de s'amuser, rire, profiter les uns des autres ! On est d'accord. De ce fait, je ne veux voir personne s'ennuyer dans son coin ! Pour ce faire, Élisa, tu seras chargée de mettre les personnes à l'aise, de les faire circuler afin qu'elles ne restent pas en retrait. Toi, Léon, tu seras chargé de l'ambiance. Fais en sorte qu'ils s'amusent, veille à ce que personne ne bâille, si tu préfères. Toi, Tam, souris !

— Hein ?

— Mets de la chaleur dans le coeur des gens ; qu'ils ne regrettent pas d'être venus quand ils franchiront l'entrée.

Mettre de la chaleur dans le coeur des gens par mon sourire, voilà une tâche des plus ardues !

— Moi, je me charge de ce qu'on ne manque de rien en boisson, nourriture et tout le tintouin. Tout le monde a retenu ce qu'il doit faire ?

Nous hochâmes la tête, unanimes.

— Génial ! au travail ! s'écria-t-elle enthousiaste.

Quand les invités furent autorisés à pénétrer dans les lieux, j'allai me poster devant l'entrée en leur souhaitant la bienvenue avec mon plus beau sourire, histoire de « mettre un peu de chaleur ». Ceci étant fait, Léon et Élisa s'occupèrent d'eux selon leur rôle respectif. La recette fonctionnait à merveille ; ils étaient tous joyeux. Quand leur nombre fut complet, je rejoignis les autres dans la pièce principale où tous les convives étaient attablés attendant le début du service. Seul un manquait encore à l'appel : Jérémie. Rose fit un discours avant de donner le feu vert pour le banquet. Elle avait pensé à tout dans les moindres détails pour que ce moment soit des plus agréables. En l'occurrence, elle avait fait appel à un traiteur qui se chargeait avec ces gens de servir les tables. L'ambiance était bon enfant et gaie. Elle s'en réjouit et nous avec elle.

— C'est juste très dommage que Jérémie ne nous ait pas gratifiés de sa présence, dit à regret Élisa.

Nous fûmes attristés par ce fait. Alors, pour taquiner son amie, Rose dit :

— On dit « honorés », c'est plus élégant que gratifié !

Élisa la regarda étonnée, mais Rose lui fit un sourire complice. Alors, Élisa comprit et elles rirent.

Les mets que nous présenta le chef étaient exquis. Après quoi l'hôte, qui était notre amie, proposa aux invités de prendre possession de la piste de danse et de jouir des expositions que nous avions placées. Dans toute la pièce, Rose avait émis l'idée de composer une sorte de fresque de photos que les convives et nous-mêmes avions faite avec les disparus. Ainsi, disait-elle, nous entrerions chacun dans le souvenir de l'autre pour le partager avec lui et nous soutenir. Son idée plut beaucoup, si bien qu'il faillit ne plus y avoir de place. Nous avions dû faire un tri de tous les clichés que nous avions reçus. Les filles se dirigèrent vers la fresque et Léon fut abordé par ses camarades d'astronomie. Quant à moi, je me glissai parmi la foule qui dansait et discutait gaiement en évoquant des anecdotes sur leurs disparus. Je leur souriais et leur parlais avec douceur de temps en temps. Je partis ensuite me placer devant les grandes fenêtres vitrées du salon. Je restai là à fixer l'astre lunaire, me disant qu'ils devaient peut-être l'observer là où il pouvait être, quand il posa sa main sur mon épaule. Je me retournai pour le regarder et m'écriai à sa vue :

— Jérémie !

Je le pris dans mes bras.

— C'est super que tu sois finalement venu ! lui dis-je enthousiaste.

Il me sourit et observa le peigne dans ma chevelure.
— Je ne me fais toujours pas à ce truc dans tes cheveux ; ça doit coûter une fortune ! C'est le frère de ton ami qui te l'a offert, tu m'as dit, mmm… ? C'est dommage que je ne l'aie pas connu avant.
— Profiteur ! l'affublai-je en souriant.
— Moi, dit-il, faisant semblant de s'offusquer, je profite juste des opportunités qui s'offrent à moi, finit-il par dire l'air de rien.
Je lui donnai une petite tape sur l'épaule et il me sourit.
— J'arrive encore à te faire rire dans mon état, reprit-il doucement ; c'est déjà ça.
— On se sent tous mal, mais on voudrait le faire ensemble et essayer de rebondir ensemble, si c'est possible. Ne nous tourne pas le dos, Jém, s'il te plait.
Il me regarda, prenant la mesure de mes paroles, puis il me sourit timidement pour me rassurer.
— Je ne vais pas vous laisser tomber. C'est juste que j'ai besoin de temps, finit-il par me répondre.
Et je le comprenais. Toutefois, ce sujet m'inquiétait et je voulais en savoir l'issue. C'est pourquoi je lui demandai ensuite :
— Vas-tu pardonner à Léon ?
— Je ne sais pas encore ; ça risque d'être long, même si je le veux. C'est plus fort que moi, je n'arrive pas à me raisonner. S'il m'avait écouté, tout cela aurait pu être évité, et si je m'étais montré plus ferme, elle serait peut-être restée.
— Peut-être, Jérémie, peut-être... Tu la connaissais autant que nous. Même si tu avais réussi à retenir Léon, elle serait peut-être allée avec quelqu'un d'autre, peut-être avec Rose ou Élisa, et on les aurait perdues toutes les deux, voire toutes les trois.

En disant cela, j'eus la chair de poule.
Il soupira et dit :

— Enfin, n'en parlons plus.

— Merci, me dit-il au bout d'un moment.

— Pourquoi ?

— D'être une amie fidèle.

À ces mots, je me souvins des paroles et du conseil de Liona.

— Et je te demande pardon ! continua-t-il.

— Pourquoi ? lui demandai-je à nouveau.

— De t'avoir laissée gérer ça toute seule : nos tensions avec Léon et l'abattement des filles.

Sa déclaration me surprit. Ainsi, dans tout leur conflit et tristesse, ils avaient remarqué mon état. Moi qui pensais qu'ils n'avaient rien vu, car j'essayais de gérer au mieux cette situation sans rien montrer… Et je pensais que c'était le cas, car leur attitude ne laissait rien présager. Mes yeux se mouillèrent et je sentis toute la tension accumulée remonter.

— Oh ! ce n'est pas un secret ; après tout, je peux te le dire. C'est cette femme avec qui tu étais à l'hôpital le jour où tu as eu le courage de me dire la vérité à propos de Joyce qui m'a mis la puce à l'oreille. Elle m'a dit : « Je suis navrée et peinée de la perte que vous avez à pleurer à cause d'un acte condamnable. Pourtant, vous êtes en train de perdre quelqu'un d'autre et vous ne le voyez pas. Elle s'épuise à porter seule son fardeau et les vôtres. Elle ne vous dit rien pour ne pas vous inquiéter outre mesure, mais elle est consumée par la fatigue. Soulagez-la donc de son fardeau et des vôtres en portant les fardeaux les uns des autres. » Elle m'a dit cela en me regardant dans les yeux, avec beaucoup de douceur, et sa douceur se lisait dans son regard. Je lui demandais de qui elle voulait parler, alerté par ces propos, et elle m'a dit que c'était de toi. Je

n'avais rien vu, mais je me suis souvenu ensuite de quelques détails : ta façon de marcher en titubant dans les couloirs parfois, tes regards perdus, le fait que tu somnoles de temps à autre devant ton repas et surtout que tu sois sur tous les fronts pour nous rebooster.
Liona avait donc fait ça. Elle avait remarqué mon trouble durant ces quatre jours qui précédèrent l'enterrement de Joyce.

— Alors, j'en ai parlé aux autres, même à Léon ! Tous, nous étions désolés et personne n'avait rien remarqué. C'est alors que, de son côté, Rose a mûri le projet de cette soirée. Donc, cette petite fête, je crois qu'elle est aussi un peu pour toi. « Portez les fardeaux des uns, des autres » a-t-elle dit. Je pense que ça a inspiré Rose.
Quand il acheva sa déclaration, je fondis en larmes. Ce fut extrêmement étonnant quand je sus par la suite qu'à travers elle il agissait. Ce que je ne savais pas à cet instant...

— Donc, profite de cette soirée sans te soucier de rien, me dit-il en me saisissant par les épaules et cherchant mon regard. Puis il partit. Quand je me rendis compte qu'il quittait la soirée, je voulus le retenir, lorsque Léon posa sa main sur mon épaule. Je le regardai, il me sourit, puis essuya mes larmes.

— Ne t'en fais pas, il ne m'a pas fui, il m'a laissé le relais. Il m'avait dit qu'il ne resterait pas, me dit Léon. Désolé, j'ai été un piètre ami ces derniers temps.

— Ne t'inquiète pas, Jérémie, c'est déjà excusé pour vous tous.

— Tamara.

— Oui.

— Tu peux...
Je ne pus entendre la fin de la phrase parce qu'un bruit sourd se fit entendre dehors. Nous regardâmes tous en direction de la porte.

— Restez là, je vais regarder, dit Léon.

— Attends, tu ne vas pas y aller seul, lui dit Rose.

— On l'accompagne, dit un jeune homme entouré de ses deux autres camarades.

Ils partirent en direction de la sortie, mais je le suivis jusque devant l'entrée du grand salon. Ils sortirent et j'observai la porte laissée grande ouverte d'où l'air froid pénétrait. Après trois minutes, je m'approchai un peu plus de l'issue qu'ils venaient d'emprunter. C'est là qu'un bruit assourdissant vint de derrière moi et je reçus une déferlante de débris qui me projetèrent sur le mur d'en face. J'étais sonnée, j'essayai de me relever sans le pouvoir. J'entendis une autre explosion. Ma jambe était coincée sous un bloc de béton. Je gisais sonnée et hagarde au sol. Que venait-il de se passer ? Des détonations ? Encore ? Mais qui nous voulait tant de mal ? Ce sont les questions que je me posai, me souvins-je, avant de perdre connaissance.

35
Résonance

— Tamara, vous m'entendez ?
Un ambulancier faisait passer le faisceau de sa lumière sur mes pupilles et tentait de me stimuler et de me rassurer en me parlant.
— Tout va bien Tamara ? On vous emmène à l'hôpital, comprenez-vous ?
— Où... où suis-je ? AH ! J'ai mal à la jambe, c'est douloureux...
— Vous êtes dans une ambulance en partance pour les urgences. Avez-vous mal autre part, Tamara ? Dans le bas du ventre, sur les côtés par exemple ?
— Non, j'ai mal à la tê… tête.
Quand je me souvins enfin exactement de ce qu'il s'était passé, je m'écriai :
— Où sont les autres ? Il y a eu un accident, il faut faire vite !
— Calmez-vous, Tamara, les pompiers sont déjà sur place et les équipes de renfort aussi.
Je touchai ma tête à la recherche du peigne, mais je ne le sentis pas.

— Où... où est mon peigne ? J'avais un peigne comme ornement dans les cheveux.

— Nous l'avons enlevé pour vous prodiguer les soins nécessaires. Il est en lieu sûr avec vos autres effets ; tout va bien.

— Je suis fatiguée, ça résonne trop dans ma tête, j'ai mal.

Je perdis à nouveau connaissance.

Quand je repris mes esprits, j'étais conduite sur un brancard à travers les pièces de l'hôpital. Les parents de Rose habitant Annecy, j'étais loin de chez moi, dans un centre de soin que je ne connaissais pas.

J'avais une fracture à la jambe droite et de multiples ecchymoses et hématomes. Je m'en sortis mieux que mes deux amies Rose et Élisa et certains d'entre nous...

36
Les mettre hors d'état de nuire

Le déplacement de mon tibia droit étant trop important, je dus subir une chirurgie afin de me voir placer une plaque vissée qui permettrait une bonne consolidation. J'étais partie pour être alitée durant au moins deux mois. J'étais autorisée à rentrer chez moi après une semaine d'observation. Je passais donc mes journées allongée sur mon lit sans pouvoir bouger. Une infirmière venait me rendre visite régulièrement en plus de celle, journalière, de Jérémie et Léon. Toutefois, c'est la visite de cette femme, deux jours après mon arrivée, qui me marqua le plus. C'était un après-midi. Elle avait été conduite par son chauffeur jusqu'à mon domicile, sans escorte. Ma mère la fit monter et elle frappa à ma porte. Elle portait toujours une tenue extravagante, des chapeaux très amples et des lunettes noires larges qui couvraient pratiquement son visage. Cependant, bien que sa tenue fût étrange, elle ne demeurait pas moins élégante. Elle s'approcha de mon lit d'un pas lent et assuré. Elle ôta ses lunettes et me regarda de ses yeux bleus, froids, mais son regard se voulait bienveillant.

— Je suis navrée de ce qui t'est arrivé, me dit-elle peinée. J'aurais voulu t'éviter cela.

— Je devrais m'en remettre très vite.

Elle n'apprécia pas ma réplique, je le vis dans ses yeux, bien qu'elle s'efforçât de garder un visage aimable.

— Tu ne me crois pas, je le sais.

Je fronçai les sourcils légèrement, mais restai de marbre. Elle soupira et laissa planer un silence pesant.

— Tu crois que tu les connais parce que tu as vécu quelque temps avec eux. Ils se sont montrés à toi sous un bon jour, bien que je ne dise pas que ce soit le meilleur. Ils t'ont dit des choses... qui t'ont ravi le coeur, me dit-elle avec distinction. Oh ! Tamara, reprit-elle, tu ne sais pas, tu ne sais rien.

À ce moment-là, je crus entendre Aronn à nouveau me disant que je ne pouvais pas comprendre parce que je ne savais pas. Que fallait-il que je sache alors ?

— Un ennemi quand il frappe est toujours discret. Pourquoi se montrerait-il au grand jour pour être vu ? Ils ne sont pas stupides. Et je m'aperçois qu'ils sont devenus si doués que tu préfères les croire plutôt que moi. Oh ! c'est légitime, tu me connais à peine ! Toutefois, je fais partie de la force armée de la patrie et j'ai été établie pour sa défense.

Je baissai la tête, les sourcils froncés, titillée par ce qu'elle me disait.

— Si tu ne me fais pas confiance, c'est à l'État tout entier que tu ne fais pas confiance. En continuant ainsi, tu te condamnes toi et tes amies, vient-elle me murmurer à l'oreille.

À ces mots, j'écarquillai les yeux. Cette femme voulait me faire tourner en bourrique et me faire culpabiliser.

— Par ton manque de décision, tes camarades sont maintenant

à l'hôpital. J'imagine que tu connais leurs pronostics vitaux, me questionna-t-elle par rhétorique.
Je relevai la tête et gardai un regard des plus sérieux.
— Elles sont toutes deux dans le coma, et ce, toujours à l'instant où je te parle ; avec bien sûr plusieurs hématomes et fractures diverses. Elles ont eu beaucoup de chance contrairement à d'autres de tes camarades. Une colonne a empêché que des kilos de débris viennent les écra...
— Ça suffit ! m'écriai-je. Que voulez-vous de moi ? continuai-je plus calmement. J'ai répondu à la question du général, je ne sais pas où ils sont et c'est l'entière vérité.
— Je te crois.
— Alors, laissez-moi tranquille s'il vous plait ! dis-je à bout, la voix cassée par l'émotion.
Elle resta là à me regarder un moment avant de sortir de son sac à main un dossier rouge.
— Il te faut connaitre et voir la vérité en face. Veux-tu savoir le secret que tes "amis" s'efforçaient de te cacher ?
Quand elle dit cela, je réagis immédiatement par un sursaut. Elle me sourit et me tendit le dossier, mais j'étais réticente. Pourquoi découvrir dans leur dos ce qu'ils ne voulaient pas que je sache ? Voyant mon hésitation, la femme perdit son sourire et l'ouvrit, me l'exposant. Je détournai le visage.
— Pourquoi fais-tu cela ? me demanda-t-elle.
— Cette fois-ci, vous leur donnez une bonne raison de s'en prendre à moi.
— Ne crains rien. Quand tu sauras, il est évident que tu m'aideras.
Son ton assuré me piqua au vif. Allais-je découvrir qu'ils étaient des meurtriers récidivistes, des voleurs assassins ou que sais-je encore ? Mais je réprimai ce sentiment et m'obstinai

dans mon refus de consulter les documents. Alors, elle soupira, saisit le dossier et voulut le lire à haute voix.

— Ne faites pas cela, je ne veux pas violer leur intimité !

Je posai mes mains sur mes oreilles et elle me regarda d'un air très solennel, bien plus qu'Aronn quand il le faisait. Elle me saisit les deux poignets et dit :

— Aronn est né le 28 novembre 1921, me déclara-t-elle posément, mais fermement.

J'écarquillai les yeux de stupeur. Comment était-ce possible ?

— Ethan a vu le jour le 15 août 1920 ; Simon, le 13 mai 1915 ; Marilyne, le 18 octobre 1916 ; Éric aussi est né en 1916 le 20 avril. Comprends-tu ?

Je hochai la tête, abasourdie. Ils étaient donc si âgés et ils paraissaient si jeunes ! Il y a vraiment des choses qu'on ne peut soupçonner, me dis-je. Les apparences sont trompeuses, et comme elles l'étaient ! Ce n'est pas avec mes yeux que j'ai pu connaitre la vérité, mais elle est venue habiter mon esprit...

— Tu te demandes comment cela peut être vrai. Il suffit d'interroger l'histoire, celle que le commun ne connait pas. Après l'effort de guerre de 1914 à 1918, un grand chantier s'est ouvert dans la plus grande discrétion. Il était au stade embryonnaire et les dirigeants de l'affaire de l'époque ne voulaient pas que les contrées alentour l'apprennent. Ils ont mené des recherches assidues jusqu'à l'obtention d'un sujet favorable. Ils l'ont injecté à quatorze enfants qui ont tous répondu par la positive. Le procédé consistait à augmenter les pronostics vitaux des hôtes porteurs. Ils suivirent par la suite des entraînements spéciaux de commando afin de se rendre compte des capacités livrées par le produit testé. Les résultats furent prodigieux, que ce soit pour les enfants masculins ou féminins. Ils voulaient avoir l'avantage si une nouvelle guerre mondiale devait se profiler. Le projet fut nommé « soldats à capacités augmentées ». Malgré le succès, le projet avorta et le produit ne fut inoculé à personne d'autre si ce n'est quelques adultes au passage avant la fin du programme. Les quatorze enfants ont grandi et ils ont participé à la Seconde Guerre mondiale avant de déserter en plein milieu de celle-là. Et depuis, ils courent toujours. Leurs capacités hors du commun en font des adversaires redoutables et incontrôlables. À cause de la crainte et de la haine qu'ils ont nourries envers l'État, ils ont commis plusieurs actes condamnables. Il nous faut les mettre en quarantaine au plus vite. Les effets secondaires du produit étaient inattendus bien sûr. Cette longévité de vie et le fait qu'ils soient demeurés jeunes et non pas seulement en apparence sont troublants. Aujourd'hui, ils se cachent et font des dégâts un peu partout. Leur singularité les oblige à rester vigilants et méfiants vis-à-vis du commun, et leur réaction face à eux est imprévisible. Ils sont dangereux.

J'écoutais ahurie et outrée tout ce qu'elle me disait, mais je ne le fis pas savoir et gardai une mine stoïque. Elle me saisit délicatement le visage et me dit :

— Tamara, ce n'est point par plaisir que je t'ai raconté cela, mais c'est pour que tu comprennes que l'heure est grave. Si tu ne me fais pas confiance, tu n'avanceras pas, et je veux te savoir, tes amis et la nation avec, en sécurité. Ils ne cesseront pas leur activité tant qu'ils ne seront pas mis hors d'état de nuire.

— Et comment pourrais-je vous aider si je ne sais pas où ils sont ? Je vous suis inutile.

Elle me sourit et dit :

— Ce n'est pas de la sorte que tu nous seras utile ! Je veux que tu endosses le rôle d'appât !

Je la regardai stupéfaite. Alors, elle me dit pour me rassurer :

— Ne t'en fais pas, tu ne courras aucun risque ; nous serons là pour veiller à ta sécurité en restant discrets bien sûr. On ne veut pas éveiller leurs soupçons.

— Ce qui pourrait m'être fatal, dis-je avec sang-froid.

Elle se contenta de me sourire. J'étais coincée là à devoir l'écouter.

— Il est vrai, reprit-elle ensuite, que durant tout le temps de leur fuite, ils ont ôté la vie à trois personnes, et tu aurais été la quatrième si...

— Si Ethan, Aronn puis Éric et Simon, par la suite, ne m'avaient pas aidée, dis-je songeuse.

Quand je relevai la tête pour la regarder à nouveau, elle s'était levée et fixait sur moi un regard lourd et froid. Apparemment, ce que j'avais dit en lui coupant la parole ne lui plaisait pas.

— Dis-moi, dit-elle d'une voix mielleuse, combien de fois ont-ils voulu te supprimer ?

Je répondis choquée : trois fois.

— Et pourquoi ces tentatives ont-elles échoué ces trois fois ?

— Parce que Aronn et Ethan ne voulaient pas que je tombe entre les mains de leur famille, car ils tenaient à moi.

Elle secoua la tête lentement, marquant son désaccord par l'interjection suivante : « tss tss ». Elle vint à moi, mit sa main sous mon menton et me déclara :

— C'est du fait de ton ignorance qu'ils n'ont rien fait, et chaque fois qu'ils recommençaient, c'est qu'ils croyaient que tu savais quelque chose. Dis-je vrai ?

Il est vrai que seuls Ethan et Aronn supposaient au début que je ne savais rien, et ils me défendirent face aux leurs. Et chaque fois que je faillis y passer, celui qui tentait de me faire du mal énonçait le fait qu'il n'était sûr de rien, qu'il se pouvait que je sache quelque chose et que c'est pour cela qu'il devait agir. Ce qui n'était pas le sentiment d'Ethan et Aronn. Toutefois, quant à

Éric, il n'avait pas les mêmes bases de désaccord avec les autres. Pour lui, j'étais un élément de la réalisation de sa prière et de celui de son frère. Je hochais la tête, mais seulement en ce qui concernait les autres membres.

— Tu vois, tu ne dois ton salut qu'à ton ignorance, me dit-elle en souriant. Maintenant, tu dois faire un choix : soit tu demeures dans l'état d'indécision que tu as et tu condamnes ta famille et tes amis, car ils n'arrêteront pas jusqu'à ce que tu ne sois plus, soit tu les épargnes et tu sauves ta vie en te joignant à moi. Fais un choix, car par ton indécision tu livres la nation et je dirais l'humanité au bon vouloir de ces familles. Va savoir combien de temps ils vivront encore et combien d'autres victimes innocentes ils feront par la même occasion, guidés par leur peur paranoïaque de la société ? Sache que moi je suis avec et pour le peuple ! Je défends notre liberté et notre droit de vivre dans une société sécurisée et je suis fière de mon métier ! Donc, si tu veux aider la nation, c'est de mon côté que tu le feras, pas du leur.

Je l'écoutais et je réfléchissais à l'étendue de ses propos. Je compris que si je ne me décidais pas très vite, j'allais essuyer d'autres pertes. Je n'aimais pas du tout cela. Je voulais gagner néanmoins du temps.

— Dans mon état, je ne vous serai d'aucune aide, alors je suis condamnée s'ils frappent à nouveau ; surtout s'ils gardent le même rythme, dans trois semaines ils recommenceront si j'en crois vos déclarations.

— Comme je te l'ai dit, je veux que tu nous serves d'appât. Tu rentreras en contact avec eux dès qu'on les aura retrouvés en suivant notre plan habillement conçu.

J'étais mal !

— Écoutez, il me faut accuser le coup. Une fille sans histoires comme moi propulsée au milieu d'une affaire d'État, ce n'est pas rien.

— Il te faudra puiser du courage là où tu veux, mais je n'ai pas de temps à perdre ; il s'agit de millions de vies ! Ces familles sont incontrôlables ; va savoir ce qu'elles ont prévu de faire ! Il faut les mettre impérativement hors d'état de nuire.

Si cette femme était depuis quelque temps à leur poursuite et que ses prédécesseurs étaient comme elle, je comprenais l'inquiétude des Davis et des Pal. Elle me prit dans ses bras, voyant mon trouble, et me chuchota à l'oreille :

— Aie confiance en moi. Mon nom est Sabrina Linebourg. Je te laisse mon numéro de téléphone. Si tu as besoin de quoi que ce soit, appelle-moi.

Elle m'embrassa sur la joue et quitta ma chambre. J'en eus des sueurs froides et je fus soulagée quand elle partit de la demeure. Je me sentais coincée. Qu'allais-je faire... ?

Elle avait dit qu'elle était ma seule alliée, qu'avec elle j'étais en sécurité et que je ne devais mon salut qu'à mon ignorance... Pour toutes ces choses, elle mentait...

37

Besoin d'aide

Je me retournai toute la nuit sur ma couche à la recherche d'une solution, car j'avais peu de temps, très peu de temps, et je ne savais pas à l'époque vers qui me tourner. Il me semblait que la situation dans laquelle je me trouvais était inextricable. Soit je choisissais de livrer les Davis et les Pal en collaborant avec Sabrina pour sauver les miens, ce qui équivalait à une trahison envers Aronn, Ethan et leur famille qu'ils chérissaient, soit je leur restais fidèle et je condamnais les miens, ce qui était aussi une trahison. Je me trouvais face à un choix cornélien. Je me disais que si je ne voulais pas faire ce choix, il fallait que je m'extirpe de là. C'était la seule solution. Sauf que je ne savais pas comment faire. Cette femme semblait très puissante et avait le bras long contrairement à moi qui n'étais qu'une modeste étudiante. La fourmi devant l'éléphant, j'étais faite !

Je cherchais et fouillais pour savoir qui pourrait m'aider, car j'avais besoin d'aide. J'avais tourné la question en rond, et dans ma peine, mon coeur ne désignait que la vérité, alors je fis cette prière dans mon coeur : « Sauve-moi, je te prie, de mon ennemie véritable... » et je m'endormis.

Le lendemain, on frappa à ma porte. Ma mère ouvrit, puis s'effaça pour laisser entrer Liona. Je fus agréablement surprise de sa venue et j'en fus ravie. Cela n'était arrivé que deux fois en quatre ans qu'elle vienne me voir ainsi. Elle vint s'assoir délicatement sur mon lit et me fit le plus chaleureux des sourires. Sa visite contrastait avec celle de Sabrina. Quand j'étais avec Liona, je me sentais apaisée, en confiance et en sûreté, tandis qu'avec Sabrina, je me sentais sous tension, méfiante et en danger.

— Antoine n'a pu venir, mais il t'embrasse.

— Je comprends, il doit garder la boutique. C'est déjà sympa que tu aies pu te libérer pour me visiter.

— Comment te sens-tu ? me demanda-t-elle très concernée par ma santé.

— Eh bien ma jambe ne me fait pas trop souffrir tant que je ne la bouge pas trop, et mes bleus ont quasiment disparu.

— J'ai appris pour tes amis. Je suis vraiment désolée. Je les ai visités et j'ai pu discuter avec leurs parents.

— Je suis sûre que tu as su trouver les mots qu'il fallait pour les réconforter ; tu es douée pour ça.

— C'est vrai que c'est un don que je n’ai pas acquis seule ; tout le mérite ne m'en revient pas.

— Tu es modeste.

— Ce n’est pas de la modestie, c’est tout simplement la vérité, me répondit-elle chaleureusement.

Elle me sourit, puis me caressa la joue et ajouta :

— Tu sembles contrariée. As-tu besoin toi aussi de mots pour te consoler ?

Je me demandai alors comment elle sut que j’étais affligée, mais je n'osais lui dire. Toutefois, je finis par avouer :

— Tu n'as pas la même façon de me caresser la joue qu'elle.

Elle stoppa sa main sur mon visage et cessa ses tendresses. Elle était chaude et douce.

— Que qui ? me demanda-t-elle.

Je baissai les yeux et lui répondis :

— Une femme qui est venue me voir hier. Je n'ai pas aimé sa façon de me caresser la joue. Je levai à nouveau le regard sur elle, et son visage était devenu soudain sérieux, mais toujours tendre. J'ajoutai donc : « Enfin, ce n'est rien. Les petits gâteaux d'Antoine me manquent ! »

Elle sourit, remarquant mon jeu, et ne voulut pas me contrarier.

— Je lui en parlerai.

Cela me soulagea, car je n'avais pas envie qu'il lui arrive quoi que ce soit. Elle ne devait pas être mêlée à cela. Elle se contenta de me suivre dans mon élan et nous parlâmes paisiblement une grande partie de la matinée, puis elle partit non sans oublier de me baiser le front. Son parfum plana longtemps dans ma chambre après son départ comme mon inquiétude me revint tout de suite après qu'elle fut partie.

Dans l'après-midi, ce sont Léon et Jérémie qui vinrent. Leur chaleur et leur douceur m'apaisèrent. J'étais ravie de les voir tous les deux ensemble.

— Vos différends sont arrangés ? demandai-je enthousiaste.

— Disons qu'ils sont mis entre parenthèses vu la situation de maintenant, me répondit Jém.

J'étais déçue, mais ravie qu'ils puissent les mettre de côté.

— Comment vont les filles ? leur demandai-je.

— Oh ! tu sais, les médecins prennent soin d'elles et leurs parents sont là ; tu n'as pas à t'en faire comme je te l'ai déjà dit, me déclara Jérémie.

Je le regardai, songeant à la révélation de Sabrina. Je finis par briser le mur du silence qu'ils avaient érigé, pour me protéger sans doute, en disant :

— Ce n'est plus la peine d'être aussi vague ; je sais que les filles sont dans le coma et qu'elles y ont échappé de peu.
À mon aveu, ils furent stupéfaits.
— Qui t'a dit cela ? me questionna Léon.
— Une femme. Vous ne la connaissez pas.
Ils m'interrogèrent de leur regard.
— Et si on allait faire un tour ?
— Tu n'es pas sérieuse, me dit Léon.
Je hochai la tête et demandai à mes amis de quitter la pièce, le temps que je me change, aidée par ma mère que j'avais appelée à la rescousse. Une fois prête, je fus portée avec délicatesse par mon frère et mon père jusque dans le couloir du bas où ils m'installèrent dans mon fauteuil roulant.
— Faites attention, les garçons, n'allez pas trop vite quand vous poussez son fauteuil et n'ouvrez pas les portes grâce à sa jambe plâtrée, prescrivit ma mère.
— Ne vous inquiétez pas, madame Black, la rassura Léon.
Et nous partîmes. J'attendis que l'on soit assez loin de la demeure, au milieu du bruit des rues, pour leur dire :
— Je ne sais pas si je deviens paranoïaque, mais je ne voulais pas rester à la maison pour vous avouer ce que j'ai à dire. J'ai peur qu'elle puisse connaitre tout ce qui se passe à l'intérieur de ces murs.
— Qu'est-ce que tu as à nous avouer pour nous faire cette déclaration en aparté ? Tu es agent secret ? ironisa Jérémie, mais je le sentais un peu nerveux.
Je gardai un silence éloquent, cherchant par où commencer. Je débutai ainsi :
— Vous vous souvenez de mes amis qui avaient dû quitter précipitamment la France il y a quatre ans ?
Ils hochèrent la tête, unanimes.

— Eh bien, s'ils sont partis, c'était pour échapper à un danger. Ils se cachaient de plusieurs personnes.

— Des fugitifs ! s'étonna Jérémie.

— Oui, et un jour je fus en possession d'un objet qu'ils protégeaient du regard de quiconque. Au début, je ne savais pas que c'était à eux. Je l'avais trouvé par hasard, il y a quatre ans, le jour de la rentrée des classes au lycée, quand je m'en retournais chez moi. Je l'ai ramassé. C'était un vieux journal intime. J'en ai lu quelques pages, mais je n'ai pas été assidue à sa lecture. Et l'ayant découvert, un de mes amis, Ethan, m'a pourchassée pour me le reprendre.

— Pourchassée ! Tu es sûre que c'était ton ami ? Non, parce que moi j'en doute ! me dit intrigué Jérémie.

— À ce moment-là, nous n'étions pas amis ; nous le sommes devenus par la suite. Il a défendu ma vie avec Aronn contre leur famille, car ceux-ci croyaient que je savais quelque chose à leur sujet qui se trouvait dans ce fameux journal.

— Ils ont attenté à ta vie ? me demanda en affirmation Léon choqué.

Je répondis par la positive.

— Ils ne sont pas bien, ces gens ! s'étonna-t-il.

— Ils vont très bien, dis-je à leur défense, parce qu’au final ils ne m'ont pas tuée. Tu vois bien, je suis toujours là.

— Et par quel miracle ? me demanda Léon.

— Tu as raison, ça relève bien du miracle, car Éric, le frère aîné d'Aronn, m'avait avoué qu'ils n'avaient jamais échoué dans une exécution jusqu'à moi. Ils avaient agi par prudence et par crainte, car plusieurs fois ils avaient été livrés.

— Ouais, mais ce n'est pas une raison pour menacer les gens ! s'indigna Jérémie. Ils vivent dans quel monde ? La justice existe s'ils veulent régler leurs différends !

— C'est bien ça le problème. Ils ne peuvent faire confiance à personne, car leur secret est trop grand.
— Et c'est quoi ce secret ? questionna-t-il.
À une époque, j'aurais pu lui répondre aisément que je ne savais pas, mais ce n'était plus le cas. Je gardais donc le silence, et il comprit.
— Quel rapport avec cette femme ? demanda Léon pour en venir au fait et reprendre la discussion.
— C'est elle qui les poursuit. Elle m'a demandé de leur servir d'appât pour les attirer et les capturer.
— Non, mais on vit dans un monde de fous ! s'écria Jérémie, puis reprenant plus posément il ajouta : « Te faire servir d'appât à des gens qui ont tenté de tuer, je nage en pleine fiction, je vais me réveiller ! »
— Elle m'a dit autre chose, Jérémie.
Le ton de ma voix l'interpella et il stoppa le fauteuil qu'il poussait.
— Elle m'a dit que c'étaient eux qui avaient causé l'explosion qui a coûté la vie à Joyce et celui qui me vaut d'être en fauteuil roulant et les filles dans le coma.
Mais j'ajoutai rapidement pour qu'ils ne pensent rien de condamnable sur eux, –car moi je les avais connus, tandis qu'eux, non–
— Toutefois, sachez que je ne crois pas cette femme ! Et vous me demanderiez pourquoi, vu qu'ils ont déjà essayé de me tuer par le passé, et vous auriez raison. Mais comment le pourrais-je avec tous ces souvenirs que je garde d'eux, ne croyez-vous pas qu'ils aient droit à la présomption d'innocence jusqu'à ce que sur des faits concrets et vérifiables, leur culpabilité soit établie ? Cette femme a beau me dire que ce que j'ai vécu avec eux n'était que mensonge, je ne vais pas croire à la légère les accusations de cette dernière sur la personne de mes amis, surtout sans preuves

directes. Je ne vais pas les livrer sur les « on-dit » d'une femme. Je ne vais pas non plus oublié sur ses paroles les souvenirs de leur sourire, de leur baiser, de leur tendresse, de leur loyauté, de leur amour, autant envers moi qu'envers leur famille, si j'avais oublié qu'ils m'avaient défendue contre eux risquant leur relation pour moi et si j'avais oublié que je les aimais, j'aurais cru cette femme. Mais ce n'est pas le cas. Oublieriez-vous ce qu'on a vécu tous les six si un jour une femme venait vous voir et vous disait que Joyce était une infiltrée, que Rose fait partie de la mafia, qu'Élisa est une terroriste et que je suis une meurtrière récidiviste, par exemple ? N'émettriez-vous pas quelques réserves ?

Je les regardai, espérant leur approbation. Ils gardèrent le silence, réfléchissant à mes paroles, puis Léon dit :

— Ce que tu dis semble sensé !

Je regardai plus instamment Jérémie, car c'était surtout lui qui venait d'apprendre comment et pourquoi la femme qu'il aimait, Joyce, avait tragiquement trouvé la mort. Je vis son regard fixer le sol comme s'il ne le voyait pas, puis il ferma les yeux et souffla. Mon coeur battait à une telle allure dans ma poitrine que je pensais qu'il demandait à sortir.

— Si une telle femme, dit-il enfin, venait à me dire une chose pareille, elle aurait du souci à se faire ! Je l'aurais reconduite gentiment et proprement à la porte !

Il me sourit et je le lui rendis, soulagée.

— À supposé que ce n'est pas eux qui ont fait le coup, qui est-ce d'après toi ? me demanda ce dernier.

— Il suffit de se poser cette seule question : à qui profite le crime ?

Jérémie et Léon se regardèrent.

— À elle, bien sûr, dis-je. Je ne peux pas l'affirmer avec des preuves, mais comme je crois qu'elle ment, c'est la piste que je veux explorer.

— Peut-être qu'elle cherche à utiliser les faits divers pour servir ses affaires, me proposa Léon.

— Ça aurait tenu la route, ton raisonnement, reprit Jérémie, si trois semaines après, le même procédé n'avait pas été réitéré à Annecy, loin d'ici, et qui plus est, comme par hasard, chez Rose, une proche de Tam !

— Tu n'as pas tort. C'est qu'on était visés, et elle les accuse des deux attaques !

— Cette femme se nomme, m'a-t-elle dit, Sabrina Linebourg, les informai-je.

— Tu es sûre que ce n'est pas un mensonge de plus ? me demanda Léon.

— On va éviter de rester sur place, dit Jérémie. Je pense que ta paranoïa est justifiée.

Il reprit les poignées du fauteuil et poussa. Nous jouâmes la comédie tandis que nous échangions ces informations. Aux yeux de quelqu'un d'étranger à notre groupe, il ne devait voir que trois jeunes adultes, dont une, en fauteuil roulant, discutant calmement tout en se promenant.

— Je ne sais pas si c'est son véritable prénom ; possible qu'elle mente aussi à ce sujet. La seule chose dont je suis certaine à ce jour, c'est que je suis coincée. Elle me demande de collaborer avec eux contre mes amis et leur famille, car, dit-elle, si je ne le fais pas, je risque de perdre d'autres proches.

— Menace sous-entendue, dit Jérémie d'un esprit délié, d'une voix monocorde et glissante.

— On a du souci à se faire, alors, conclut Léon, parce que si c'est bien elle qui est derrière ces explosions et qu'elle se déplace sans être inquiétée jusqu'à en accuser d'autres à sa place

,elle a donc le bras long.

— Et si je refuse ouvertement de l'aider, j'expose ma famille, vous et les filles par la même occasion. Et pour ne pas vous exposer, il faut que je les livre, eux, mais je n'en ai aucune envie.

Un silence long et pesant demeura entre nous. Je voulais leur demander ce qu'ils pensaient de ma position quand Jérémie dit :

— Il est clair que tu ne peux pas les vendre et que tu ne peux pas nous mettre en danger. Une seule solution...

— Les retrouver avant elle, termina Léon à la place de Jérémie.

Ils se regardèrent et se sourirent. Ça faisait longtemps que ça n'était pas arrivé qu'ils finissent la phrase l'un de l'autre et qu'ils se comportent l'un envers l'autre comme avant. Un rayon de soleil dans tout ce brouillard épais, me dis-je.

— Comment les retrouver avant elle ? Ils ne m'ont rien laissé pour les joindre. Je suis à zéro et je n'ai pas les moyens qu'elle a. Je suis démunie.

— Rien de rien, tu es sûre ? Pas une seule chose ils ne t'ont laissé ? Pas un email, pas un contact sur un des nombreux réseaux sociaux, rien ? m'interrogea Jérémie.

Je comprenais qu'il me poussait à chercher dans ma mémoire un seul petit détail, un détail qui changerait la donne. Mais je ne trouvai nulle chose jusqu'à ce que je me souvienne du blé.

— Le blé..., dis-je dans un murmure.

— Quoi le blé ? me demanda Léon.

— Tu sais, le blé qui semble coûter une fortune à Jérémie.

— Ah ! oui, c'est le frère de ton ami qui te l'a offert, se rappela Léon.

— Oui, c'est la seule et unique chose qu'ils m'ont laissée avant de partir.

— Quoi ? Tu veux le vendre pour avoir les mêmes moyens que Sabrina ? me questionna Jém.
Je secouai la tête.
— Tu me demandais s'il m'avait laissé quelque chose, ne serait-ce qu'un petit truc, et j'ai pensé à ça.
— Tu appelles ça un « petit truc » toi ! s'étonna Jérémie. Je te dis que ça coûte une fortune. Je nommerais plus cela une Lamborghini, une Porsche, une villa avec quinze chambres, un tour du monde !
Nous rîmes à sa remarque et cela nous fit du bien. Ça faisait maintenant un mois que Joyce nous avait quittés et j'étais ravie qu'il arrive à s'épanouir bien que son souvenir ne nous quittât pas et que nous avions un fort pincement au coeur quand nous pensions à elle.
Le blé était bien la seule et unique chose qu'ils m'avaient laissée, la seule et suffisante chose...

38
Le blé

Nous restâmes longtemps avec Jérémie et Léon à la recherche d'une solution, mais cela ne fut pas concluant. Il semblait que l'étau que Sabrina avait mis autour de moi se resserrait dangereusement. Ils me ramenèrent avant la tombée de la nuit et je retrouvai ma chambre. Seule, obligée de regarder le plafond, je réfléchissais. Le peigne à l'effigie d'un blé m'avait été enlevé pendant qu'on me conduisait à l'hôpital et on l'avait mis dans un sac en plastique transparent. Quand mes objets personnels me furent rendus, je le rangeai à nouveau dans son écrin que j'avais placé sur ma commode de nuit. Je le pris et le mis dans mes cheveux avant, sans m'en rendre compte, de m'endormir avec.
Le lendemain, quand j'ouvris les yeux, je le vis à côté de moi. Il avait dû glisser de ma chevelure durant les agitations nocturnes et s'était retrouvé la face gravée devant mes yeux. Je lus, alors encore ensommeillée, la phrase qui y était gravée : « *Parce que tu n'as pas détruit ma vie* ».
La matinée s'écoula et je manifestai après le déjeuner l'envie de

me dégourdir l'esprit. Je demandai donc à mon père de m'emmener dans la salle du fond afin de choisir un livre. Ce qu'il fit aimablement. Une fois là, je me mis à penser avec un sourire que c'était ici, pour la première fois, que je fis la rencontre de Simon et pas dans les meilleures circonstances. Je regardai les bibliothèques alignées sur le mur quand mon regard, en me tournant, fut attiré par un tableau qui était accroché. Je demandai à mon père :

— Papa, dis-moi, d'où vient ce tableau ?

— Ah ! celui que tu regardes d'une drôle de manière, il nous a été envoyé par la poste, par... euh... hum... comment il s'appelait déjà… ? dit mon père en pinçant l'arête de son nez, faisant remonter ses lunettes.

— Ce n'est pas la peine, j'ai compris lui dis-je enfin.

— Ah bon ! si tu le dis. C'est ta mère qui l'a accroché il y a deux/trois jours, je crois. Elle l'avait laissé dans un coin ne sachant où le mettre ; elle a fini par se décider.

Sur le tableau, il y avait une femme de profil, aux cheveux châtain foncé, coiffée esthétiquement, avec pour ornement de cheveux le même peigne que le mien à l'identique. C'était stupéfiant et je ne dis rien à mon père.

— Tamara, madame Linebourg est venue te rendre visite ! s'écria ma mère en bas des escaliers.

Mon sang ne fit qu'un tour. Je redemandai donc à mon père de bien vouloir me reconduire à ma chambre afin de m'entretenir avec elle. Quand mon père entra, elle était déjà là et nous regardait.

— Laissez, je m'occupe de la coucher.

— Je ne voudrais pas que vous vous embêtiez, dit mon père, et que vous froissiez votre impeccable tenue !

Mais Sabrina me saisit et m’allongea sur mon lit. Sa force me surprit. Mon père nous laissa et elle commença à me dire :

— Je suis venue te faire faire une déclaration sur l'honneur, ainsi je pourrai disposer nos agents afin qu'ils assurent ta protection. Tu n'auras rien à payer.

Je la regardai incrédule.

— Elle consiste en quoi cette déclaration ?

— En ce que tu déclares sur l'honneur nous aider à mettre en quarantaine les Davis et les Pal ! me dit-elle enjouée.

— Je ne comprends pas. Pourquoi suis-je obligée de faire une déclaration ?

— C'est une formalité, ne t'inquiète pas ! Elle me permet de mettre les choses au clair avec toi afin que notre accord soit réglé de manière légale. Et si... dit-elle en laissant en suspens la fin de sa phrase et me regardant d'un air retors. Et si, reprit-elle, il t'arrivait de vouloir changer de bord, je ne serais pas inquiétée !

Inquiétée, elle ! Cela semblait impossible au vu de ce que j'avais constaté et soupçonné. C'est surtout une chose qu'elle pourrait retourner contre moi à tout moment et un lien de plus entre ses mains pour m'abuser. Je ne voulais pas faire et signer cette déclaration mensongère, mais je ne savais pas comment me défiler.

— Avant de faire et signer toute déclaration, j'aimerais vous poser quelques questions, car jusqu'à présent c'est vous qui meniez la danse en me proposant toutes sortes de choses et en me questionnant par tous les moyens.

Elle écarquilla ses yeux de stupéfaction, puis elle rit d'un rire cristallin. Je ne comprenais pas ce que j'avais pu faire ou dire d'aussi drôle.

— Je t'écoute, dit-elle, joviale.

J'avais l'intention d'en savoir plus à son sujet, du moins si cela m'était possible. Est-ce pour cette raison qu'elle avait ri ? Connaissant mon intention, elle se rit de ma bêtise et m'encourageait à continuer sans rien craindre de ma part.

— Pour qui travaillez-vous au juste ? J'ai bien vu l'uniforme de l'armée sur cet homme qui m'a fait du mal, mais vous, vous ne le portez jamais. Et pourtant, le général, un haut gradé, vous obéissait. Ai-je loupé une case au-dessus de général ?

— Eh bien, pour l'armée de terre, comme tu as pu le voir sur l'uniforme du général, il y a le général de brigade, général de division, général de corps d'armée et général d'armée. En l'occurrence, le général que tu as vu est un général de corps d'armée. Tu n'as pas rencontré celui qui est au-dessus. Quant à moi, tu te demandes comment cela est possible. Existe-t-il un rang au-dessus de général d'armée ? Elle me sourit malicieusement et ajouta : « Pour commencer, il y a le rang de maréchal, celui de chef d'état-major des armées, mais je t'épargne le reste, le plus haut gradé étant le président qui est le chef des armées, terre, air et marine ! Moi, où je me place, eh bien...

Elle jouait avec mes nerfs et le fait qu'elle énumérait tous ces rangs à m'en faire perdre la tête ne faisait qu'accentuer mon malaise vis-à-vis d'elle. C'est comme si elle me disait « je suis un trop gros morceau, ne fais pas la maligne avec moi ! ».

— Je suis le portefeuille ! dit-elle d'une traite et simplement.

Sa réponse me surprit et je grimaçai. Elle rit encore. Se moquait-elle de moi ?

— Je suis la PDG de la filiale Biopharma, anciennement connue sous le nom de société Health. À cause de la grande crise financière des années passées, elle a dû mettre en bourse ses filiales, et Biopharma a été rachetée par Goldpharma, la société pour laquelle je travaille et dont je suis aussi la PDG.

Biopharma fut au centre du projet « soldats à capacités augmentées », pour ne pas dire à l'origine. Quand la situation nous a échappé, ma société, qui existait alors depuis longtemps, a mis l'armée sur le coup afin de retrouver les fugitifs, vu qu'ils étaient déjà associés de toute manière ! J'ai repris le flambeau récemment et je compte bien réussir là où mes prédécesseurs ont échoué ! Pour le bien de la nation. Tu vois que tu collabores avec des personnes de confiance. Et puis blâmer encore Biopharma ne sert à rien ; tout le monde fait des erreurs.

— Aussi énormes, c'est rare !

Elle me fixa avec étonnement, mais ne dit rien. Son explication me glaça l'échine. Elle avait tout leur soutien et elle était le portefeuille selon ses dires. J'en conclus l'ordre suivant : le portefeuille, le président et les armées avec leur grade et tout en bas de la liste, en tous petits caractères, Tamara Black ! Je ne pouvais logiquement pas faire long feu face à elle !

— D'autres questions ? Si ce n'est pas le cas, déclaration sur l'honneur, je te prie.

— Qu'allez-vous leur faire une fois capturés ?

Elle me regarda impassible avant de répondre :

— Ce côté-là ne te regarde pas, mais nous respectons une loi dans ce pays et ils seront jugés selon cette loi.

Tu parles ! me dis-je. La seule loi qu'elle connait, c'est celle du plus fort ! Et j'étais bien faible... Elle me tendit avec impatience la feuille blanche et le stylo, insistante, mais je voulais gagner du temps avec mes questions.

— Et moi qu'est-ce que je deviendrai s'ils apprennent des années après leur sortie de prison que je suis à l'origine de leur arrestation ?

— Pourquoi t'en faire pour une chose qui n'est pas prête d'arriver ? Ils écoperont peut-être d'une perpétuité ou les autres choses selon l'armée.

— Très bien, et quand cela pourra-t-il se faire ?
Elle me regardait agacée par mes questions. Elle s’apprêtait à me dire quelque chose quand son téléphone sonna. Elle répondit et j'en fus soulagée. Qu'allais-je inventer d'autre après qu'elle soit revenu de sa communication, pour ralentir le processus et l'obliger à partir ? Elle raccrocha à la fin de sa correspondance et vint à pas mesurés prendre la feuille de mes mains.
— Nous nous reverrons. Pour l'instant, il me faut partir.
Elle quitta ma chambre sans crier gare. Comme cela m'apaisa !
Une demi-heure plus tard, on frappa à ma porte : c'était Liona et Antoine. Ce dernier avait à la main un récipient en plastique couvert où je devinais qu'il devait y avoir ses fameuses pâtisseries. Il souleva légèrement le bol en plastique afin que je le voie, et me dit gaiement :
— Ma femme m’a dit que mes petits gâteaux te manquaient. Je n'ai pas attendu et je me suis mis au fourneau !
Je les pris avec le sourire quand il me les tendit.
— Je suis désolé de ne venir te voir que maintenant, me dit-il se confondant en excuses.
— Je t'en prie, tu as une boutique à faire tourner, je peux comprendre. Et Liona m'a déjà rendu plusieurs fois visite ; elle était présente pour vous deux !
Il me sourit et nous en restâmes là. Je profitais donc de leurs présents avec simplicité jusqu'à ce qu'ils repartent quelques heures plus tard. Leur venue avait chassé les sentiments aigres que Sabrina avait laissés dans mon esprit.
J'étais très intriguée par le tableau que j'avais découvert dans la salle du fond. Cette femme illustrée portait exactement le même peigne que le mien. Je me demandais où Simon se l'était procuré. Toutefois, dans l'instant, j'étais plus préoccupée par le

moyen de fuir loin de Sabrina. Je retournai tous les subterfuges possibles et imaginables jusqu'à ce que cinq jours après la visite de Liona et d'Antoine, je fasse part de mon projet à mes parents.

— Aller chez ta tante Diane ! me dit ma mère vivement ébahie.

— Ça me permettra de récupérer au calme, à l'air frais.

— Parce que notre air n'est pas assez frais pour toi ? me demanda ma mère sarcastique. Et tu as pensé à tes soins, ton infirmière et ta kinésithérapeute ? Sans compter que tu reprends les cours bientôt !

— Ne t'en fais pas, ils sont prévenus. Ma kiné a mis au courant un de ses confrères et m'a donné une lettre à lui remettre avec mon dossier. J'ai fait appel à une infirmière indépendante qui travaille là-bas. Quant aux cours, mon université m'a donné une permission. Je pourrai avoir les leçons et suivre les cours en direct via Internet. Mes professeurs sont avertis. Ne t'inquiète pas, maman, j'ai tout prévu !

— Hmm, on dirait qu'elle n'a rien négligé, Sophie ; je crois qu'on devrait la laisser y aller. Ça lui fera le plus grand bien, l'air de la campagne, s'essaya de convaincre mon père.

Ma mère était bougonne et pas très emballée par l'idée, mais elle finit par se ranger à l'avis de papa. J'en fus soulagée, car il fallait que je parte loin de Sabrina.

En préparant mes bagages le lendemain, je formulai à mon père le désir de partir avec le tableau que Simon nous avait offert. Cette oeuvre m'intriguait et je voulais percer son mystère durant mon séjour chez ma tante Diane. Je pensais qu'elle pourrait m'aider à y parvenir, elle qui depuis longtemps avait fait de l'art son métier. Je montai avec joie, mais aussi avec appréhension, dans le véhicule familial en me demandant si Sabrina n'allait pas s'en prendre à eux. J'avais spécifiquement demandé à mes parents ainsi qu'à ma soeur et mon frère de rester bref en disant à cette dernière, si elle venait me rendre à nouveau visite, que je m'étais rendue chez un parent. Ils trouvèrent ma demande louche, mais ne posèrent pas davantage de questions.

Papa m'avait accompagnée jusque devant l'entrée de voiture de mon TGV où un agent prit la relève pour me faire embarquer à bord du train.

Mon père se pencha pour m'embrasser. Il ne l'avait pas fait depuis longtemps et cela me surprit. Il dut le lire sur mon visage et me sourit timidement.

— Je suis content qu'il te plaise. Depuis quatre ans, tu ne t'en sépares pas, me dit-il en soulevant du bout des doigts le médaillon qu'il m'avait offert.

— C'était une délicate attention de ta part, lui dis-je avec émoi.

— On a bien remarqué, ta mère, ton frère, ta soeur et moi combien le départ de tes amis t'avait affectée. Je voulais en quelque sorte te rappeler que même s'ils étaient partis, nous étions là pour toi ; nous sommes une famille. Et puis je suis sûr que ça les a tout aussi peinés que toi.

Ce qu'il venait de me dire me fit réfléchir. Je ne m'étais pas souciée de ce que mon comportement pouvait engendrer chez eux. Je n'avais même rien vu ! Je fus attristée en cet instant, avec un vif regret.

— Je suis désolée, papa, je n'avais rien remarqué de votre trouble. Je suis une vraie égoïste.

Mon père parut interloqué. Il me regarda avec de grands yeux stupéfaits, puis il se reprit en disant :

— C'est bien la première fois depuis longtemps que tu oses me parler de ce que tu ressens au fond de toi. D'habitude, tu restes si secrète. Ne te sens coupable de rien. La douleur fait oublier parfois le monde qui nous entoure, ce n'est pas volontaire. Maintenant, repose-toi bien et reviens-nous en pleine forme ! me dit-il en m'ébouriffant un peu la tête. Avant que je n'oublie, ajouta-t-il, ta mère m'a chargé de te remettre ça. Elle dit que c'était avec le colis où se trouvait le tableau.

Il me tendit une petite enveloppe que je rangeai immédiatement.

Je le pris dans mes bras et j'embarquai dans le train à l'aide de l'agent. Une fois installée, j'attendis que le train se mette en route. Mon père m'observait par la fenêtre et je lui souriais. Je ne savais pas que je semblais si inaccessible à mes parents. Depuis combien de temps me voyaient-ils comme cela ? Et pourtant je n'avais qu'une envie : qu'ils fassent attention à moi autant que Paige et Matthieu. Toutefois, il semblerait selon l'aveu de mon père que ce fut le cas. On allait devoir en parler, mais pour l'heure, je cherchai un moyen de les protéger.

Le train se mit en route et je saluai mon père jusqu'à ce que je ne le visse plus.

Ma tante vivait à Montéléger, une commune du département de la Drôme en région Auvergne-Rhône-Alpes. Elle y habitait depuis maintenant quinze ans. Elle en était tombée sous le charme et avait décidé d'en faire sa demeure. Elle vint me chercher à la gare de Valence. Ma tante ressemblait fort à ma mère. Du moins, c'est ma mère qui lui ressemblait, car elle était l'aînée des deux. Une jolie femme blonde d'une quarantaine d'années, souriante et calme, de taille moyenne et l'air décontracté. Son visage était délicat et à l'expression paisible,

et ses yeux d'une couleur verte limpide lui donnaient un regard pétillant et expressif. Elle me salua chaleureusement et me fit monter dans sa voiture, plia mon fauteuil, le rangea dans le coffre, puis prit place à bord du véhicule et démarra. Nous ne mîmes pas longtemps pour arriver à sa demeure. Une fois hors de la voiture, je respirai l'air frais, soulagée mais songeant pourtant à tout ce qui s'était passé.
Je pris rapidement possession de la chambre que ma tante m'avait préparée et je remarquai avec joie qu'elle avait aménagé sa maison afin que je puisse accéder facilement en fauteuil à toutes les pièces qui me seraient nécessaires.

— C'est tout de même assez bizarre ce qui t'est arrivé deux fois de suite ! Je n'aime pas du tout ça et je trouve que c'est une bonne idée que tu viennes te reposer à la maison, me dit ma tante, durant le dîner. Je ne pouvais lui dire que cela était en rapport avec les liens que j'entretenais à l'époque avec Les Davis et les Pal. Je me contentais de lui sourire dépitée...
C'était un cadre à vous laisser aller à vos pensées, surtout quand vous aviez une jambe cassée et qu'on vous préconisait de bouger le moins possible. C'est pourquoi je passais mes journées au lit, attendant la permission de pouvoir marcher avec appui d'ici trois semaines environ. Les seules petites choses qui venaient troubler ma tranquillité étaient la venue de mon kiné et de mon infirmière. Je languissais, car il faisait beau dehors et la verdure vous appelait à sortir pour vous tenir plus près d'elle. Alors, à défaut, j'admirais, mélancolique, le paysage. Je compris pourquoi ma tante avait tant aimé Montéléger.
J'avais sur les genoux le tableau que Simon m'avait offert. Je le tenais entre mes mains, admirant en même temps la vue, quand ma tante entra dans la pièce.

— Je t'apporte de quoi te désaltérer et goûter.
Je sentis l'odeur familière et je dis :
— Je me souviens de ces roulés à la cannelle que tu nous faisais étant petits, à Paige, Matthieu et moi, dis-je d'un ton nostalgique et léger. J'ai reconnu l'odeur de ma chambre.
— Et ma fameuse citronnade, vous en raffoliez, surtout Paige ! dit-elle me ravivant les souvenirs en riant.
Ma tante aimait les enfants, mais n'en avait jamais eu, car elle n'avait pas de mari. Malgré ses quarante-six ans, j'espérais pour elle qu'elle en ait un jour en trouvant l'amour.
Je pris un roulé à la cannelle que je croquais à pleines dents. La saveur était comme celle de mon enfance, et des souvenirs rejaillirent dans mon esprit.
— Je ne te l'ai jamais dit, mais je suis contente que tu aies réussi à rebondir. Je m'inquiétais pour toi après ta séparation avec Annabelle, mais tu as su te faire d'autres amis et même s'ils ont dû partir, votre relation a quand même existé. Cela me rassure à ton sujet, me dit-elle en me caressant la joue. Puis elle se leva et quitta la pièce.
« Votre relation a quand même existé », avait-elle dit. J'avais pensé : « Et comment ? J'en ai un violent retour ! » Toutefois, sa réplique me marqua d'autant plus qu'elle affirmait que malgré la courte durée de notre relation amicale, elle ne pouvait compter pour rien, alors je me dis que peut-être, où qu'ils puissent être, ils se souvenaient encore de moi et de nos liens.
Ma tante était une artiste qui pratiquait plusieurs styles d'art : la poterie, la broderie, la peinture, la tapisserie, la menuiserie et la cuisine bien sûr ! Le lendemain de sa révélation, je vins la trouver dans son atelier de poterie où elle était occupée à peindre son Dernier né. Elle ne me vit pas entrer et je la surpris

presque dans sa besogne. Je fis le tour de ses derniers ouvrages posés sur des étagères en bois. Elle était toujours aussi productive.

— Tu viens me rendre une petite visite de courtoisie ? me dit-elle le sourire aux lèvres.

— On va dire ça. J'en avais assez de rester couchée. Je peux le prendre ?

Elle m'y autorisa et je pris le vase délicatement entre mes mains. Je l'observai sous toutes ses coutures, émerveillée par le travail de ma tante Diane.

— Tu aimes toujours autant mes poteries, à ce que je vois !

— Oui. C'est vrai que la dernière fois que je suis venue chez toi, j'avais quoi ? Quinze ans !

— En effet, c'était tout juste après ta rupture avec Annabelle, pendant les vacances d'hiver.

Je songeais à cet épisode troublant et perturbant de ma vie.

— Tu n'as toujours pas réussi à savoir pourquoi elle voulait couper les ponts ? me demanda ma tante.

— Non, mais d'après elle c'était nécessaire.

Je détestais le souvenir de cette période, et chaque fois qu'elle me revenait en mémoire je l'évinçais du mieux que je pouvais. Je portais un regard pesant et triste sur le vase de ma tante, ce qu'elle remarqua. Alors, pour me remettre d'entrain, elle me parla des souvenirs de mon enfance.

— Tu te souviens de tes poussins Dgigi, Nascotte et Fleure et comment tu les avais défendus bec et ongles contre Biscuit, mon chat, du haut de tes deux ans ?

— Ah ! oui, en effet, dis-je en souriant avec gêne. Ma mère a réévoqué ce souvenir il y a quatre ans, durant la cérémonie de remise des diplômes, à mon ami Ethan et à sa famille.

— Vraiment ! s'exclama ma tante en riant.

— Ce n'est pas drôle, c'était gênant !
— Et pourquoi donc ? Vous avez séjourné au moins deux mois chez eux gratuitement. C'est comme s'il faisait partie de la famille, me répondit ma tante enjouée.
À sa déclaration, mon sourire s'effaça doucement de mon visage et je baissai à nouveau les yeux, maussade. Je caressai lentement de mes doigts l'objet, rêveuse. Ma tante reprit son sérieux bien plus vite, voyant la figure que j'affichais. Et elle s'enquit :
— Qui y a-t-il Tamara ? Pourquoi fais-tu cette tête ? On riait bien toutes les deux, non ?
— Oui, lui dis-je à demi-mot, c'est que ce que tu as dit m'a fait penser à ce moment-là. Maman a employé les mêmes mots que toi : « Qu'il faisait partie de la famille maintenant. »
— Et donc ? Qu'ai-je dit de mal pour te rendre la mine toute défaite ?
Je humai l'air, ne sachant comment répondre à cela. Je ne pouvais pas lui dire que ce soir-là tout était différent, que mes amis m'avaient en quelque sorte évincée de leur vie.
— Ce n'est pas important, ne t'en fais pas !
— Ce n'est pas important, je ne dois pas m'en faire... dit ma tante en reprenant ma phrase d'un ton monocorde et intrigant.
Elle ne dit rien durant un moment, regardant, assise, les mains sur les hanches, le sol, comme s'il était inscrit quelque chose de la plus haute importance, puis elle ferma les yeux et soupira.
— Je t'ai vue pour la première fois quand je suis venue rendre visite à tes parents pour les féliciter de leurs deux aimables filles. Paige ressemblait tant à votre père, je trouvais. Aujourd'hui, elle ressemble un peu plus à votre mère, entre parenthèses. Chacun d'eux avait un bébé dans les bras, et c'était ta mère qui t'avait dans les siens. Si tu avais pu voir leur visage,

on aurait dit des boules de feu tant il était rayonnant de joie ! J'observai le visage de ma tante pendant qu'elle me racontait tout cela. Un visage gai sur lequel le plaisir de l'évocation des souvenirs faisait briller ses yeux.

— Pourquoi me racontes-tu cela, tatie ? finis-je par lui demander une fois qu'elle eut fini. Je n'ai pas dit que j'avais des problèmes à la maison.

— Un jour, j'ai eu à faire une commande de la plus haute importance. Un couple d'aisés clients m'a demandé une trentaine de vases en porcelaine tous plus majestueux les uns que les autres. Ils devaient être exposés dans leur nouvelle demeure – une belle villa dans le sud, à Nice. Ils avaient vu mes réalisations lors d'une exposition que j'ai eue à Avignon. Ils avaient beaucoup aimé mon travail et n'avaient pas tardé à me contacter. J'acceptais avec joie même si j'avais conscience que ce serait un travail ardu ! Parmi toute cette commande, la maîtresse de maison m'a aussi commandé un petit écrin en bois, simple, sans artifices, et ovale. Ce petit ajout à la commande m'a intriguée. Un petit écrin de rien parmi des vases de grande valeur, ça ne paye pas de mine ! J'ai osé lui demander en lui faisant part de mon trouble pourquoi elle ne désirait pas un écrin du même gabarit que les vases qu'elle m'avait commandés, et tu sais ce qu'elle m'a répondu ? « Parce que je veux quelque chose de simple, d'humble, qui n'attire pas le regard. Il me sera utile, car j'ai l'intention d'y mettre en son sein quelque chose d'une grande valeur ! Seul ce petit objet sera capable de me le préserver. Je le veux ainsi, et puis je veux qu'il soit solide afin de l'emmener partout avec moi ! Il m'est plus précieux que tous ces vases qui peuvent se briser ! » Ce qu'elle m'a dit m'a estomaquée ! J'ai compris au final qu'un objet ne tire sa valeur que de ce que son maître lui .

donne. N'importe quel inconnu croira que ces vases lui sont plus importants, mais elle se moque de leurs opinions ! C'est l'écrin de rien qui lui tient à coeur et qui fait son plaisir. Elle le voulait à tout prix et c'est la première chose qu'elle a regardée en prenant sa commande dans mon atelier !
J'essayai de comprendre là où ma tante voulait en venir, sans y parvenir. Elle remarqua mon trouble et finit par me parler plus clairement.

— Je sais qu'à tes yeux, parmi ton frère et ta soeur, tu te considères comme l'écrin de bois insignifiant et qu'ils sont de superbes vases en porcelaine. Ils sont nés de l'union de tes deux parents tandis que toi, non. L'intrus dans cette commande qu'ils désiraient tant. Il en est de même pour tes amis. Tu crois que tu es ce « vulgaire » écrin de bois qu'on oublie en le rangeant au fond d'un placard et qu'on n'ose même pas exposer chez soi, car trop vil pour qu'on y apporte le moindre intérêt ! Je le sais que tu te considères ainsi, sinon tu n'aurais pas agi comme ça. Mais sache que tu as autant de valeur aux yeux de tes parents qu'en ont Paige et Mathieu, et ils t'exposent aux yeux du monde comme leur enfant légitime, sans sous-entendu. Et ce n'est pas le temps qui donne de la valeur aux relations. Si j'en crois ce que ta mère m'a raconté des liens que tu entretenais avec Aronn et Ethan, je suis sûre que tout comme cet écrin que la maîtresse emmène – je le crois aujourd'hui encore – partout avec elle, ils te portent partout avec eux dans leur coeur qui fait remonter à leur mémoire ton souvenir. Ah ! Tamara, soupira ma tante, je prie chaque jour pour qu'enfin tu sois libre, libre de tout ça.
Elle me sourit et reprit son travail.

— Maman t'a vraiment parlé de notre relation à tous les trois ?
Elle hocha vivement la tête en souriant. J'en fus surprise. Je ne

savais pas qu'elle m'observait avec eux !
— Je te remercie, tatie, lui dis-je avec reconnaissance d'une voix gracile, et je me rendis à ma chambre.

Le lendemain, j'étais dans mon lit comme quotidiennement depuis mon accident, contemplant le tableau, l'enveloppe à la main. Je l'ouvris délicatement comme s'il s'agissait de la chose la plus fragile au monde. À l'intérieur se trouvait une petite carte où étaient écrits ces mots : « *Afin d'enjoliver la pièce de ton choix, pour toi Tamara. PS : Fais-en bon usage. Simon.* » C'est à ce moment-là que ma tante frappa à ma porte et je lui dis d' entrer.
— Tout s'est bien passé avec le kiné ?
Je répondis que oui. Elle me sourit, puis porta son regard sur mon tableau.
— Joli tableau ! Pourquoi le gardes-tu sur toi ainsi ? C'est la deuxième fois que je te vois avec. C'est pour l'apprécier de plus près ? Tu as raison, j'aime observer de près, moi aussi.
— C'est un tableau qui m'a été offert par un ami, mais il m'intrigue, car je ne sais où il se l'est procuré.
Ma tante fronça les sourcils à ma déclaration et saisit délicatement le tableau posé sur mes genoux, entre ses doigts. Elle l'étudia de près et l'observait.
— Je ne reconnais aucune singularité dans l'exécution de ce tableau par rapport au peintre connu, mais ce serait prétentieux de ma part de dire que je les connais tous et que je reconnaitrais le travail de tous. Hum... pas de signature non plus, ça va être compliqué si on ne se base que sur la peinture.
— Il y a un détail sur la peinture, qui m'a choquée, raison pour laquelle je cherche à savoir d'où il l'a eu. La femme illustrée porte le même peigne de chevelure que moi, exactement le même

à l'identique. C'est comme si le peintre l'avait eu entre les mains ou que son sujet le portait dans ses cheveux.

— Peut-être qu'il n'est pas si ancien que cela ce tableau, alors. À moins que ce soit le bijou qui est ancien.

Je levai les épaules, ne sachant pas ce qu'il en était exactement.

— La peinture ne porte aucune trace de vieillissement. Elle n'a pas terni, aucune craquelure, et le vernis n'a pas jauni, dit ma tante en examinant le tableau.

— Une restauration peut-être.

— Peut-être, oui.

Ma tante tourna le tableau afin de l'étudier.

— Je ne vois aucun renforcement de la toile.

Elle balaya minutieusement le tableau de ses yeux et parut intriguée par un détail que je n'avais pas vu.

— La technique de peinture de ce peintre est remarquable. Il y a des touches de peinture en relief sur le peigne de la jeune femme, dit ma tante en penchant le tableau et en le regardant de biais. Elle fit parcourir son doigt sur la peinture et s'extasia : « C'est étonnant, on dirait que l'auteur a bel et bien signé ! »

Je la regardai interloquée.

— Je touche et on dirait du Braille sous mes doigts ! C'est à peine perceptible. Il a bien joué sur la nuance de couleurs et les touches de peinture sont légères. Il faut bien s'en approcher pour le voir !

Je fus sidérée. Je repris le tableau des mains de ma tante et passai mes doigts au même endroit qu'elle, et en effet je pouvais sentir des parties saillantes sous eux.

— Tu t'y connais en Braille, toi ? demandai-je.

— Non, pas vraiment, mais aide-toi d'Internet, on y trouve tout dessus maintenant.

Je demandai à ma tante de m'aider à me mettre sur mon fauteuil afin que je puisse utiliser l'ordinateur du salon. Une fois fait, je me précipitai comme je pus vers celui-ci, l'allumai, ouvris une page Internet, tapai Braille dans la barre de recherche et cliquai sur une page qui en donnait l'alphabet. Je pris ensuite une feuille blanche que je posai sur le tableau, et délicatement, à l'aide d'un crayon à papier, je passai sa mine sur les motifs afin qu'ils apparaissent sur la feuille. Ils ne prirent pas bien, car le Braille de la peinture était léger. Je repassai l'écriture au crayon, et une fois que ce fut plus lisible, je cherchai leur équivalence sur l'alphabet afin de former une phrase, mais rien ; aucun des signes ne correspondait. J'en fus désolée et presque découragée. Peut-être que ce que ma tante avait cru n'était pas le cas. C'étaient juste des résidus d'une peinture trop dense sur le pinceau du peintre. Mais quand même ils étaient si bien formés. C'est alors qu'une idée fraîche et qui allait dans mon sens me dit que ce n'était peut-être pas des lettres, mais des chiffres. Je cherchai donc, le coeur battant, le Braille des chiffres. Ce que je trouvai. J'ouvris la fenêtre et bingo ! les signes concordaient. J'écrivis au-dessus de chacun le chiffre auquel ils faisaient référence, puis je levai la feuille à hauteur de mes yeux et la contemplai, ébahie. C'était le numéro d'un cellulaire, celui de Simon, j'en étais persuadée. Les Pal ne me parurent jamais aussi retrouvés !

39
À l'autre bout

Je considérais la feuille, allongée sur mon lit. Je n'avais osé appeler sur mon téléphone de peur que Sabrina ait tramé quoi que ce soit ! Mais je brûlais d'envie de le faire ! Je n'avais plus entendu sa voix joviale depuis des années !

— Tamara, je vais en ville, j'ai un colis à récupérer. Tu as besoin de quelque chose ? me demanda ma tante par l'entrebâillement de ma porte.

Je sautai sur l'occasion.

— Ouvre, je t'en prie, tatie. Ce qu'elle fit. Je voudrais aller avec toi ; j'ai des choses à faire.

— Tu es sûre que je ne peux pas le faire à ta place ?

— Non merci, tatie, je dois le faire moi-même.

Ma tante en fut étonnée, mais ne posa plus de questions. Elle m'aida à me préparer, et enfin nous partîmes pour le centre-ville de Valence. Sur le chemin, mon coeur battait la chamade. Comment allait-il accueillir mon coup de fil après tout ce temps ? Sera-t-il étonné ?

— Je vais faire ce que j'ai à faire, me dit ma tante Diane, après qu'elle m'eut fait descendre de voiture. On se retrouve ici, disons dans une demi-heure. Ce que j'ai à faire n'est pas long. Ça ira pour toi ?

— Tout à fait !

Elle m'embrassa sur le front et nous nous quittâmes. Je me mis alors à rechercher ardemment un taxiphone. Je le trouvai cinq minutes après, et la minute suivante je me trouvai face au combiné. Je restais à l'observer un bon moment si bien que le responsable des lieux me demanda si tout allait bien. Je sortis de ma rêverie et lui répondis que oui. Je saisis fébrilement le téléphone et tapai les numéros inscrits sur la feuille, lentement. Je le portai à mon oreille et entendis les tonalités. Mon souffle était saccadé et mon regard se promenait rapidement de tous côtés. J'espérais qu'il n'ait pas changé de numéro entre-temps. Je me demandais aussi s'il avait rejoint sa famille dans ce pays où ils avaient fui ou s'il était resté dans cet autre pays que je ne connais pas non plus où il vivait avec sa femme Christine. Je me posais toutes ces questions quand une voix me dit :

— Allô ?

C'était bien sa voix, celle de Simon à l'autre bout du fil. Maintenant que je l'avais, je perdais mes mots.

— Qui est-ce ?

— C'est moi... Tamara.

J'entendis son souffle de l'autre côté du combiné. Allait-il raccrocher brusquement ? C'est ce que je croyais qu'il allait faire quand il me répondit :

— Tamara, comment vas-tu ? Tu es plus observatrice et intelligente que je ne l'avais cru. Mais je m'en doutais un peu !

— À vrai dire, c'est ma tante qui a trouvé la réponse.

— Ah ? Et que me vaut ton appel ?

Je pris mon courage à deux mains et lui expliquai :

— Il s'est passé et il se passe des choses graves, ici, en France, des choses touchant vos familles et qui affectent la mienne ainsi que mes amis. Il fallait que je vous trouve avant elle, et j'espère que c'est le cas !

— Avant qui ? me demanda vivement Simon, intéressé par ma déclaration.

— Avant cette femme, elle vous veut du mal !

Il ne dit rien, expira fortement et finit par me dire :

— D'accord, tu appelles d'où ? De chez toi ?

— Non, d'un taxiphone à Valence.

— Très bien. Tu vis toujours chez tes parents ?

Je répondis par l'affirmative.

— Je t'enverrai un cellulaire sécurisé où l'on pourra communiquer sans gêne.

— C'est que je suis en convalescence à Montéléger chez ma tante.

— Très bien, donne-moi son adresse et je t'envoie ça le plus vite possible !

Ce que je fis.

— On raccroche maintenant.

Et il ne me laissa pas placer un mot, car j'entendis la tonalité de fin d'appel.

J'attendais avec empressement son colis. J'imaginais qu'il avait dû tenir sa famille au courant de mon coup de fil.

Je reçus le colis dix jours plus tard.

— Un paquet pour toi, Tamara. C'est étrange, pas d'expéditeur et ce n'est même pas affranchi !

— Ne t'en fais pas, tatie, je l'attendais !

Elle me le tendit et je le pris. J'attendis qu'elle sorte de ma chambre et je l'ouvris avec envie. Je serrai le téléphone dans mes mains et l'allumai. Tout était déjà paramétré et je composai son numéro sur le clavier. J'attendis un petit moment comme l'autre fois avant qu'il ne décroche, puis j'entendis sa voix à l'autre bout du fil :

— Allô, petite souris ! me dit-il enjoué.

Je retrouvai enfin le Simon que j'avais connu.

— Salut, Simon, il fallait absolument que je te parle. C'est à propos de ta famille et des miens, tu le sais.

— Nous t'écoutons. On est tous rassemblés, tu es sur haut-parleur.

Je déglutis à l'idée qu'ils étaient tous réunis pour entendre ce que j'avais à leur dire. Autrefois, leurs réunions m'étaient interdites. Et par des faits malheureux, voici que j'en venais à en être l'origine par les choses que je savais. Et l'idée qu'Ethan était parmi eux, m'écoutant, m'intimidait.

— Après votre départ, j'ai vécu trois magnifiques et agréables années. Cela fera bientôt cinq ans que vous êtes partis. Si je dis cela, ce n'est pas pour marquer un quelconque regret ou nostalgie de votre départ, bien qu'il y en ait un.

Je n'entendais aucun bruit. J'imaginais leur figure sérieuse et impeccable analysant mes propos. Ce qui me poussait à choisir soigneusement mes mots.

— Mais voilà : depuis quelque temps, au milieu de cette quatrième année, des événements malheureux auxquels je ne m'attendais pas ont perturbé cette fragile quiétude que j'avais trouvée. À l'heure où je vous parle, j'ai perdu une amie, il y a tout juste un mois, dans un attentat à la bombe, dans l'un des métros de Lyon. Sans doute en avez-vous entendu parler, et deux autres de mes amies sont plongées dans le coma. Moi-même, j'ai écopé d'une fracture à la jambe droite et d'ecchymoses qui, aujourd'hui, ont disparu. Le lien avec vous est le suivant : après l'enterrement de mon amie Joyce et de plusieurs de mes camarades d'université, la direction du campus nous a octroyé quatre jours de repos pour le deuil que nous avions à faire. C’est durant ces jours-là qu'à la maison ma soeur Paige est venue me donner une feuille qu'elle avait imprimée d'une agence immobilière. Me tendant le papier, elle me posa cette question : « Tu savais que les Davis vendaient leur manoir ? » Je ne pouvais répondre à son interrogation, car elle était aussi la mienne. C'est donc prise d'une soudaine nostalgie face à ces événements terribles que je décidais de me rendre devant leur demeure, aux Davis. Quand j'arrivai sur les lieux, je remarquai bien la pancarte de cette agence et je sortis de mon véhicule pour regarder la maison de mes souvenirs de plus près. Et pendant que je me perdais en rêverie dans les rappels de mon esprit, une femme m'aborda, se présentant comme conseillère commerciale en immobilier et me proposa de me faire visiter le site en attendant ses clients qui devaient venir sous peu. J'acceptais. Elle me fit faire le tour du propriétaire jusqu'à ce que je finisse par lui dire que je connaissais les actuels détenteurs de ce bien. Elle en fut surprise, puis après s'en être assurée, elle m'agressa et je m'évanouis. Je me réveillai quelque temps après dans une salle exiguë, avec pour seule lumière une ampoule flottante dans l'air. L'atmosphère était nauséabond. Un homme en uniforme de l'armée m'a soumise à la question très sévèrement, mais une femme vint me délivrer de ses coups. Elle me fit sortir de mon calvaire et se présenta comme mon alliée, car elle travaille à la sécurité de la nation. Elle m'a parlé de vous, me disant que vous étiez à l'origine de l'attentat qui avait coûté la vie à mon amie Joyce et qui aurait pu coûter la vie à mon ami Léon qui était avec elle. Je restais dubitative à ces révélations, me souvenant de vous favorablement, bien qu'il y ait eu des jours pénibles. Après quoi, elle est revenue, me demandant expressément de me liguer avec elle et l'armée pour vous mettre hors d'état de nuire, après que j'ai eu mon second accident qui plonge aujourd'hui mes amies dans le coma et dont elle persiste à dire que vous en êtes encore les auteurs. Elle va même jusqu'à m'affirmer que si je ne fais rien vis-à-vis de vous, je condamne ma famille, mais je ne l'ai jamais crue. Ce que je crois, moi, c'est que c'est cette femme qui a commis ces deux attentats afin de vous accuser. Mais ce que je ne comprends pas, c'est pourquoi elle ne va pas vous chercher elle-même, vu ses moyens et ses liens avec l'armée. L'homme qui m'a soumise à la question est un général de corps d'armée, m'a-t-elle dit, et il lui obéissait au doigt et à l'oeil ! Pourquoi s'acharner sur quelqu'un comme moi qui ne suis rien ? Je n'ai pas de poids dans la balance ! Vous devez doubler de vigilance ! Elle s'est présentée à moi sous le nom de Sabrina Linebourg. Quant à moi, je ne sais que faire, car je suis coincée des deux côtés. Je ne souhaite absolument pas vous livrer, car je sais qu'elle vous ferait du mal, mais je ne souhaite absolument pas condamner ma famille non plus, ainsi que mes amis, en ne vous livrant pas. Alors, j'ai mûrement réfléchi, et si je ne peux ni vous condamner ni condamner ma famille, il ne me reste qu'une seule chose à faire : m'exiler.

Je finis là mon discours. J'espérais n'avoir rien omis de ce que je devais leur dire et qu'ils mesuraient la gravité de l'événement où qu'ils puissent être. Mais je n'en doutais pas venant d'eux. Ils ne dirent rien pendant un petit moment, puis :

— Ce que tu as résolu de faire n'est pas non plus une solution. C'est stupide et ça m'est désagréable.

Aronn ? Les Davis étaient donc aussi présents. Quand il avait dit « nous t'écoutons », à l'époque je pensais qu'il ne s'agissait que des Pal jusqu'à ce que j'entende sa voix.

— Aronn... dis-je ravie et déboussolée en même temps de l'entendre à nouveau après quatre années. Sa voix me parvint de loin comme un rêve, une grâce, une chose que je n'espérais plus et qui pourtant m'a été donnée.

Je repris donc.

— Que veux-tu que je fasse ? Je n'ai pas d'autres solutions. En as-tu une, toi ?

— Tamara [*Grionne prit la relève*], merci de nous avoir transmis ces informations que nous traiterons afin d'en savoir plus. Nous n'avons, bien que nous compatissions à ta situation, aucune solution pour toi. Fais ce qui te semble le moins risqué pour les tiens, car c'est ce que je fais pour les miens.

— Ça ne m'aide pas. J'en reviens au même endroit de mon problème. Si je ne me décide pas vite, les miens sont en fort danger de mort !

— Tu m'en vois désolé. Nous avons enregistré toute la conversation. Comme ça, nous n'aurons plus besoin de te contacter. Tu ne pourras plus nous joindre avec ce téléphone d'ici vingt-quatre heures. C'est pour te laisser le temps de nous appeler si une information importante te revient. Le numéro que t'avait laissé Simon ne sera plus disponible non plus. Nous n'aurons donc plus de contact, cette fois-ci, c'est bel et bien terminé. Simon ne m'avait pas mis au courant de ce stratagème qu'il avait mis en place et c'est une chance pour toi que tu aies pu, avec l'aide de ta tante, le découvrir. Toutefois, ce fut un atout majeur, car par ce biais tu as pu nous transmettre tout cela. Porte-toi bien Tamara et au revoir.

— C'est tout ? « Porte-toi bien et au revoir » ? Comment pourrais-je bien me porter ? Les miens sont en danger, sans protection, à nu, sans le pouvoir de se défendre. L'une est morte

et deux sont dans le coma, et je risque d'en voir encore partir, tout ça parce que j'ai refusé de vous livrer. Est-ce que vous entendez bien Grionne ? J'ai refusé de vous livrer ! J'ai refusé de vous livrer ! J'ai refusé de vous livrer ! Et vous, vous en êtes encore à m'exclure et à me traiter comme une paria, me laissant me débrouiller avec cette histoire qui est plus la vôtre que la mienne. Vous ne comprenez donc pas qu'on n'en est plus à là ? Vous vous cachez, tandis que moi j'expose ma vie ! Je ne m'attendais pas à ce que vous pleuriez sur moi – vous ne l'avez jamais fait –, mais je pensais que vous auriez de la considération pour ma vie et celle des miens ; je me trompais. Et vous savez quoi ? Malgré ce dégoût qui me vient, je ne désire toujours pas vous livrer, par amour pour Aronn, Ethan, Éric et Simon, et vos vies me sont précieuses. Même si la mienne et celle de ceux qui me sont chers, vous n'en avez que faire ! Eh bien au revoir ! dis-je en scandant.
Je dis cela dans l'amertume de mon âme. Après tout ce que je lui avais exposé, il n'avait trouvé bon que de me donner un « porte-toi bien Tamara et au revoir ! ». Aujourd'hui, j'ai compris et nous avons pu nous demander mutuellement pardon.
Cette nuit-là, je pleurai beaucoup, tellement que j'en vins à manquer de souffle et que je m'endormis d'épuisement. Mes yeux étaient bouffis et pesants. Je me traînai misérablement sur mon lit, comme à l'agonie, et celui-ci fut trempé de mes larmes. Je pleurais d'impuissance face à ce que je ne pouvais surmonter. Des géants se dressaient devant moi prêts à dévorer ma famille et moi, et je n'étais que comme une sauterelle devant eux. Toutefois... je me trompais, car je n'allais pas rester désarmée bien longtemps face à eux...

40

Un rêve

Cette nuit-là, je fis un rêve. Dans mon rêve, je me trouvais face à un choix. La route sur laquelle j'étais se scindait en deux devant moi. Une flèche directionnelle était plantée à l'entrée de chacune d'elle, mais je ne voyais pas ce qu'il y était inscrit. Alors, je m'accroupis, en pleurs face à mon incapacité de choisir. Tandis que je pleurais, une main vint se poser sur mon épaule droite. Je levai mes yeux vers la personne. C'était un homme que je ne connaissais pas, et il me dit :

— Ne pleure pas, Tamara, je vais t'indiquer où mènent ces deux chemins.

Il tendit le doigt sur le chemin de droite et me dit :

— Ce chemin mène à la vie et tu auras la victoire en passant par lui.

Puis il glissa son bras sur le chemin qui était à ma gauche, et il me dit :

— Ce chemin mène à la mort, et par là ta défaite sera grande.

Je regardai plus attentivement les deux chemins. Sur celui de droite, j'apercevais au loin une chaîne de montagnes qui coupait la route.

Quand j'observais celui de gauche, une plaine plate se profilait à l'horizon, sans obstacle. Il me semblait plus aisé de suivre ce chemin, plutôt que l'autre, mais d'après celui qui m'avait parlé, son issue était la mort. Cela me parut si improbable, et celui qui menait à la vie avait comme obstacle une chaîne de montagnes – ces chaînes de montagnes que je ne parvenais pas à franchir. Jusque-là, il me fut impossible de passer outre, mais il avait aussi dit que par ce moyen j'aurais la victoire, tandis que dans l'autre, j'aurai la défaite. Mes yeux me dictaient une chose, mais mes oreilles avaient entendu autre chose. Quel choix faire ?

— Mes paroles sont certaines, je ne mens jamais. Seule la vérité sort de ma bouche. En prenant ce chemin, tu franchiras ces montagnes que tu redoutes et la sauterelle sautera au-dessus de la tête des géants. Ils ne lui résisteront pas et tu auras la victoire. Fais ton choix, choisis la vie pour toi. Pendant qu'il me parlait, je fus grandement étonnée de ce qu'il me disait. Comment était-il au courant ? Comment savait-il que je me voyais comme une sauterelle et que je craignais ces montagnes ? Je pris une grande inspiration et j'avançai mon pied droit, me dirigeant sur le chemin de droite. L'homme était parti, du moins il me semblait, car je ne le voyais plus. Je voulus me retourner, mais je me ravisai et je poursuivis mon chemin, soulagée d'avoir fait le bon choix.

Je me levai le lendemain, apaisée... comme si mes problèmes s'étaient réglés en l'espace d'une seule nuit, bien qu'ils étaient encore présents.

Ce qui m'avait frappée dans ce rêve, c'était la particularité de l'extrême douceur de la voix de l'homme. Cela me fit penser à Liona qui avait aussi une très grande douceur dans la voix, mais lui la surpassait de loin. Toutefois, je me dis : « Tiens, ils ont un trait de famille tous les deux. » Et je ne me trompais pas...

41
Ouverture

Je passai donc le reste de ma convalescence à me soigner et à me reposer. Quand je fus autorisée à marcher à l'aide de béquilles, j'en étais ravie, j'étais délivrée de mon lit. Je quittai ma tante une semaine plus tard et l'embrassai tendrement en la remerciant de m'avoir supportée et accueillie chez elle. Ce à quoi elle me répondit que ce fut un plaisir de m'avoir à ses côtés.
Je retrouvai donc ma famille en bonne santé et mes amis en pleine forme comme je l'eus espéré depuis ce songe spécialement intrigant que je fis.
Sabrina Linebourg ne mit pas longtemps à revenir me voir après mon arrivée. J'étais au salon et mes parents nous laissèrent seules. Elle s'enquit de ma santé comme si cela la préoccupait vraiment, mais j'en doutais. Je lui répondis, néanmoins. Elle me rappela ce qu'elle m'avait déjà dit et redit : l'importance que j'aurais dans le plan et le bien que je ferais à l'humanité en stoppant les deux familles, que c'était même une faveur qui m'était donnée et que je serais certainement récompensée

par la Légion d'honneur pour mon héroïsme. Quel éloge ! me suis-je dit. Tamara Black, l'héroïne du siècle présent ! pensai-je amère. Mais je n'étais pas une héroïne comme elle voulait me le faire croire. J'étais juste une jeune femme qui désirait vivre simplement et qui aspirait à voir les siens en sécurité et couler des jours heureux.

— Si vis pacem para bellum. Si tu veux la paix, prépare la guerre. Tu le sais, tu le connais ce vieil adage, me dit Sabrina.

— Il s'agit d'une guerre, maintenant ?

— Elle l'a toujours été, tu ne l'avais pas compris ? Une guerre ne se déroule pas seulement sur les fronts avec des tiraillements dans tous les sens. L'histoire du monde nous apprend qu'il y a eu un jour la Guerre froide entre les États-Unis d'Amérique et l'URSS, et il n'y avait pas de tranchées creusées en terre.

Elle me dit cela avec un calme saisissant comme si c'était une nouvelle de rien à annoncer à quelqu'un. Elle s'avança près de moi qui me tenais près de la cheminée pour me chauffer. Elle me caressa la joue et me regarda tendrement en retirant ses grands verres d'un noir opaque.

— Oh ! ma petite Tamara, j'aurais voulu t'épargner tout cela. N'oublie pas que je suis ton amie. Je désire te donner le plus rapidement possible la paix, ainsi qu'à ta famille, en arrêtant ces malfaiteurs. Ils ne te toucheront point, car je veille à ta sécurité. Et pour cela, tu dois faire et signer cette déclaration sur l'honneur.

Elle me fit son plus beau sourire et me tendit une feuille et un stylo qu'elle avait sortis de son sac tout en me parlant. Je ne voulais pas faire et signer cette déclaration. Je regardai cette feuille entre ses mains et levai ensuite mes yeux vers elle. Elle avait toujours ce large sourire sur le visage. Elle avait un beau sourire. Cette femme était très belle, bien que derrière son chapeau il était difficile de tout distinguer. Je pris la feuille qui glissa lentement entre ses doigts, mais comme l'autre fois, je ne saisis pas le stylo. Je regardai cette feuille blanche, marchant dans le salon. Arrivée à la table basse, je lui demandai :

— Une sauterelle peut-elle sauter par-dessus un géant ?

Je me tournai pour lui faire face et elle me regardait d'un air rude, fermé. Je fis un petit geste de la tête afin qu'elle me réponde.

— Par la logique, il est clair que non, Tamara.

— La logique, oui... c'est sûr, ça tombe sous le sens. Comment un petit insecte touchant la poussière de la terre, de trois centimètres, peut-il passer avec ses petites pattes au-dessus d'un géant de trente mètres par exemple, et ce, sans en être inquiété ? En effet, ça semble peu probable... dis-je lentement en pesant ces mots.

— À moins que... cette sauterelle ait une aide extérieure, dit-elle avec un sourire en coin.

— Et à quel genre d'aide pensez-vous ?

— Un tremplin bien assuré et construit qui pourrait la catapulter au sommet. Une tour et un plan bien bâtis si bien qu'elle toucherait le ciel, un sommet bien au-dessus de la tête du géant d'où elle pourrait sauter sans être inquiétée.

Je compris qu'elle faisait allusion à elle, me ramenant à reconsidérer son offre, que Sabrina comparait à une tour dont son issue me ferait toucher le ciel, son tremplin qui me catapulterait au sommet. Le géant dans sa métaphore devait illustrer les deux familles, sauf que, pour moi, dans mon esprit, le géant c'était elle. Elle me souriait, triomphante.

— À moins que son aide soit le vent... introduis-je dans la liste des soutiens extérieurs.

— Le vent ? s'étonna-t-elle. C'est imprévisible et indomptable. On ne sait pas d'où il vient ni où il s'en va. Et surtout, il ne se voit pas ! Qui irait se confier en une chose sur laquelle on n'a pas de pouvoir et surtout qu'on ne voit pas ! C'est insensé ! Il porterait le corps de cette sauterelle droit sur le géant qui l'écraserait d'un coup de poignet ! Ton option ne tient pas la route ! me dit-elle éberluée et d'un ton tranchant.

— Il est vrai que si l'on interprète la chose à votre manière, c'est tout à fait inconcevable. Mais admettons que le vent soit vivant et non cet élément qui fait frissonner la cime des arbres. Avouez qu'il serait un allié puissant parce que vivant. Il porterait la sauterelle sur ses ailes et remplirait, pour un temps, de poussière de la terre, les yeux du géant, qui en serait aveuglé ! De plus, il est partout et emplit toute la terre, il est insaisissable et rien ne résiste à sa force. C'est même lui qui donne le souffle au géant et à la sauterelle. Admettez que c'est un allié puissant, dis-je enjouée.

Sa mine devint sombre comme si elle comprenait enfin là où je voulais en venir.

— Viens-en au fait, Tamara, me demanda-t-elle posément sans broncher.

— J'ai choisi le vent pour allié, lui dis-je doucement, tenant la feuille blanche dans la main.

Elle me regarda d'un air quasi hostile, puis elle ferma les yeux, et quand elle les rouvrit, elle me sourit d'un air goguenard, puis me dit d'un ton narquois et posé :

— Tu comptes sur le vent, tu déraisonnes. Le séjour que tu as passé chez ta tante Diane ne t'a pas réussi. L'air de Montéléger n'est pas si bon qu'on le dit. Il y plane un agent délirant.

Ce qu'elle dit me laissa pantoise. Ainsi, elle savait que j'avais passé le mois dernier chez ma tante. Ma famille ne lui avait rien dit, j'en étais sûre, car jamais elle n'était repassée. Comme si elle savait, et en fait elle le savait bel et bien. Voyant ma mine, elle jouit de son avantage. Elle savait tout, cette femme. Peut-être savait-elle où ils étaient en fin de compte. Avait-elle appris aussi que je les avais contactés ? Elle s'approcha de moi d'un pas cadencé, faisant résonner ses talons sur le parquet. Elle passa sans rien me dire et quitta la demeure. Sa sortie fut plus déroutante que son entrée...

Je filai à ma chambre et je pris le téléphone que Simon m'avait envoyé. À ce moment-là, cela faisait longtemps que je ne pouvais plus les contacter. Par aucun moyen. Mais j'espérais que le téléphone fonctionnait encore et que je pusse contacter Jérémie et Léon en toute sécurité, car je craignais que Sabrina ne le sache. Je mis mon manteau et je sortis de la maison,prévenant mes parents que j'avais quelque chose à faire. Quand je fus assez loin de mon domicile, je composai le numéro de Léon. Ce fut agréable et soulageant de constater que le téléphone était toujours opérationnel.

Et c'est Jérémie qui décrocha.

— Jém, Léon et toi êtes ensemble ?

— Mouais, pourquoi ? On est au campus, on travaille sur un sujet.

Ils travaillaient à nouveau ensemble, j'en étais ravie !

— Rejoignez-moi, faites une pause, j'ai une chose importante à vous dire. Rendez-vous au café Ouverture !

— Ce n'est pas le café où on est habitués à aller avec les filles ?

— Justement ! Je vous y attends. À tout de suite !

Nous étions installés à une table du café, dans le fond, côté mur. Je leur avais exposé tous les faits, et un silence de mort s'installa jusqu'à ce que Jérémie le brise pour manifester son dégoût et son agacement vis-à-vis de la situation.

— Cette femme ne peut-elle pas nous laisser vivre ? Elle m'a déjà ôté Joyce. Ça ne lui suffit donc pas ? Elle a aussi plongé nos amies dans le coma et elle n'est pas rassasiée, il faut aussi qu'elle menace nos vies !

— Je ne pouvais pas m'allier à elle, bien que je savais que cela exposerait nos vies. Je ne nous sacrifie pas. Je ne sais pas vraiment ce qu'il va se passer, mais je ne veux absolument pas vous perdre !

— Il faudrait que tu ailles voir les filles à Annecy. Avec ta convalescence, tu ne les as pas vues une seule fois, me dit posément Léon, comme pour apaiser les esprits.

— C'est vrai, lui dis-je.

La cloche du café tinta et je me retournai machinalement pour savoir qui était rentré. Je vis au loin le visage d'Annabelle. J'espérais qu'elle ne serait pas touchée par toute cette histoire. Je me tournai à nouveau vers mes amis, ne m'attendant à rien de particulier de sa part, quand quelques secondes après je la vis debout devant notre table.

— Salut ! dit-elle timidement. Je peux te parler ? demanda-t-elle en s'adressant à moi.

Je la regardai intriguée et je la suivis à une autre table.

— Comment va ta jambe ? s'enquit-elle avec douceur et une mine peinée.

— Bien, merci.

— Tu dois te demander ce que je peux bien avoir à te dire, hein ?

— C'est exact.

Elle prit mes mains entre les siennes, vivement, cc qui me surprit. Elle me regarda de ses yeux brillants.

— Je veux t'emmener dans un endroit avec moi où tu pourras te reposer, me dit-elle chaleureusement d'une voix gracile.

— Impossible, lui répondis-je vivement, je ne veux pas quitter ma famille et mes amis pour aller je ne sais où.

— Il ne leur arrivera rien, me rassura-t-elle.

— Je veux rester à leurs côtés pour être là quand ils auront besoin de moi.

— Pour l'instant, ils n'ont pas besoin de toi, mais toi tu as besoin de tranquillité. Viens donc te reposer.

Son insistance m'interpellait. Était-elle au courant de quelque chose ? Impossible. Comment le pouvait-elle ? Sabrina l'avait-elle aussi approchée ? Et quel était cet endroit qui ferait mon repos loin de Sabrina et de sa menace ?

— Je ne sais pas, Annabelle, j'ai mes études et...

— Cela ne t'a pas posé de problème jusque-là. Tu es restée un mois hors de l'université.

Elle marquait un point. Je soupirai.

— Puis-je y réfléchir ?

— Je ne peux pas te forcer à me suivre, dit-elle comme attristée de mon hésitation, mais tu devrais te mettre au large pour trouver un peu de quiétude.

Il est vrai que j'étais fatiguée, épuisée par tous ces événements et que j'aspirais à un peu de répit, de calme et de paix. Ma famille ne craignait rien malgré la menace que représentait Sabrina. Ça peut paraître étrange, mais je la croyais, car c'était aussi ma conviction. Avec ma jambe qui me lançait parfois, qui plus est, mais surtout le fait que ce soit mon amie d'enfance qui me faisait cette offre me poussait à en connaître la raison.

— Je te suis, finis-je par lui dire

Elle eut un large sourire qui vint illuminer son visage. Sa joie me surprit et je me demandais bien ce que j'allais pouvoir découvrir.

Avant mon départ, je demandai à Annabelle de me laisser rendre visite à Rose et à Élisa. Ce qu'elle comprit volontiers. Quand je fus en leur présence, les larmes montèrent et je pleurai en silence. Leurs parents n'étant pas présents, j'étais seule dans la chambre. Leurs visages endormis me faisaient penser à celui de Joyce, à l'exception qu'elles respiraient encore. Je détestai cette situation et ne pouvant soutenir cela plus longtemps, je m'en allai.

Annabelle me prit chez moi. Mes parents surpris, mais ravis de mon nouveau contact avec elle encouragèrent cette initiative. Je mis le seul bagage que je fis à l'arrière de la voiture et nous partîmes. Allions-nous prendre le train, le bateau ou l'avion, ou bien resterions-nous dans le véhicule pour atteindre notre destination ? Je ne le savais pas. Nous roulâmes quatre heures jusqu'à un petit chalet, à l'orée d'un village. Il était au milieu des bois et un petit sentier menait à lui.

— Tu te souviens ? me demanda Annabelle. On y venait petites avec ma grande soeur !

J'étais estomaquée. Elle m'avait emmenée dans le petit chalet de notre enfance, là où on s'amusait à être des aventurières.

— Ton idée commence vraiment à me plaire, lui dis-je avec émoi.

Elle me sourit, prit nos bagages et ouvrit l'abri. Les meubles étaient recouverts de draps blancs, mais rien n'avait changé. Je me promenai à travers la pièce et des scènes du passé me revinrent à la mémoire, douces. Annabelle, après avoir mis mes bagages dans l'une des chambres, s'activa à retirer le mobilier de dessous leur protection en tissu. J'allais l'aider, mais elle me dit de ne rien faire avec ma jambe sous « tuteur ». Une fois qu'elle eut fini, je pus apprécier plus amplement l'intérieur du petit chalet.

— Rien n’a bougé. Papa et maman n'y tenaient pas et je crois que c'est bien comme ça, me dit-elle guillerette.

Je n'avais jamais vu les parents d'Annabelle. J'étais d'ailleurs allée très rarement chez elle. Jeune, ça ne m'avait pas vraiment frappée. C'est seulement par la suite, surtout après qu'elle coupa les ponts avec moi, que je me mis à me poser beaucoup de questions, et maintenant qu'elle parlait d'eux, tout cela me revint en mémoire.

— Ils vont bien, au fait, tes parents ? lui demandai-je

— Ils vont bien, je te remercie.

Je la regardai d'un air suspicieux, ce qu'elle remarqua, et elle me dit :

— Tu ne vas pas recommencer !

— Quoi ? lui dis-je.

— À me questionner sur mes parents et chercher à me soutirer des choses que je ne veux pas te dire ! C'est en partie pour ça... que je t'ai laissée, m'avoua-t-elle mélancolique.

— Je ne savais pas... je ne savais pas que ça te posait problème. Pourquoi ne m'as-tu pas demandé d'arrêter ? Tu sais que je ne t'en aurais pas voulu ! C'est juste que j'avais l'impression que tu m'excluais de ton cocon familial. Petite, j'aurais voulu jouer avec tes poupées, jouer à la dînette dans ta chambre, goûter les bons gâteaux de ta mère et les bons plats de ton père, m'amuser avec ton animal domestique. C'est tout ce que je voulais, et tu ne répondais à aucune de mes questions. Ça m'intriguait et me frustrait.

Elle me regarda désolée, puis me dit :

— De toute façon, ce que je voulais éviter est arrivé, alors ! Elle inspira et souffla lentement, puis me demanda : « Que sais-tu aujourd'hui des Pal et des Davis ? »

Sa question me surprit. Que voulait-elle dire par là ? Je restais sur mes gardes.

— Ce que je sais ? De quoi veux-tu parler ?

Elle me regarda intensément, d'un air attristé, puis baissant les yeux, elle se leva du divan où elle s'était assise durant notre échange. Elle fit quelques pas dans la maison, entre les meubles, faisant glisser son doigt sur eux, puis elle me dit :

— Je connais leur secret, Tamara, mais toi, j'aimerais savoir ce que tu sais au juste.

Comment cela est-il possible ? Annabelle ? Une pensée furtive et sombre me traversa l'esprit. Travaillerait-elle avec Sabrina ou serait-ce la collaboratrice de Séléna ? M'avait-elle piégée ?

— Que comptes-tu faire de cette information, ensuite ? lui demandai-je d'un ton sec.

Le timbre de ma voix la surprit et elle se tourna pour me faire face avec de grands yeux. Puis elle s'apaisa et dit :

— Je comprends qu'avec tout ce que tu as vécu tu sois sur la défensive. Je ne te veux aucun mal, au contraire.

— C'est ce qu'ils disent tous. Ils parlent tendrement et ils vous manipulent !

— Tu parles de Sabrina et Séléna, c'est ça ?

J'écarquillai les yeux, mais je repris mon sérieux tout de suite.

— Bon, tu te méfies, c'est bien, tu commences à être plus prudente bien qu'il soit un peu tard pour te méfier, car si tu t'étais vraiment trouvée en compagnie de quelqu'un qui te voulait du mal, seule dans cet abri, loin de tout, tu serais à sa merci, surtout avec ta jambe ! C'est moi qui vais donc passer aux confidences !

Elle revint vers moi et se posta face à moi.

— Tes amis ont fait partie du projet « Soldats à capacités augmentées » entre 1926 et 1940. Il s'est brusquement arrêté avec la fuite des sujets, en août 1940, et, depuis, ces sujets courent toujours. Leur espérance de vie a considérablement augmenté. On les chasse comme des proies. Elle veut leur mettre la main dessus et elle ne lésine pas sur les moyens d'y parvenir. Quitte à utiliser d'autres personnes en situation critique comme Séléna, Ludivine ou bien... toi. Elle avait laissé la fin de sa phrase en suspens, me regardant drôlement comme profondément peinée, morne.

— Sabrina voulait m'utiliser, car j'étais une « situation critique » ?

— Elle s'en prend aux faibles plantes et les manipule afin d'obtenir ce qu'elle veut, et en l'occurrence c'est eux qu'elle veut.

— Je ne suis donc à ses yeux qu'un cas social qu'elle utilise à son avantage. Cela me sidère, et tu dis qu'elle a agi ainsi avec Séléna et une certaine Ludivine. Qui est-elle ?

Pour Séléna, j'imaginais qu'elle avait dû jouer sur sa corde sensible qui était l'avantage d'une vie à l'abri du besoin. Elle nous avait si bien exposé les problèmes financiers de ses parents et son envie ardente d'y remédier que ça semblait tomber sous le sens.

— Si Ethan ne t'en a pas parlé, je ne tiens pas à le faire à sa place.

Ludivine avait donc à voir avec Ethan. Je me demandai bien en quoi.

— Bien sûr elle est plus maligne que ça, continua Annabelle, puisqu'elle s'en prend à ceux qui sont à leur contact ou peuvent rentrer à leur contact. Séléna fréquentait l'université d'Aronn et Ludivine habitait le même village qu'Ethan.

Université, dit-elle ? Il est vrai qu'Aronn avait beaucoup vécu. Il avait dû passer de l'université au lycée bien souvent.

— Avec toi, elle a agi comme avec Séléna. C'est elle qui a placé le journal sur ton chemin.

— Attends, Anny [*c'est ainsi que je la surnommais*], comment es-tu au courant de tout ceci ?

Elle me regarda intensément comme sur le point de se livrer, puis elle me répondit :

— Je fais partie d'une famille avec laquelle est en guerre depuis longtemps celle que sert Sabrina. Je n'ai su l'entière vérité il n'y a qu'un an quand j'ai fait mon choix. J'étais loin de me douter de son étendue. La famille dont je fais partie est dirigée par le grand Roi ; celle de Sabrina par un prince. C'est grâce au Roi que j'ai appris tout ça. Aujourd'hui, il m'envoie vers toi. Il est temps pour toi de faire ton choix. De quelle famille souhaites-tu être un membre ? Car ce choix t'est donné et t'appartient. Aujourd'hui, choisis.

— Je ne connais pas ces familles, ni le grand Roi, ni le prince. Comment pourrais-je faire mon choix ?

Annabelle me sourit et me tournant le dos elle alla fouiller dans son sac. Elle se releva avec un objet à la main et revint vers moi.

— Ne t'en fais pas, Tamara, je vais t'indiquer le moyen d'y parvenir.

La phrase qu'elle avait prononcée me rappela l'homme de mon rêve, de façon troublante. Elle me tendit un petit bouquin en cuir entouré d'un lacet. Je le lui pris des mains. Elle m'encouragea à l'ouvrir. J'enlevai le lacet autour, lentement. Je soulevai doucement la couverture, posai mes yeux sur l'écriture longiligne écrite à l'encre noire. Le papier était jauni. Et j'y lus :

« 1er avril 1653.

La pension est calme et tout le monde est au lit. Je suis la seule éveillée, et je vous écris, cher journal, éclairée à la lueur d'une bougie. »

— Le journal, dis-je la voix empreinte d'un grand étonnement. Je la regardai d'un air interrogateur. Elle comprit ma question muette et déclara :

— C’est bien le journal que Sabrina a mis sur ton chemin, mais celui-là est l’original.

Cela me frappa. Je revenais donc au point de départ, là où tous mes ennuis commencèrent avec cet objet qui avait failli me coûter la vie, toutefois pas celui-là exactement, puisque les Pal avaient conservé la version qu’ils m’avaient confisquée par le biais d’Ethan. Mais c’est son contenu qui m’était interdit, et Annabelle m’offrait de le lire aussi simplement que cela.

— Je ne peux pas, il a failli me coûter la vie ! S’ils apprennent que je l’ai lu en plus de connaître leur secret !

— Ils se trompent sur la visée de ce journal. Il n’est pas de les perdre, mais de leur permettre d’être sauvés. Ce qu’ils n’ont pas compris puisqu’ils le regardent avec les yeux que ceux qui servent les desseins du prince leur ordonnent de regarder. Ils ne le voient pas avec les yeux de la vérité, mais toi tu as la possibilité de le voir tel qu’il est. Il te permettra de faire ton choix.

— Pourquoi est-ce si important que je me décide tout de suite ? Ça ne peut donc pas attendre ?

— Nous sommes en guerre, Tamara – une guerre bien réelle à laquelle chaque être humain participe. Certains en sont conscients, mais la plupart l’ignorent. Et aujourd’hui, il t’a donné le pouvoir de connaître la vérité sur cette guerre et de choisir ton camp. Si tu veux affronter ces géants, si tu veux franchir ces montagnes, il va te falloir choisir le bon chemin pour obtenir la victoire et sauver ta vie ainsi que celle de tes proches : famille et amis ! Bien sûr, tu n’es obligée de rien. On ne force pas et nous ne forcerons jamais personne. C'est juste un vif conseil que je te donne de faire ton choix afin que, quand le dénouement de la guerre sera là, tu sois dans le bon camp : celui des vainqueurs !

Mon rêve se fit plus pressant dans ma mémoire. Faire un choix, oui, et tant que faire se peut, que ce soit le bon choix. Je devais emprunter le même chemin que dans mon rêve, sauf que je ne savais pas si c'était celui du grand roi ou du prince. Il me fallait donc connaître le nom de ce chemin afin de faire la part des choses, et c'est dans ce livre que j'allais l'apprendre. J'acceptai donc la proposition d'Annabelle, qui fut vivement ravie de mon choix. J'allais donc entreprendre la lecture de ce mystérieux livre qui n'allait pas le rester trop longtemps…
Quoique…

La suite dans :

Solstice tome 2

Mystères et vérité

première partie

Site internet :
www.histoiresdezoe.com